ライオンの冬

沢木冬吾

角川文庫 16689

目次

序章　二〇〇七年　冬

十五回目の冬がきている。

誰かが会いにくると予想していた。現れるとするなら、あの人か、この人か。顔が幾つか浮かぶ。その中にはできれば会いたくない人も、絶対に会いたくない人もいる。

もう一度だけでいいから、会いたい人もいる。

「見違えましたな。すっかりおきれいに――」

ありきたりな褒め言葉とともに現れたのは、できれば会いたくない人のひとり、立木だった。

「何年振りでしょうな、伊沢さん」

分かっているくせに。思いながら、結《ゆう》は調子を合わせる。

「十四年振りだと思いますが」

「最後は確か、あなたが街を出ていく日の前日だった」

聞こえの悪い言い方をするものだ。高校を卒業し、就職のために上京しただけなのに。

「ええ、そうでしたね」

「ところで伊沢さん。お仕事はなにを」

仕事場まで押しかけてきてなにをとも思う。答える義理もないのだが、口を閉ざす理由もない。

「宝飾品のデザイン、製造、販売、リペア、アクセサリー製作教室。そんなところです」

といっても大層なところではない。代々木の街裏にある古びた三階建ての建物。いわゆるクラフト品工房である。結は講師として雇われ、シルバーアクセサリー作りの教室を持ち、自らの作品を売ってもいる。ふたりが今いる一階玄関ホールは、一方の壁が生徒たちの作品展示用ガラスケースで覆われ、もう一方の壁には、生徒向けのお知らせ、例えば時間割の変更だとか、名のあるだれそれの作品展示会の告知だとかであふれている。その告知板の下に置かれた長椅子に、ふたりは並んで腰かけていた。

結の担当する〝純銀粘土で楽しく作る、あなただけのシルバーアクセサリー教室〟の午後クラスが、もうすぐはじまろうとしている。生徒の全員が女性。昼下がりのこの時間、生徒は専業主婦ばかりだった。

「海斗はこないだ初雪が降りました。年々雪が少なくなる……あの年は、どうでしたかな」

「どうでしたっけ……」

「何度か帰られましたか」

「もちろん。郷里ですから」

「来週で十五年が過ぎます。公訴時効……わたしもすっかり老けましたわ。来年、定年です」

つい立木の横顔を見る。初めて会ったときも白髪を見つけた覚えがあるが、今では黒髪を探すほうが難しい。

「時効は延びたと聞きましたが」

「二年前に二十五年へ延びましたが、それ以前の事件については、施行前ということで、以前のままです」

そうなんですか。知っていたが、そう呟いておいた。

立木の顔がこちらを向いた。「事件は解決していない。そうでしょう？」

「そうなんですか？」

「犯罪組織内の内輪もめで起きた銃撃戦……ほんとうにそれでいいんですか、伊沢さん」

「そんなこと――」作ったものではない苦笑を浮かべた。「あたしに言われても」

「自分たちとは無関係の銃撃戦があの山で起き、あなたと吾郎さんが巻き込まれた……そういうことになっています」

「違うんですか」

「もちろんです」

「実際は、どんな事件だったと言うんです」

立木は唇をひん曲げた。一瞬遅れて、それが笑みだと気づいた。

「わたしは、これが真実だという説を持ってはいる」

「説？」

立木は両手を顔の前で振った。「分かっています。説じゃしょうがない、説じゃね……」瞳に暗い光がさす。「だがこの説が、真実だと確信している」

結は二の腕だけで小さな伸びをし、息をついた。「意味ないんじゃ？」

「意味、ありませんか」

「だって、刑事さんでしょう」

「立証……できないんですよ！」

立木がいきなり哄笑を放った。あまりに唐突だったので、結は腰を浮かせた。

「すみません。でも分かってもらいたい。おかしくてしょうがない、十五年……十五年……」

立木はゆっくりと萎んでいった。「わたしの説を聞いていただけませんか」

「わたしが、ですか」

「なにか思い出すかも知れない」

「でも――」何十回言ったか分からないことを、今再び言った。「当時わたしは、なんの説明もないまま、家の中に閉じ込められていただけ。なにも知らないんですよ」

彼らと彼らが、あの雪山でどう戦ったのか、知らないのは真実だった。

「平気ですよ。もしあなたが――」薄い笑み。「時効を気にしてだれかをかばっているなら、平気です……立証できないんですから」

結も薄い笑みを浮かべた。「もしわたしがここで新証言とやらを飛び出させたら、立証に突き進む……と？」

立木は、おどけた顔を作り、言った。「あなたの証言ごときで、立証が可能になるなんてことはありません。ご安心ください」

「そう――」結も調子を合わせ、おどけた。「じゃあ、あのことを告白しようかしら？」

「ぜひぜひ」

先生――。廊下の奥から、呼び声。

結は腰を上げた。「いいところで時間切れ。授業がはじまるので」

立木も腰を上げる。「のちほど、お時間いただけますか」

「ええ。興味がないと言ったら、嘘になりますので」

「詳しい話はまた。わたしはね――」立木はコートを着込みながら言った。「あの日、あの山に〝別陣営〟がいたと考えている」

「別陣営？」

「仲間割れで撃ち合いをしたとされている犯罪組織の連中の他に、別の陣営がいた……そう考えています。悪党連中は互いに撃ち合ったのではなく、その別陣営と撃ち合った。そして……その別陣営とやらの素性をあなたは知っている」

「知っていたら当時話していますよ。今ならともかく、あのときは高校二年の子供だったんですから」

「私見ですが高二はもう大人です……あなたの祖父、伊沢吾郎さんはあなたを守るため、その別陣営に加勢した。九七式狙撃銃を持ち出して、撃ち合いに加わったのだ……とね」

「あの、優しいだけが取り柄だったおじいちゃんが？　まさか」

立木は踵を返し、言い残した。「吾郎さんの戦い振りは……見事の一言に尽きる」

見事だったのかも知れない。だが……。当時のわたしは。

「毛の生えそろってない娘っこだったべさ」

呟いてしまってから、辺りを窺った。よかった。だれもいない。

――まあ実際は、あらかた生えそろっていたのだけれど。

脳裏に浮かぶしわくちゃの笑顔に、問いかけた。

――じいちゃん、ほかにやりよう、なかったの？　恨んじゃないけどさ。

講師控え室へと歩いていく。

――粉雪……空っ風……葉擦れの音……ポチの遠吠え……。

無人の控え室で、作業用のエプロンを身に着ける。

――叫び……銃声……鮮血……白い影たち……。

靴音上げて、さっそうと歩いていく。じいちゃんの笑みは薄れたが、取って代わるように、靴音にも負けず、あの人の声が蘇った。

――アディオス……ユウ……。

前章　一九九二年

一

凍てついた枯れ葉を踏みしめると、くすぐったい軽やかな音がする。

伊沢吾郎はこの音が好きだった。森が生きた証。春から秋、数えきれない恵みを与えてくれた森が、葉を落として、一冬の休眠を宣言する。鮮やかな色を失った葉は、ただ死ぬことなく、森の糧となる。

「おおい――」

背後から呼び声。つい先週知り合ったばかりの若い友人、吾郎からすれば半世紀若い杷木《はき》が、早足で追いついてきた。

軽く息を切らして言う。「失礼しました。出かける前にしてこいって話で」

吾郎でも山行きの途中で小便ぐらいはする。だが、髭之森の中腹にある吾郎の家を出て、まだ半時間ほどしか経っていない。杷木はそのことを気にして言ったのだろう。

ふたり、山道を歩き出す。ゆるゆると上がり続ける一本道だった。

道が深い山の中にありながら割に平坦なのは、昔、石炭を運ぶトロッコ軌道だったせいだ。

幅は充分あるのだが、車では進めない。閉山後手入れされなくなった道は落石、小規模の土砂崩れ、倒木などのせいで、老いた。歩きやすいように、また雑事で使うリヤカーが通れるように、倒木や土砂崩れのある場所には、吾郎の手で板が渡されている。

ふたりの周りを前後しながら、焦げ茶色した吾郎の相棒、ポチが歩く。ポチには、吾郎から見えないところにいかないよう、呼んだらすぐそばにくるよう、仕込んである。獣を狙った罠にかからないためだ。吾郎は罠猟をしないが、風変わりなご近所さんが、この森で罠猟をしている。

低く重い雲の下。冬枯れた木立の中に、ふたりの吐く白い息が流れる。

「この時期だから、すっかり雪に覆われているのかと――」

杷木が感慨を述べている。

今年はじめてまとまった雪が降ったのは、七日ほど前のことだった。根雪にはならず、数日であらかた消えた。

もともと、太平洋沿岸地域は雪が少ない。だが髭之森は標高が高く、毎年厚い根雪が腰を据える。年々雪が少なくなる、というのが土地の者の感想である。

杷木が吾郎の背負うライフルを見て言う。「それ、何キロです」

「四キロ弱」

「重くないですか」

「慣れてるよ」

「それにしても――」杷木がいやに感嘆して言う。「絵に描いたようですね。感動ですよ」

「なにが」

「その恰好です。日本昔話の世界だ」

やっと自分の装いを言われているのだと気づいた。頭にタオルを巻いてこそいるが、その上にはまんまるの笠を被り、クリーム色のヤッケを着てはいるが、その上に蓑を被せて着ている。

「冬枯れの中に、いちばん馴染む」

今日の山行きは猟が目的ではないが、冬期の狩猟解禁期間である限り、吾郎はいつもライフルを持って出る。たなぼたで獲物と出くわすかもしれない。

昔は仲間たちと組んで勢子、犬を仕掛け、シカやイノシシ、クマなどの大物をやった。七十歳が間近になったとき、巻狩りからの引退を決めた。吾郎のような〝山じじぃ〟の脚力が特殊なのは田舎では常識だが、それでもやはり、若いのと組んでやる猟では、体力差のせいで迷惑をかけるかもしれない。かけたことはないが、かけないうちに、巻狩りをやめた。以来、ずっと単独でやってきた。

獲物が残した足跡を追跡していく追い猟、獣道でひたすら待ち続ける伏せ猟をする。この山での獲物は、ノウサギ、キジバト、キジやウズラ。それにマガモやコガモ、カルガモなどの陸ガモだ。実際住み着いている獣はもっと多いのだが、食ってまずいものは取らない。タヌキなどは食えたものではない。かつて、法改正により小物のライフル猟が禁じられた当時、新しく散弾銃を買う余裕のなかった吾郎は、買えるまではご勘弁、と心の中でお上に慈悲を乞いつつ、ライフルを使い続けた。数十年が経った今も、吾郎はライフルを使い続けている。余裕のありなしはともかく、小さな粒をばらまく散弾銃があまり好きではなかった、という嗜好の問題が、年を重ねていくうちに強く前面へ出てきた。加え、お上は山奥にひっそりと住み事故も騒ぎも起こさない老人に興味がないらしい、というのも理由のひとつだった。

吾郎は自ら食う以外に、街の郷土料理店やフレンチレストランなどに獲物を卸すということもしている。冬場の、馬鹿にできない現金収入だった。吾郎の卸す肉は好評だった。一般的に散弾銃か狩猟用空気銃でやることの多い小物だが、吾郎はライフル以外使わない。厨房で調理され、テーブルに供された料理の肉を食べた客から、散弾の硬い小さな粒々を噛んでしまって歯が欠けた、なんて苦情が出る心配がない。

単独猟に絞ったのちも、イノシシやシカを仕留めることがあった。が、単独、徒歩である。持ち帰るのが一苦労。その場で解体し、肉片だけ持ち帰るのだが、それでも重い。だからここ数年は、大物を見つけても見送ることにしている。

歩き続け、さらに半時間が経った。

「休むかい」

少々息が荒くなっている杷木は、にっこり笑顔で言った。

「大丈夫です。ただ、分かってきましたよ。そいつの意味が」

杷木がそいつと呼んだのは、吾郎が杖代わりに愛用している、スキーのストックだった。

「それ、転ばないためだと思ってましたよ。でも、それだけじゃないってね」

「じゃあ、なんだべ」

「長く歩いていると、自分の腕自体が重くなるんです。杖があるとないとじゃ、大違いだ」

杷木は歩きながら、杖代わりになるものを探しはじめた。しばらくして朽ちた木の枝を見つけ、杖代わりにしたが、すぐに捨ててしまった。

「なして？」

「もうひとつ分かったんですよ」なぜか不敵に笑う。「杖自体が重いと、余計疲れるってね」

ところで――。杷木が続けた。〝髭之森、髭之先〟というのには、どんないわれが？

髭之森。奥羽山脈から太平洋へ向かって延びる中低山の連なりである不知山《しらね》地の最東端、標高千八百メートルの山とその山裾に広がる豊饒の地を、ひとまとめにして髭之森という。あるとき、なにがきっかけなのかは知らないが、山に名前が必要になった。それまで髭之森と呼ばれ、山としての名前は持たなかった。山裾に住み森から多くの恵みを得ていた農民たちは、頂上を髭之先と呼んでいた。役人だか学者だか知らない何者かは山に名を付けるにあたり、そのまま、髭之先と正式に命名した。

以来地図上では、山を示す三角印に添えて、髭之先と記されるようになった。その命名が行われたのは明治時代の中頃だという。だが、土地の者からすれば、頂上だけが髭之先。よそ者に山の名を問われるとみな、髭之森と答えていた。

一九一〇年、明治四十三年生まれの伊沢吾郎にとっても、物心ついたときから、山を含んだ森全体は髭之森、頂上が髭之先だった。この世に生を受けて八十二年目の今年も、森は髭之森、頂上が髭之先のままである。

この森に頼り、慈しみ、畏れて暮らせば、豊かな山の幸に恵まれる。顎髭がつきものの、仙人様くらい長生きできる。そんなことから、〝髭〟なのだった。

「腕を見たいもんですが」

杷木が言い、吾郎の背負うライフルを見た。

「今日は望み薄だべさ」

「なぜ？　勘ですか？」

「そんなとこだ」

「ほんとにその……噂通りなのかと」言ってすぐ付け足した。「失礼しました」

「ちなみにどこの噂だい？」

杷木は曖昧に笑った。「まあ、そのへんの」

「どれほどの腕だと？」

「三百メートルの距離で、飛んでいくカモを撃ったとか……そんなことが可能ですか。散弾ならまだしもライフルで」

吾郎は分厚い老眼鏡の位置を直しながら言った。「不可能だべなあ」

杷木は失望したようだった。「そうですか、やっぱり」

杷木が口にしたのは、吾郎の十五年前のエピソードだった。多分今は無理だろう。歳のせいに違いないが、動く物を撃つ腕は悲しくなるほど落ちた。静物なら、まだだれにも負けない自負はある。

髭之森に幾つかある、傷のひとつが見えてきた。

「あれですか、立坑跡」

唐突に構造物が見えてきた。今では半ば黒く変色してしまった、この森に似つかわしくないコンクリートで作られた四角い塔。旧一興炭坑の立坑跡だ。一興炭坑自体が今はもう存在しない。

歩くうち、植生が変わった。高い木はなくなり、低木がところどころあるのみ。炭坑採掘の過去が、森を奪い去った。空っ風の吹きすさぶ荒れ地と化している。

荒れ地に残っている立坑は、ビルで言えば五階ほどの高さがある。ところどころにうがたれた窓は、ガラスなどとうの昔に砕けてなくなり、真っ黒な銃眼に見える。ほかに目につくのは、巨大な作業建屋の屋根がふたつ。鉄骨造りだったため風化が早く、今では屋根だけが地面に横たわっている。その他、小さな建物が幾つかあったが、今はもう痕跡もない。

さらにもうひとつ、目立つものがある。荒れ地の西側のいちばん奥にある、完璧な円錐形の高い盛り上がり。立坑とそう変わらない高さのズリ山だ。掘り出したものの、商品価値が低くて売れないくず炭を捨てていくうちにできた、人工の丘。

「ピラミッドかと思った」と杷木。

当時は邪魔でしかなかったズリ山も、今、吾郎の役に立っている。売れないといっても石炭は石炭。ズリ山から石炭を拾い集めて持って帰り、家での煮炊きに使っている。

立坑の麓で、ふたりは小休止した。魔法瓶に入れて持参した茶を飲み、一息ついた。ここは好きに走り回っても安全だと分かっているポチが、辺りを好きに探検している。この近辺に罠は仕掛けないという取り決めができていた。

立坑の内部が見たいという杷木に付き合い、中に入った。入り口の金属扉は閉山のとき固く閉じられたが、風雪に晒されているうち、腐り、自然に倒れた。

中はがらんどう。立坑自体は鉄筋コンクリートだが、内部の骨組みは鉄骨造りで、やはり、腐食が進んでいた。階段が延びているが崩れかけ、床も所々が抜けている。抜けた床の残滓が、一階の床にちりばめられていた。

「あの――」指をさす。「いちばん上に巻き上げモーターがあった」

炭坑作業員はここで大型昇降機に乗り、地下千メートルの仕事場まで通っていた。杷木の目が地面に向かう。

「穴は？」

「塞いである。がらくたどかせば、蓋が見えてくるよ」

「ただの蓋？　落っこちたら千メートルなのに」

「蓋っていっても、コンクリート製のくさびみたいなもんだ。人の手じゃ抜けねえ。発破でもかけなきゃあ」

「吾郎さんもここで？」

「そう。ここだよ」

吾郎は山麓にある村の農家で生まれた。十三歳からここで働いた。炭鉱住宅に住み、見合い結婚をし、子を育てた。途中、大戦で徴兵されて旧満州にいき、のちにフィリピン戦線へ。復員してからも再びここで働き、昭和四十五年の閉山まで石炭を掘り続けた。

炭鉱関係者のほとんどが去ったが、僅かに残った何家族かの中に、吾郎一家もいた。閉山を理由に炭鉱住宅からは出ていくことを強制されたため、炭鉱住宅から僅か下った辺りにある平坦地に家を建て、狭い農地を耕し、山の幸を売り、木炭を作った。

三人いた子供はすべて山を去り、妻が亡くなると、吾郎だけが残った。ほかの住人のすべてが出ていくまで十年ほどかかったろうか。

吾郎は、髭之森の中腹にある、ほかのすべての人が去った小さな集落跡に住み続けてきた。ただ、そんな独居にも変化があった。一昨年から、孫娘の結が一緒に暮らすようになっていた。

再び歩き出す。炭鉱跡を過ぎると、道はとたんに険しくなった。ここから先は、ほとんど開発されなかった。

傾斜がきつく、大きな石が覆う、曲がりくねった細い道。

小さな沢が現れた。丸太が二本渡されただけの橋を渡る。

「おがみ沢だよ。水がえらいうまい」

獣が集まる水場でもある。

「なぜおがみ沢？」

「今は崩れてなくなったが――」沢の上流を指す。「あのあたりに岩がふたつならんでて、その間を沢が流れていた」

「で」

「もとは観音沢」

「観音？」

「男ならだれでも拝みたくなる観音様だべさ」

「なるほど。沢は……潮か」

歩きはじめのころは、炭鉱開発の害を受けなかった森の中を進んだが、一時間も歩いているとまた植生が変わりはじめた。高い木が少なくなり、低木がまばらに生えているような状態。開発のせいではなく、単に標高が高くなったためである。

そのうち傾斜が緩くなってきた。

実はかなりへばっているらしい杷木に言う。「もうすぐだ」

風が強くなっていく。森の中ではまったく見かけなかった、枯れたススキの群生に出迎えられ、視界がぱっと広がる。

「ここが――」

「グラマン沼?」

「ん」

ふたりはほぼ円形の、大きな沼のほとりに立っていた。沼はまだ凍結していない。沼の真ん中辺りに小島が浮いていて、小島と岸を木製の粗末な栈橋が繋いでいた。小島には小さな祠が立っている。見るからに、朽ちかけていた。

大戦中、街を襲ったグラマン戦闘機が被弾し、この沼に墜ちたという。墜ちたのを見た者はいないし、戦闘機の残骸もない。まず間違いなく、ここにグラマンは墜ちていない。事実の確認もされず、言い出しっぺがだれかも分からないままに、グラマン沼と呼ばれるようになった。

グラマン沼と呼ばれる前はもちろん〝髭之沼〟である。

杷木が小島のさらに先を見て言う。「あれが……」

「そう。大層なもんだろう」

沼の奥はさらに一段高い丘になっていて、つづら折りの小道が刻まれている。その丘の上が、髭之森の頂上。つまり、髭之先だ。その髭之先にあるのは。

杷木が感嘆して呟く。「だれが思いついたんだか……ミスマッチだが、なんて美しい……」

真っ白な巨体が、髭之先に鎮座している。神殿に見えなくもない白亜のそれは、巨大なパラボラアンテナ。国立海斗教育大学が使っている、電波望遠鏡だった。

「あそこまで登って、やっと仕事だ」

吾郎が歩き出す。杷木も続いてきた。吾郎がここにきたのは、パラボラの保守のためだった。大学から委託されて、清掃や簡単な整備などを請け負っている。

髭之先へ立った。家を出てから、約二時間半が過ぎていた。

杷木はひとしきりパラボラに目を奪われたあと、視線を東に転じて息を飲んだ。

「凄いな……」

パラボラの先にあるのは、気象庁が便乗して立てた小さな観測小屋と、風向計。背の高さ三メートルほどの、小振りな発電用風車。杷木が凄いと言ったのは構造物ではなく、そのさらに先の景色。その先は、断崖だった。

吾郎は南南東を指す。「天気が良ければ、海斗の街明かりも見える」

「目の前は太平洋？」

「目の前というほど近くはないがね」

苦労して登ってきた髭之先の先は、怒りに任せて切り取ったように、なくなっていた。高低差三百メートルはある断崖。不知山地、最東端である。今は霞んでよく見えないが、天気が良ければ、断崖の真下に広がる森、その先を横切る国道、国道に沿って造られた細長い建物の列、さらに遠くにある海岸線、そして太平洋が見えるはずだ。

「海に沈んでいく夕日は、最高だろうなあ」

指摘しておくべきか否か一瞬迷ったが、言った「杷木くん、そっちは東だ」

二

近くに寄ってみると、目に見えない電子的な部分はもちろん除いて、パラボラ自体は単純な造りをしていた。円形のコンクリート製基礎の上にレールが敷かれていて、レールの上に幾つかの車輪がついた台車が乗っている。この台車に、鉄骨造りの骨組みが乗せられていた。車輪が油圧で回り、パラボラ本体を含めた骨組みごと回って方角を決め、首の部分が同じく油圧で制御され、天体観測に必要な仰角を得る。

作業をはじめた。アンテナ本体に寄り添って立つ、シンダーブロック造りの小屋に向かう。貸与されている鍵を使って中へ。配電盤がひとつ、制御盤がひとつあるだけ。吾郎はアンチョコを取り出し、目盛りの数値や、点灯しているランプの位置、数などを調べる。ほとんどそれらがなにを意味するか、吾郎は知らない。ただ、アンチョコに記された数値や、点灯しているランプが実際のそれと合っているか照合するだけだ。ひとつでも違うものが見つかったら、それを大学の研究室へ連絡する。修理など求められていないし、求められてもできない。週に一度見回る契約だった。パラボラ建設の計画が持ち上がった当時から、道案内などの雑用を引き受けていたお陰で、完成後も保守を頼まれたのだった。

本体に取り付けられた航空障害灯がちゃんとつくか確認し、レール部分に異物がないか確認し、駆動部の潤滑油の状態を調べ、減っていたので少し足し、お皿に破損、異物がないか確認し、仕事は終了。

「もちろん遠隔操作ですよね。どこに繋がっているんです」

「こっち」

小屋の裏側へと案内。小屋の壁から、U字型側溝を幾つも繋げたものが、沼の方向へと下っている。吾郎たちが歩いてきた岸の対岸のふちを辿り、ずっと北へ、北へと下っていた。

「この中を線が通っている。電気の線と、リモコンの線」

「どこへ向かっているんです。おれたちが登ってきたのとはまるで逆へいってるけど」

「線に沿って四キロほど下っていくと、トンネルの出口に辿り着く。出口といっても、山の中にドアがひとつあるだけ」

不知山地の地下を、内陸側から浜通りへ抜けるトンネルが通っている。火災などの緊急時の脱出用として、トンネル最深部から、真上に向かって階段が造られた。階段の出口が、知らない人が見ればあまりに唐突に、森の中に現れるのだ。この階段はパラボラが造られるずっと以前からあったもので、聡いだれかが、電源ケーブルと通信ケーブルの経路として利用できないかと、思いついた。

建設資材はヘリコプターでのピストン輸送、作業員は髭之先の隅に建てたプレハブ小屋に暮らし、全作業を三ヶ月弱で終えた。

「お昼を食べて、戻ろう」

小屋の中に戻り、ここに置きっぱなしのカセットコンロを使って、凍る寸前のお握りを焼き、魔法瓶の中のお茶を温め直し、お昼にした。ポチの分も持ってきたのだが、姿が見えない。何度か呼んでみた。わん、と一声。沼のほうから聞こえた。アンテナの裏に回り、グラマン沼を見下ろした。

ポチは、沼のほとりにいた。藪の中になにかを見つけたのか、しきりに気にしている。しっぽを激しく振っていた。

杷木が双眼鏡を取り出し、辺りを探り、言った。

「大丈夫、仲間です」

「まるで気づかねかった」

「そのへんは……プロですから」

――犬に見つけられる〝プロ〟かい。

思ったが、皮肉と取られてもいけないので、黙っておいた。

今度は下っていく。グラマン沼、おがみ沢、立坑にズリ山。立坑跡からはトロッコ道を使えるので、歩は進んだ。下ること一キロ弱。旧炭鉱街を通り過ぎた。今風に言うならテラスハウス、吾郎言うところの文化住宅、学校跡、今は壁の一部しか残っていない銭湯、公民館跡や商店跡。

閉山を理由に吾郎たちが追い出された町だ。二十二年かけ、ゆっくりと死に続け、これからも死に続ける。昭和を封じ込めた、巨大な墓。

吾郎にとっては数えきれない追憶の湧く場所であると同時に、いい猟場でもある。

ここから吾郎の住処まであと一息。半時間ほど下れば着く。

杷木の姿は遠く背後に霞んでいる。杷木自身がお先にどうぞと言うので、遠慮なくいつものペースで歩いてきた。腰は年相応というべきか、いい案配に曲がってきているが、膝に神経痛が出ないのは、とにかくありがたい。

――これが〝山じじぃ〟の実力だべさ。

「おい」

文化住宅の間の道を歩いて、猫田虎之介が現れた。猫田も、山じじぃだ。背はしゃんとしているが、もともと小柄なので、目線は吾郎と同じくらいだった。猫田はいつもと同じ、上下迷彩柄という出で立ちだった。被っている帽子も、いつも通りジャイアンツの野球帽である。

「皿洗いか」

「ん。行きも帰りも、なんも出て来ねがった」

「おら、ノウサギやった。食おう」

この森で罠猟をしているご近所さんというのが、この猫田だった。昔は猫田も銃を使ったが、今の猫田は罠猟専門。銃をやめたのは簡単な理由。罠は仕掛けたら、家に帰り、待ち、たまに様子を見にいくだけでいい。楽と言えば、楽な猟だった。

「まだ捌いてねえ。あとで届けてやる。弾は」

「まだ、たんまりとある」

吾郎は、空薬莢が出たら猫田に預け、弾丸を作ってもらっていた。使用済み薬莢は再利用するのが当たり前だった。若い奴らはこの作業をリロードだとか言っている。猫田にこの作業を任せる理由はふたつ。ひとつ、街にある銃砲店より近所にいて、腕も確かだから。近所も近所。猫田はこの文化住宅群の一角に住み着いているのだった。同郷で昔なじみ、大戦中配属された中隊も同じだった。復員後、街で畳表の問屋をはじめてそれなりに財をなし、家族にも恵まれた。そのころ、彼にとって猟はただの趣味だった。還暦を迎えて突如、ひとりで髭之森に入った。吾郎らが追い出された町になぜ猫田が住めるのか。慎み深い吾郎にはないものを、猫田は持っていた。度し難い厚かましさである。現在、この辺りの土地がだれの所有なのか、役所でも把握しきれないほど複雑なことになっているらしいが、猫田に苦情を言ってくる者は、絶えて久しい。

猫田がなぜ突如街の暮らしを、家族を捨てたのか。付き合いが七十年以上になる吾郎だが、未だに知らない。尋ねたことはあるが、明確な答えを貰えなかった。

自分でリロードをしないもうひとつの理由は、あまりに明確。リロードの仕方を知らないからだった。炸薬がどうの火薬量がどうの弾丸初速がどうの、いろいろ言う者がいるが、同じ初速で同じように飛ぶ弾をいつもと同じように使うと決めていれば、五百メートル先に当てることも、千メートル先に当てることも、できる。要は腕の問題である。

猫田が言った。「お皿を爆破できるほど、火薬がたまってら」

「そっちが勝手に買い増してるだけだろが」

夏場、猫田は甲《かぶと》ダムで、禁止されている発破漁をしている。湖に爆発物を投げ込んで炸裂させ、気絶して浮いてきた魚を捕るのだ。そのために火薬がいることもあり、猫田は必要以上に火薬を溜め込んでいた。火薬を売る銃砲店にどう言い訳しているのか。

吾郎が国体を目指して練習するため、大量に火薬を消費する。だとか。

つい、魚のお裾分けを貰ってしまう吾郎は、とやかく言えない立場だった。

山に慣れたふたりだが、歳も歳。お互い山に入るときは、ポータブル無線を持つ約束になっていた。なにかあったら、無線で連絡して助け合う決まりだ。お互いに、携行用を一台持ち、家には据え置き用をそれぞれ一台置いている。

「このあと、連れがここを通るから、いきなり現れて脅かさねえように」

「連れ？　あの若いのか」

「そうだ。んじゃ」

歩きはじめた吾郎の背に、猫田の声が飛んできた。

「あんまり、信用し過ぎんほうがいいぞ」

三

ホームに降りたとたん、乾いた突風が吹き抜ける。伊沢結は、乱れたショートヘアを素早く直した。

次の春がくるまでのお休みをいただいた田圃の真ん中にある、小さな無人駅。数年前から政令指定都市入りを叫びはじめた、自称東北第二の都市、海斗市の中央から延びる支線に乗り、駅五つ目で無人駅。どう繕おうと、〝ど〟のつく田舎である証拠だ。

結は改札を出て、線路脇にある駐輪場へ向かった。空は陽の支援が切れかかっているようで、濃い色に変わっていく。今日は友達との世間話が盛り上がりすぎたので、いつもより帰りが遅い。部活はやっていない。

凍てついた突風が、再び結を襲う。

「あーあ……なんて様」

型の古い藍色のスクーターのかごにリュックを入れ、シート下のトランクからフルフェイス型のヘルメットと、丸めたジャージズボンを取り出す。ほんとうは半キャップ型のほうがかっこいいと思うのだが、通学に原付きを使うと決めた去年の春、祖父がフルフェイス以外は駄目だ、と強く命じた。まあ気持ちは分からないでもないので、素直に従った。

辺りを見回して無人を確認してから、その場でジャージを穿いた。制服のスカートは穿いたままである。この辺りの女子の恰好としては、珍しくない。このまま電車に乗ってもいいぐらいだが、そうしないのは、結なりのたしなみだった。

スクーターのエンジンに火を入れ、走り出した。

これでも一昨年までは、海斗市街近郊の新興住宅地に住んでいた。ごく普通の街の子と言っていい暮らしをしていた。ちょうど一昨年の今ごろ、推薦で商業高校への入学が早々と決まった直後、家庭の崩壊がはじまった。

父は不動産業を営んでいたが、土地取引に絡む手形詐欺に遭い、すべての資産を失った。笑えるのは、父もまた、別件の詐欺で捕まったことだ。今父は、新潟刑務所にいる。

——すまん。つい……。

〝つい〟なら許すか。〝つい〟はだれにでもある。今後何度も繰り返すなら絶縁なのだが、まだ一回目だ。

——まあ、今後の活躍に期待しときやす。

手紙にはそう書いた。接見にはいっていない。けっこうな交通費がかかる。

母は父の残した借金から逃げるため、自己破産を申請。結と七つ違いの妹を連れ、今は市が運営する母子寮にいる。

きれいさっぱり、家庭が消えた。

父は刑期を終えて出てきてくれればそれでいいし、母には体を壊さないように気をつけてもらいながら、ふたつのパートを掛け持ちしてくれればそれでいい。腹は立たない。恨みもない。

これ、ほんとうのところだ。

彼らは、端的に言えば、みな優しくていい人たちだった。

で、結。施設に入るか、親戚のもとに身を寄せるか。二択だった。おじおばいとこ、ワンセットがかっちり揃った家庭に、途中から入る？　とんでもなく面倒だった。施設？　大勢いる小さい子のお姉さん役とか、やらされる？　面倒。自分で言うのもなんだが——。

——結構かわいい顔しているので。

年の近い男の子に惚れられるとか？　とんでもなく、面倒。

〝山じじぃ〟が声をかけてくれた。結は誘いに応じた。苦難の道のりは、はじまった。

——なに、この様は。

今、結を取り巻く環境に対する、正直な感想だった。まさに苦難の道のり。家と学校が、とんでもなく遠いのである。

祖父と暮らす村、いや、かつて村だった山の中から、約四十分かけてスクーターで麓に下り、さらに二十分ほど走って無人駅に着く。ここから、もどかしいほど遅い電車に揺られて三十分。海斗中央駅に着く。徒歩十分で高校に辿り着く。単純に計算して一時間四十分だが、これはいっさいの待ち時間を入れていない時間。実際には、もろもろ加えて二時間以上かかる。往復四時間。泣けてくる。

さらにこれから先、本格的な雪の時期になれば、余計に時間がかかることになる。スクーターが使えなくなるから、最寄り駅までの行き帰りを祖父に頼ることにもなる。

そして、住むところは獣の住む、結からすれば〝秘境〟。

——ぴちぴちの女子高生が……。

掘っ建て小屋という呼称がぴったりのボロ屋。水は井戸水から汲み、煮炊きや暖房には石炭カスを使う。トイレはいわゆるぼっとん式だが、役所は祖父の家まで汲み取りにはこない。祖父が自ら汲み取り、穴を掘って埋めている。それがいやでたまらない。祖父のものと混じって見分けなどつかないのかも知れないが、排泄物を他人に見られるなど、考えただけでぞっとする。電気と電話は通じている。メーター検針は特例として、二ヶ月に一度、冬場は三ヶ月に一度である。理由は、検針担当の立場になって考えれば、よく分かる。電気と電話は、冬場になると時折、付着した雪の重みで線が切れて不通になった。土地の駐在さんが業者の尻を叩いてくれるお陰で、切れた場合の修理は割合迅速だった。

家には風呂場があるが、これも石炭を使う。村が生きていたころは、プロパンガスの配達がきていたそうだが、今はこない。風呂釜は祖父が自分で工作して、石炭釜仕様にしたとか。結はもちろん、毎日入る。夏場は一日おき、冬は一週間に一度だったという祖父も、結がきてからはついでなのでと、毎日入るようになった。ちなみに、風呂焚き当番は交代制。祖父と結と、貰い湯にくる〝山じじぃ〟の猫田で当番を回している。

夏場はありとあらゆる獣と虫が、結のご機嫌を伺いに現れる。自分の家の辺りを歩くときは、熊避けの鈴が必需品。鉄砲撃ちの祖父だが、いついかなるときも駆けつけられるとは限らない。家の周りを散歩するだけなのに、いちいち熊避けが必要になる女子高生が、自分のほかにいるだろうか。

だが、好きなものももちろん、ある。例えば、夏場の蚊帳。天の川。もいですぐかぶりついたキュウリの香り。ヒグラシの声。あまりに可愛すぎるヤマネ。いつも残像しか見せてくれないモモンガ。霜柱を踏み砕く音。ダイヤモンドダスト。凍りついた鼻毛の固さ。ポチ。それになんといっても、蛍。祖父ご自慢の、蛍の群生地。あの夜の美しさときたら――。

――どんな女もいちころだね。

とは言っても、つい一昨年まで街の子だった。今では〝山むすめ〟の結が寂しいのは、気軽に友達を呼べないことだった。

――ぴちぴちが、泣いちゃうよ。

街で一人暮らし？　無理だった。高校には寮がない。結を気にかけてくれる人々は、全方位的に金がない。気にかけてくれて金のある人もいるが、その人たちは例外なく、いわゆる他人だった。

途中、加納さんちに寄り道した。この地域を守る駐在さんだった。加納さんは、ほんとうによく祖父や結に気をかけてくれていた。電話と電気の断線に目を光らせているのが、加納さんである。この辺りでいちばんの秘境に住むじいさまと、ぴちぴちの高校二年生という組み合わせなので、職責上気にかけずにいられないのだろう。

道に面した派出所は無人だった。裏の住居に回る。加納さんの奥さんと三人の子供たちが出迎えた。施設でのお姉さん役は面倒な結だが、ここでのお姉さん役は苦ではなかった。自分の家ではないからだろう。

「おじさんは」

ファンヒーター前を占領させてもらい、訊いた。緩い鼻水が染み出てくる。

「パトロール。また海斗で小学生の男の子がいなくなったんだって」

また、と言われて思い出した。五年前だったか、やはり小学生の男児が行方不明になった。男児は、今に至るも見つかっていない。

「おまわりさん総出だってさ。ほんと、やな事件」

「いつ？」

「昨日の夜、鍛冶屋町の飲み屋街で。今日の昼過ぎに公開捜査になった」

「ほんとに事故じゃなく、事件？」

「て、主人は言ってた。五年前と、状況がまったく一緒なんだって」

「ふうん」じゃれてくる子供たちを、あしらいながら言った。「そんな奴は、市中引き回し獄門にしなきゃ」

「ほんとにねえ」

「きみたち、知らないおっさんについてくなよぉ」

子供たちに襲いかかり、ひとしきりじゃれた。

子供のひとりが訊いてきた。「ねえ結ちゃん、ゴクモンてなに？　どこにある門」

「えーと……」

おばさんに助けを求めようと、視線を走らせる。おばさんは、お茶飲むでしょ、言って消えた。

――さては……おばちゃんも知らないな。

台所から声が飛んでくる。「吾郎さんの手術、来週だっけ」

「月曜から入院だって」結は姿勢を正した。「来週、よろしくお願いします」

「ご遠慮なく。みんな楽しみにしてるぐらいだから」

吾郎の入院は来週月曜から五日間の予定。その間、結はここでお世話になることになっていた。

「でもさ、今さらって言っちゃあれだけど、必要なのかね」

「本人が痛むって言ってるし」

「あの歳で絶対に必要って訳でもないのに、体にメスを入れるってのは、余計な負担になるんじゃない」

吾郎が受ける手術は、弾丸の摘出手術である。吾郎は先の大戦で兵隊をさせられていたとき、右腕に弾丸を受けた。弾は貫通せずに右の二の腕、肘関節の手前で止まったらしい、摘出手術ができる環境ではなかったため、放置した。吾郎は腕に弾丸を埋め込んだまま、以降四十七年を生きてきた。

手術をすると聞かされたのは、先週である。実はずっと、鈍痛を抱えて生きてきたのだそうだ。先週のうちに予備検査を済ませている。血液検査では、血中から鉛成分は検出されなかった。運のいいことに、吾郎の食らった弾頭が鉛製ではなかったか、あるいは被甲が破れていない、ということらしい。鉛中毒の傾向はまったくないという。

先は長くないがどうせなら、忌まわしき異物を取り去り、そのときを迎えたい。吾郎の気持ちは分からないでもない。結は反対しなかった。ただ、祖父の言う〝摘出できる環境ではなかった〟とはどういう意味なのか、訊いてみた。

――ジャングルの中で、医者も病院もなかった。

森を愛する祖父だが、ジャングルという言葉は忌み嫌っているような口ぶりだった。

「まあ、ついでに総合検診も受けるっていうしね」

気合いを入れ直し、腰を上げた。寒風突いて、山登りだ。

暗くなった県道を走る。進むうち、右手の森が盛り上がっていき、やがててっぺんが見えなくなった。県道から市道へ。山の中にぽつんと灯をともす、古びたドライブインへ寄る。このドライブインにも、おばさんがいる。

「ただいま、おばさん」

「お帰り」

「もう飲んでんじゃないの」

「いいじゃないか――」都会から嫁いできたおばさんは、訛りがない。「もうお日様はお隠れになったんだし」

この店を夫婦ふたりで営業している。ふたりとも、吾郎の表現を借りればウワバミだ。朝から晩まで、酒を舐めて暮らしている。おばさんは去年ついに飲酒運転が見つかり、免許を取り上げられた。

しらふだとすぐ喧嘩がはじまるので、仕方なく飲んでいるのだとか。夫婦口を揃えて、円満の秘訣だと言ってのける。

伊沢宛の郵便は、ここに預けられる。家まで一応舗装はしてある。歩きという訳でもないのだから、郵便局員にきてもらってもいいはずだが、祖父が断った。山奥の一軒だけある家にきてもらうのは申し訳ない、と。

「これ」

一通の封書だった。宛名は、浦瀬肇。去年知り合った、東京に住む大学生である。彼はまず間違いなく――。

――あたしに惚れてる。隅におけないな、あたしも。

帰り際、ころころ太ったおばさんに訊いた。「獄門てなに」

おばさんは断言した。「読んで字のごとく。地獄の門だよ」

――ほんとかぁ？

自分が知らないのに詰問もできない。

おばさんが差し出した野菜の残り物を遠慮なく貰い、店を出たところで、帰ってきたおじさんと顔を合わせた。ごついタイヤを三本履いたスリーターから、下りたところだった。

「お帰り」

「酒飲んでる？」

「飲んでない。かあちゃんがやられてから、加納に目をつけられてる」

「それは結構」

おじさんが結のスクーターを一瞥した。「そろそろ加納に禁止されるころだな」

「そう。もうそんな季節」

「なあ。なんならこれ、やるか」スリーターのハンドルを叩いた。「毎年のことだから習慣で、スノータイヤに履き替えてきた。これなら冬でも山、上がれる」

「ほんとに？」

「歳かね。もう冬にスリーターはしんどくなってきた。五万でいいよ」

――なんだ、くれるんじゃないのか。

考えておく、と答え、自分のスクーターにまたがった。

途中で道を折れる。いよいよ山登りだ。登ったり平坦になったりを繰り返しながら続く道。ブナやナラの枝が空を覆う。木々は冬枯れ、心細い。夏なら緑のトンネルが出来上がる。清々しいことこのうえない。このうえないが、時折、山蛭や蜘蛛の糸、青虫の奇襲を受ける。ふと思いつく。祖父がフルフェイス型を勧めたのは、それを見越してだったのだろうか。

発電のためだけに作られた小さなダム、甲ダムを過ぎる。ダム湖も小さい。湖というより、沼に近い。かつては沢蟹の群棲地だったという沢に水を溜めた、細長い水たまりだ。

このダムには放水路がない。直径三メートルはある太いパイプがダム壁面へ直に繋がってい て、水はこの中を下る。パイプは左方向へ曲がりながら、麓へとひたすら続いていた。変電所くらいにしか見えない小さな発電所が、麓にある。

伊沢家の一員ポチを助けたのが、ここ。去年の冬だった。仲間と一緒に段ボール箱の中に入れられ、湖面に浮いていた。

ここまできて、道のりのようやく三分の二だ。ここを過ぎて十分ほどで旧製材所跡地の横を通り過ぎ、そこから——。

ヘッドライトの光。木々を透かして見えてきた。車が停まっている。

進んでいく。旧製材所の跡地。古めかしい石垣が続いている。夏ならここに美しい緑の瀑布が現れるのだが、今は、冬枯れたつたの茎が陰鬱な遺跡を際立たせているだけ。巨大な木製の扉で固く閉じられた門の前に、大きな四駆が停まっていた。

よそ者だ。人影はふたつ。ひとりは車に乗り込もうとして動きを止め、ひとりはただ車の脇に立っていた。山菜採りの帰りだろうか。

と、車の脇に立っていたひとりが、手を挙げて道の真ん中に出てきた。

一瞬迷った。が、停まった。

男がゆっくり近づいてくる。背が高く、浅黒い肌、角張った顎。髪は短髪。

「この先は——」男の視線が結を上から下まで舐めた。「行き止まりだ」

訛りがまったくない。

「知って、ますけど」

「こんな時間に、そんな恰好で、どこへ」

「家、ですけど」両足つけた足の一方を、スクーターのフットレストにそっと戻した。「なにか」

男は眉を寄せた。「この先に住んでるのか」

「なにか」

男が一瞬車のほうを振り向いた。結からは見えなかったが、男は連れらしいもうひとりに、表情でなにか伝えたらしい。それを受けた男は、微かに顔をしかめた。

「この先には、鉄砲名人の家しかないが」

祖父の知り合いか。だとしても、この男の発する圧力はなんだろう。

「もういきます」

結はアクセルを捻った。バックミラーを見る。男は、運転席に戻っていった。こちらには向かってこない。ほっとした。

声に出した。「貞操の危機かと思ったよ」

喋っているうちに、落ち着きを取り戻した。

「だんな、ありゃあ、ただの山菜採りですぜ」

「まさかと思って声をかけた」

「しかし神代《かみしろ》、顔を見られたのは――」

「子供がいる」

「いないと聞いていた」

「だが、いる……もう一度計画を練り直したほうがいい」

「もう時間がない」

「まあいい……おれは部外者だからな」


木立を透かして、灯が見えてきた。煙突から流れる煙。

走るうち、さっと木立が開け、祖父の村が姿を現した。祖父たちが開墾し、今ではそのほとんどが捨てられている畑の広がりがあり、そこを過ぎると、右手にこれも捨てられた家々の屋根が並ぶ。祖父、そして結も暮らす小さな家は、一本道を隔てて左手側にぽつんと一軒だけ離れて建っている。家の裏には、森がなだらかに下りながら広がっている。

別棟になっている車庫の横、四駆が停まっている。四駆の隣には、小振りのテントが張られ、明かりが灯っていた。車庫前にスクーターを停め、テントへ向かった。こちらから声をかける前に、杷木が出てきた。

「こんばんは、結ちゃん」

「こんばんは。お皿掃除、どうでした」

「吾郎さんには内緒だよ」腰を叩き、言った。「二度といやだね」

なんと言ったか、とにかく〝国際なんとか研究支援なんとか機構〟の事務局職員だとか。六人の外国からの研究者たちを連れ、七日前ほどからここにいる。粘菌、酵母の探索採取が目的で、タイから来日した大学教授と学生たちの一団である。杷木は彼らのガイド役だった。杷木はもともと、祖父の知り合いだという。これまでにも何度か、この山に研究者や学生を連れてきていたとか。

「今晩もお呼ばれしちゃって」

「遠慮なく。お客なんか滅多にこないし」結は道を挟んで向こうに広がる廃屋群へ目をやった。「学生さんたちは」

「あー、今晩は遠慮しておくと」

「ふうん……虎の納豆攻撃が原因かな」

杷木は苦笑した。「多分ね」

昼間結は学校にいる。結が帰ってきたときには彼らはもう、ベースキャンプとして使っている廃屋群の中の一軒家にこもってしまう。滅多に顔を合わさない。杷木は杷木で、奇妙な頼み事をしてきた。

——こういう田舎では、いろいろと偏見の目がある。特に警察なんかはね。彼らにはこの山で、自由に心置きなく研究活動に専念してもらいたい。誠実な学究の徒なのに、おまわりさんがやってきては、パスポートを見せろだとか、不携帯がどうとか、避けたいんだ。地元の人の好奇の目、というのも避けたい。

だから彼らのことは、他言しないように。妙な頼み事だとは思ったが、旧知の仲だという祖父も、杷木に従うように、と言う。だからこれまでのところ、言いつけを守っていた。

杷木がベースキャンプに入らず、こんな道ばたでテント生活しているのも変と言えば変なのだが、杷木はこう言った。

——添乗員がそばにべったりじゃ、くつろげないだろう？

まあ、言われてみれば。

彼らは、来週の月曜には帰国するとか。

「粘菌てなに」

「菌の一種らしい」

「どんな菌」

「かなり……粘る奴らしい」

「知らないんでしょ」

ふたり、笑みを交わした。

「ここはいいところだね」

「どうですかね」

「環境が人を作るのかも知れない。吾郎さんはいい人だ。猫田さんもね」

「虎？　ありゃあただのすけべじじぃだべさ」

「不思議でしょうがないんだけど、なぜ、きみはそうなのかな」

「そう？」

「きみを眺めていると、充足を感じる。なにひとつ欲しいものはないし、いらないものもない」

「よく分からないんですけど」

「簡単にだが、きみのこれまでを聞いたよ。それなのに文句ひとつない、とでもいうような。きみの清々しさはどこからくるのかな、なんて……ごめん」

謝るくらいなら最初から言うな、である。

「よく分からないんですけど、もしかして……」

「もしかして？」

「惚れちゃいました？」

杷木が大きく破顔した。「そんなとこかな」

「杷木さんって、日本人の仲間は連れてきてない？」

「いや、どうして」

「山道で車に乗ったふたりの人とすれ違ったから。ウチのこと知ってるようだったし」

杷木が尋ねるので、詳細を話した。

「いや、日本人の仲間はいない」杷木は曖昧な笑みを浮かべた。「気にすることないと思うよ」

四

吾郎が土間で鍋の様子を見ていると、結が帰ってきた。

「ただいま。眼鏡のレンズが曇ってる」

結は自分の部屋に直行していった。いつものことだ。吾郎は一口鍋の味見をしてから居間に戻り、一服つけた。しばし、ラジオのニュースに耳を傾ける。

着替えやらなにやら、結の動き回る音が奥の間から聞こえる。各部屋の仕切りはすべて襖なので、音はつつぬけだ。正方形の屋根の下、襖で仕切られた四つの和室がある。奥の間のひとつを吾郎の居室、ひとつを結の居室に使い、土間に面したひとつを居間にしている。隣のもうひとつの部屋には仏壇がしつらえてあるが、仏間というわけでもなく、物置のような役割をしている。冬場は、物干し場にもなる。その他、居間に面して調理場兼よろず作業場の土間があり、土間の隅に風呂がある。トイレは、外に独立している。

ここで、妻と子供三人で暮らした。今、そばにはだれもいない。妻は亡く、上の息子は東京で一家を構え、娘は静岡へ嫁いだ。下の息子は、新潟でお務め中。

もう八年会っていない。多忙が理由らしい。どこの家も、そんなものなのかも知れない。だがなんとなく思う。子育てに失敗したのではないか、と。

結が部屋着に着替えて戻ってきた。「今日、だれか尋ねてきた？」

「いや。なして」

「製材所の前に車が停まってて、声かけられた。この先は行き止まりですよって」

「親切してくれたんだべか」

「なーんか、怪しかった」

「どこが」

「どこか」結は勢いよく座り直した。「飯にしようよ！」

野生ミツバの根のきんぴら、同じく葉のクルミ和え、ヤマブドウは生でそのまま、ボケの実の砂糖漬け。メインはヤマイモ、ナメコ、アブラシメジ、大根、ネギと豆腐、そして猫田の仕留めた兎の肉が入ったみそ鍋。これが、今晩の夕飯だった。金を出して買った食材は、豆腐だけだ。

吾郎は結に、杷木を呼ぶように言った。結は、飛んでいった。

「ありゃあ――」猫田がかまちに腰かけていた。「ほの字だべな」

「人んちに入るのに、猫足使うな」

「斥候は死なず、ただ忍びよるのみ」

「訳分からね」

「おらの兎、美味くしてくれたか」

「ごろうじろ、だじゃ」

獣山菜問わず、猫田は収穫物をすべてここに持ち込む。山じじぃの道を選んだ猫田だが、野外で必須のはずの料理の腕が、まったくないのだった。

食卓の上を整えていると、結がひとりで戻ってきた。

「急用かな、杷木さん車でどっかいったみたい」

ベースキャンプから出てきたペレロを隣に乗せ、杷木は車を走らせた。

十五分ほど下り、結の言っていた製材所跡が近づいたところでヘッドライトを消した。門が間近に迫ったところで車を降り、徒歩で近づく。

辺りに車はない。近づく音、遠ざかる音もない。

ペレロが門を乗り越え、製材所を調べにいった。杷木はポケットの中で小さなコルトを握り、辺りを警戒する。

　しばらくしてペレロが戻ってきた。「クリアー。だれもいない」

「どう思う」

「分からない」ペレロは、右手に持っていたブローニングに撃針ロックをかけ、懐のホルダーに収めた。

「やはり、麓の出入り口にも監視が必要だ」

　ペレロは首を横に振った。「それも兼ねて、おれたちというわけだ」

「戻ろう」

　車に戻り、山を登っていく。

　ペレロが訊いてくる。「レディは騙せているか」

「今のところは」

「フォー・ファイブはいいとして、ソルジャーは」

「彼も大丈夫」

　吾郎から受ける印象でしかないが、吾郎は猫田に、ある程度の打ち明け話はしているらしい。猫田は杷木になにも言ってこない。傍観を決め込んでいるのか。とにかく、これまでは問題なく済んでいる。

　フォー・ファイブとは、吾郎を指す。腰の曲がりがほぼ四十五度、からきている。レディは結。いつも迷彩柄の服を着ている猫田が、ソルジャー。

「今までは寒いだけだったが、数日中にも本格的に雪が降るらしい」

「雪――」ペレロは、薄闇の中に真っ白な歯を光らせた。「みな、楽しみにしている。国じゃ見られないからな」

会話は全部、フィリピノ語交じりの英語だった。


食事中、恒例行事のようにはじまってしまった。吾郎は深く溜め息をついた。

「お前なんか――」結の言葉である。「早く棺桶に入っちゃえ！」

「このがきが――」応じているのは猫田。「年寄りに向かって棺桶だと！　でりかしぃちゅうもんがないわい」

「なにがデリカシィだい、へそが笑うよ」

杷木について猫田が結をしきりにからかうので、結果、いつもの罵り合いになってしまった。

「子供のくせに色気づきやがって」

結が、御年七十九歳の猫田に、ケリを見舞った。

「こら結――」

吾郎はげんこを結の脳天に落とした。

「いたあ。この猫だか虎だかわかんねエロじじいがいけないんだ――」

「年寄りを足蹴にするとは、罰当たりめ」と猫田。

「ころっと逝かれたら困るから、ちゃんと手加減してるよ」

「なんだと。手加減だと――」

「手加減がなにさ」

「くそがきに手加減なんかされたら男が廃るわい。もっかい蹴れ」

吾郎が半ば諦めながら割って入る。「やめれ、ふたりとも」

「なにが男だ。もう引退選手でしょ」

「毛の生えそろってない娘っこが偉そうになんじゃい――」

「なに言ってる。毛なんかとっくの昔に生えそろってるよ！」

「嘘こけ。つるっつるのくせして」

「嘘なもんか。もうぼーぼーだってば！」

「どうも、お呼ばれにきましたが――」杷木が土間に立っていた。「お取り込み中のようで」

五

立木は街道の流れのままに、車を進ませていた。

立木の疑っている者が犯人なら、もう事件は起きないと考えていた。だが、失踪事件は再び起きた。

海斗市街中心部にあり、県内唯一の巨大ターミナル駅海斗中央駅の西側に広がる繁華街、鍛冶屋町で昨夜、小学三年の男児が姿を消した。

当夜、友達同士の家族が四組、居酒屋で飲んでいた。それぞれ子供を伴っていたという。よくあることだが、長々続く大人の飲み会に飽きた子供たちが、店の外で遊びはじめた。居酒屋の玄関付近での、他愛のないじゃれあい。小学生ばかり六人がいた。親のひとりが途中、遠くいく。

へいかないように、と声をかけている。だが、無心に遊ぶ子供たちの足は、居酒屋から離れていく。

入り組んだ路地、人ごみ、きらめくネオン。

ひとりが、ふっといなくなった。

被害男児がいなくなった正確な時間は、分かっていない。子供たちが居酒屋の外で遊びはじめてから、約一時間後の八時半。ある子供が大人たちの宴席に戻ってきて、男児の姿が消えたと報告したことで、男児の行方不明が発覚した。親たちは九時過ぎに交番に届け出ている。全県及び広域配備が敷かれたのは、それから三十分後。異常な早さ。

五年前、苦汁を舐めたせいである。いや、犯人検挙に至っていないから、未だ、舐め続けている。

五年前、小学二年の男児が消えた。現場は、県道沿いにある飲食店モール。失踪までの状況は、今回とほとんど同じ。複数の飲食店が共同で運用している駐車場の監視カメラに、男児と、成人男性ひとりの姿が映っていた。その後の移動は車が使われたはずだが、車に乗り込むシーンは映っていなかった。車種の特定には至っていない。

今回の件で、事件発生から広域配備までの流れが異様に早かったのは、五年前の事件を受けてのことだった。

立木は、五年前の事件を担当している専従捜査本部に所属している。四十半ばの働き盛りだが、〝専従〟に捕らわれ、明日の見えない日々を送ってきた。立木の心の中にしかないが、ひとり、目を付けた男がいる。男を取り巻く異常な状況から、もう事件は起きないと考えていた。

だが再び起きた。場所、時間帯、状況は、同一犯であると暗示している。

市街を抜け、港方向へ向かう。開発されはじめて間もない湾岸地区のマンション群の中の一棟、グリーンパークマンションの前で車を停め、降りた。

空気が、きん、とする。本格的なオホーツク低気圧が接近しているとか。明日辺り、本格的な根雪がくるか。

エントランスのインターホンで、一八〇一を押す。以前一度、この部屋には入ったことがある。最上階の十八階に一世帯分だけあるペントハウス。面積はマンションの一区画としてはあり得ない、四百平方メートルという広さ。

陰鬱な家政婦の声。《旦那様はおりません》

「どちらへ」

《知りません》

――家政婦なら〝存じません〟ぐらい言え。

「分かる方、いませんか」

《さあ。会社のほうにでもどうぞ》

すでに当たっていた。彼の行方を知る者は、〝いつも通り〟いなかった。

「車で出かけましたか」

《知りません》

「それぐらいは分かるでしょう」

《知りません》

「大旦那さんの具合は」

一瞬、間があった。知りません、ではおかしいと気づいたのだろうか。

《変わりありません》

「旦那さんがいないとなると――」なぜかこの名前を出す直前、張りつめた心持ちになる。

「世話人の神代さんはいます？　まだ同居しているんでしょう」

《あの方もいません。どこにいったかも知りません》

――あの方、ね。

「少々お邪魔してもよろしいですか」

《ご遠慮ください。では》

インターホンは切れた。

これまでの聞き込みで、〝旦那〟津山信一が昨夕から所在不明なのは分かっていた。被害男児は昨夜、いなくなった。

――お前、やっちまったのか。そうなのか。

世話人、神代もいない。もっとも彼の場合、常時神出鬼没なので、珍しいことではない。

――神代、お前が目を光らせていたんじゃなかったのか。

だからこそ立木は、もう事件は起きないと考えていたのだ。だが、起きた。

貸しビル業でこの街の大立者となった〝大旦那〟津山勝夫は、五年前に脳梗塞で倒れ、以来寝たきり。豪奢なペントハウスに、親子ふたりと家政婦、世話人神代とその仲間たちで住んでいる。

五年前、男児がひとり消えた。同じころ、津山勝夫が倒れた。事件直後、神代が世話人として津山家に入り込んだ。ここ五年の間、津山信一は東南アジアへの渡航を繰り返してきた。それまで、渡航歴はいっさいなかった。五年後の今、男児がまたひとり消え、津山信一と神代が姿を消している。

神代は日系フィリピン人で、来日して十五年ほどが経つ。彼はフィリピンほかタイ、ビルマ、シンガポールなど東南アジア諸国を行き来している。立木の目から見て――。

――奴は間違いなく堅気じゃない。

神代は五年の間、津山信一を諸国の魔窟に連れ込んで、欲望を満たしてやっていた。

――だが、我が旦那様は、日本人の子供でないと、満足できなかったと。

立木は車に戻っていった。

――津山信一を捜索するだけで、二件の失踪が一気に解決するかも知れない。

立木を縛り続ける〝専従〟という荒縄を引きちぎることができる。

だが問題は、津山への疑いが今のところ、妄想に過ぎないことだった。男児がらみの性的嗜好から起きた事件の前科者のリストを洗っていて、偶然津山に辿り着いた。津山の累犯とは、彼が高校生のときに小学校へ忍び込み、男児の靴を盗んだ、というもの。直接手を出したわけではない。軽微な罪を犯した、大勢いる累犯者のひとりで、再犯者でもない。

どうでも容疑者が欲しい、と日々呻く上司たちだが、これだけで彼らを説得できるかどうかは微妙だ。つづめて言えば、立木の主張とは、現在二十八歳の、親の事業を傍目には立派に継いだ青年を、高校生のころに男児の靴を盗んだ経歴があり、彼の家に妙な世話人が入り込んでいるから疑え、ということである。性的事犯については、こんな金言もある。

——物に執着する性犯罪者は、〝生〟には手を出さない。

覗き行為を含め、生身が興味の対象だった累犯者は、県内にはごまんといる。

——すべては、おれの舌鋒にかかっている、というわけか。

六

「シーザーズって、あのシーザーズ？」

「あのって？」

「じーちゃん、知らない？　海斗中央駅のそばの、旧操車場跡地にできたホテル」

「それがどした」

「海斗初の高級ホテルだよ」

「へえ」

「たっかいんだよ」

「何階建てだべ」

「違うよ。料金が高いってこと……しかもスイートなんてさ」

吾郎は湯船に浸かっていた。壁を隔てた外の焚き場には結がいて、火加減を見てくれている。

ガス会社が面倒がって配達を断ってきたとき、ガス式風呂釜を取り払い、吾郎が手作りで石炭使用の風呂釜を取り付けた。造りは簡単。湯船と繋がっているパイプを、石炭で熱し水を温めるだけ。温度の調節は水を注ぎ足すか、パイプを熱している石炭の載っている網をハンドルで上下させる。

釜だけでは吹きっさらしなので、廃屋からいただいた板で壁と屋根を造り、小さな釜焚き部屋にした。

ど厚かましい猫田がさっさと湯を先に使い、吾郎は二番目だった。

「いつ？」

「おれが退院してからだと」

「あたしも？」

「もちろん」

「あたし、なんにもしてないけんど」

「そら、おれもおんなじだべさ」

吾郎は結に杷木の申し出を伝えた。すべてが済んだら、お礼に、高級ホテルのスイートに吾郎と結を招待したい、というのだ。

「羽振りがいいんだね、あの人」

「国の支援がついてるからじゃないか」

「甘えちゃまずいよね」

「もう、うん、て言っちゃったべさ」

「えー」結は声を立てて笑った。「うまいもん、食べようね」

「おれ、温泉のほうがいいんだがねえ」

「まあまあ。気にいるかもよ」含み笑い。「じーちゃん、フレンチ食べよう」

「フレンチコネクションか」

ついこの間、結と一緒にテレビ放送でこの映画を見た。

「ハックマンじゃないよ。フランス料理。あそこには有名店が入ってるって聞いたことある」

「ナイフとフォーク？」

「そ」

「教えてけろな」

「あたしも知らね」ころころと笑っている。「じーちゃん」

「ん」

「楽しもうね」

「ん……もう網、いちばん下まで下げて、部屋に戻ってけろ」

「ポンプ回してくる」

「上がったらおれがやるから」

「いいって。じーちゃん、腕の具合はどう」

「上々よう」

「じーちゃん」

「ん」

「この先のことだけど」

「ん」

「……来年一年、平気?」

「なんにも心配いらね。高校はちゃんと卒業できる」

「ありがとう……ガッコ出たらすぐ働くから」

「大学だっていっていい」

「無理無理」

「金ならなんとかできる。学力はおめさんが自分でなんとかせい」

「正直、無理でしょう?」

「うーん……金額にもよる」

「私立は無理」

「そだ」

わはは。結は笑った。「なら平気。大学いく気ないし、公立いく学力ないし」

「でももし――」

「じーちゃん――」からかうように言う。「愛する孫の学力を把握しとくべきですな。来月の三者面談、じーちゃんがいくんだからね」

「そっか……苦手だあ」

「半年前のときは、タンスの奥から引っ張り出した一張羅、虫食いしてたね」またもころころと笑っている。「〝紳士服のタカギ〟に一緒にいったげるよ」

「そ? なら、頼む」

「じーちゃん」

「ん」

「来週の手術、ほんとうに弾丸の摘出？」

「なんでそんな……そんなことを？」

「……だって」

「ほんとにそれだけだ。もし命に関わる病気なら、おれが知っててお前が知らんのは変だべ？普通なら逆。お前とお前のかあさんに知らせて、おれには知らせないのが普通だ。誓ってもいいべさ」

「なんに誓う？」

「それは……なにがいい？」

「じゃあ、ポチのひげに誓って」

「ポチのひげ？……まあ、そんなんでいいんなら。ポチのひげに誓って――」

「分かった分かった――」結は声を張った。「辛気くさい声出してごめん、だべさ！」

「分かればいいんだけんどさ」

「じーちゃん――」衣擦れ。結が立ち上がったようだ。「くたばってもらっちゃ困るんだからね」

吾郎手作りの引き戸の音がして、結の気配が消えた。

独りになってから、ただ日々を生きてきた。季節の移ろいとともに、春がきたら春にする仕事を、夏がきたら夏の、秋は秋の、冬は冬の仕事をして、そのときそのときをただ、生きてきた。

結がきてから、それは変わった。明日、週末、来週、来月、来年。結がいるだけで、年間行事が満載になった。

終わりよければすべてよし、だとか言う。

結のお陰で、この取るに足らない人生も、そう思えるかも知れない。

ずるい考えが、最近脳裏を離れない。

――結がそばにいるうちにあの世にいけたら……結に送られて天に召されることになれば……。

すべてよし。最後の最後にかけがえのない宝物を頂いて、この上なく温かく、豊かな気持ちで旅立つことができる。

いくら望んでも得られないと思ったものを、思いがけなくも、得られたのかも知れない。自分は子育てに失敗した、そう思っていた。だが――。

――アホの末っ子が詐欺で捕まったせいで、結はここにきた。でかした。そう言ってやりたくなった。

杷木は寝袋の中で目を覚ました。俗に丑三つ時とも言われる時間だった。もう何度目だろうか、寝入っては目を覚ます、の繰り返しだ。今夜は、とても熟睡できるものではなかった。

ペレロからは、夜の警戒は気にせず寝ていろ、と言われている。こんな状態で寝ていられるのはそれこそ、ペレロたちのような訓練を積んだプロにしかできないだろう。

今、杷木がいるテントは、兵士たちが夜通し警護している老人の住む、その玄関先にあるのだ。

枯れ草を踏む、微かな足音。

素早く寝袋から抜け出し、テント入り口のジッパーを下げた。辺りを窺う。

人影が目に止まった。囁き声で言ってくる。「起こしてしまったか」

ペレロだった。

「近づくなら事前に無線で知らせてくれ」

「起こしては可哀想と思ったのでね」

「そうかい……」まだ動悸が収まらない。「せっかく熟睡してたのに。なんの用だ」

「用はない。そばを通りかかっただけだ」顎で山の下り口を示した。「交代の時間なのでね」

ペレロは大きく息を吸い込み、勢いよく吐き出した。白い息が流れる。彼らが絶えず繰り返している仕草だ。息が白くなる、というのが、彼ら南方の人間には面白くてたまらないらしい。

「監視は何ヶ所で」

「三ヶ所。製材所の手前、すぐそこの廃屋の中、家の裏手」

「裏手は必要かい？」

「可能性は低いだろうが念のためだ……奴らが今くるとしたら、製材所の辺りまで車できて、あとは徒歩だろう。エンジン音を聞かれるからな」

徒歩なら、密かに裏手へ回れる。そのための措置か。

ペレロが続けた。「奴らの陣容はまだ分からないのか」

「かなり高い確率で、阿久津というチンピラがやってくる。阿久津が連れてくるのは、同じくチンピラばかりだろう。あんたたちみたいのはまず、どこでも雇えないだろうし」

「おれたちみたいとは」

「特殊部隊員さ」

「だが兵隊くずれは、どこにでもいる」

「くずれに負けるとでも？」

含み笑い。「それはないだろうがね」

「それを聞けてよかった。あのふたりを守ってやってくれ」

「任せろ。だが、装備だけはなんとかならんものかな。ハンドガンだけとは」

答えようとした杷木を、手で制した。

「分かっている……もう寝ろ」

ペレロは去っていった。

ジッパーを閉め、寝袋へ戻った。

——もう寝ろ……簡単に言ってくれるよ。

目を閉じ、寝ようと努める。吾郎はたぶん、ぐっすり寝ているだろう。なら、自分も朝まで熟睡するべきだ。自分が熟睡するということが、吾郎宅の防備は万全だと示すことになるのだ。

朝、睡眠不足でふらふらなところを、吾郎に見せるわけにはいかない。

——とりあえず今夜は安全。吾郎と、吾郎の持つ証拠の抹消を狙った暗殺者はこない。

念じながら、寝袋の中で丸くなった。

七

失踪した男児は見つからないまま、三日目の朝が巡ってきた。

海斗郊外の西方を管轄する海斗西署に、五年前の男児失踪事件の捜査本部はもうない。閉じられたわけではない。縮小され、県警本部にひとつ、西署にひとつ、専用のデスクが置かれている。

西署専従捜査班のデスクを使っているのは、立木である。専従捜査班班長が立木、捜査員は名目上、西署の刑事課捜査員すべてがそうである。新しい事件の合間に専従案件へ取りかかるか、専従捜査の合間に新事件へ取りかかるか、その兼ね合いは正直言ってしまえば、それぞれの心持ちしだいである。

朝の引き継ぎを終えた刑事部屋から、仲間が一斉に出ていく。ほぼ全員が、新しく起きた失踪事件の捜索に駆り出されている。

立木は刑事課長のデスクの前に立った。課長のほうから切り出してきた。

「津山信一は見つかりましたか」

「いえ。姿を消したままです。話を聞いてもらっても?」

「もちろん」

立木は自分の椅子を課長席のそばまで滑らせ、腰を下ろした。

「まず津山信一。所在不明。マンションにおらず――」

「確かにいないんですか」

「踏み込んでもよかったんですか」

「続けて」

「会社にもいない。所有する物件に立ち寄っているわけでもない。友人、飲食店など現在分かっている立ち回り先にもいない。遠藤湖近くの山荘にもいない。通称津山庭園にもいない……一応言っておきますか？　踏み込んではいないって」

「言わなくてよろしい」

「課長？　手配に載せてくれませんか」

課長は考え込んだ。が、答えはもう出ているように、立木には見えた。

「立木さん」

「はい」

「足りない」

「今の状況を考えてください。目撃者なし、遺留物なし、遺体なし」

「だから」

「奴は今現在、所在不明です」

「で？」

「これまでなにもなかった。足りないかも知れないが、動くべきです。手配に載せてください」

「偶然が幾つか重なっているようにしか、見えないが」

——市の納税者番付五位だから、と付け加えてみろ。

「それに多額の税金をきちんと払っている、言わば大物のひとりです」

——ほんとうに言いやがった。

「大物は御大津山勝夫ですよ」

「五年前の事件当夜、信一氏はどこにいたと」

「ドライブですよ」

「それは怪しい」まるで気がない。

「五年前、事件を境にすべてが変わっている。なにかあったに違いない」

「なにか——」皮肉な笑み。「あったに違いない？」

「前にも話したでしょう」

「五年前、津山信一が事件を起こした。神代がその事件の火消しを行い、そのままお目付役として雇われ、信一を監視していたという——」

「ちょっと訂正させてもらいます」

「ほう。どうぞ」

「今夜、津山の親戚と話をしてきました。ご存じの通り、津山勝夫は若いころ巻き込まれた遺産相続トラブルで、親族との付き合いをいっさいやめた。妻が死んで、勝夫、信一、愛人の三人暮らしが長いこと続きました」

「なんの話です」

「まあまあ。この状態が、他人はおろか親戚の目も届かない状態にあった信一が、長じて今の異常事態をひきおこしたんだ」

「信一氏の来歴について――」

「違います。主人公は、トレス・神代ことトオレィス・アーラン・カミロです」

「お目付役の」

「親戚に会ったという話に戻ります。神代はフィリピン日系二世だが、津山一族と遠い血縁であることが認定され、来日しました。来日してすぐ、神代が援助を求めて津山勝夫のもとを訪れています」

「親戚とやらは、なぜそんな話を知っているんです。絶縁したのでは」

「その親戚のもとにも、神代が訪れたからです。彼本人から聞いた訳ですよ……ちなみにその親戚が、神代の身元引受人になったわけですが。親戚は神代にできるだけの援助、まあつまりは金ですね、をしたわけです。母のいとこだという津山勝夫にも、援助を求めようとした。金だったのか、仕事の斡旋だったのかは分かりません。勝夫は神代を、はねつけた。日本に住めるようになっただけありがたいと思え、と」

「早く神代を主人公にしてくださいな」

「親戚の話によると、津山に逆恨みに近い感情を抱いたらしく、神代はしばらくつきまとっていたようです。その後、ふっと姿を消す。東京でなにかしていたらしい。五年前、津山勝夫が脳梗塞で倒れた。直後、神代は海斗へ戻ってきた」

「事件の前ですか」

「勝夫が倒れたのが事件の十ヶ月前。神代が戻ってきたのが、事件の半年ほど前。彼は海斗でなにをしていたと思います」

「なにを」

「なにも。実態のない小さな会社、数人の仲間……仕事の内容は分からないが、働いている様子はなかった」

「まだ、神代が主人公になっていない」

「神代が津山家に入り込んだのは、いつだと思います」

「いつですか」

「男児が失踪した、翌日です」

「翌日？」

「そう。では会社とも言えない会社を閉じたのは？　さらにその翌日です。付き従っていたらしい仲間数人とともに、あのマンションへ移った。神代だけならまだしも、仲間も、ですよ」

課長の言葉を待つ。課長は考えをまとめようとしているようだ。

立木は言葉を重ねた。「ひとり息子の悪癖を監視するために雇われたのではない。神代は津山勝夫が倒れたと聞き、つけ込む隙を探しに戻ってきた。多分、津山信一の行動を見張っていたのでしょう」

「あり得ない……」すでに結論を導き出したらしい課長が呟いた。

「父親が倒れる前は、父親が信一の、なんらかの重しの役割を果たしていたんでしょう。父親が寝たきりになって十ヶ月後、信一は衝動を抑えきれなくなり、男児をさらった――」

「それを、偶然か必然か、神代たちが見ていたと？」

「だけでない。なんらかの手助けをしたはずです。例えば、遺体の隠匿とか。さっそく翌日から、神代は豪華な暮らしをはじめた……。津山信一だけを眺めても、こういう推測は出せない。神代という男の行動を洗った結果、これだけの不審点が見つかった。

事件の翌日に、ですよ。この事実は明らかに——」

「確かに異常な状態です。神代はなんらかの弱みを握ったのかも知れない。だがその弱みが、男児の拉致だとまでは言えない」

「言えなくていい」声を張り上げた。「言えなくていい。だがその疑いがまったくないわけじゃない。だから頼みます——」

「しかし——」

「いいですか。もしおれの推測が当たっていて、今起きている失踪事件も信一の仕業だとしたら、課長？　おれたちは一気に二件の失踪事件を解決することになる」

課長はまた黙り、考えている。明らかに表情が違う。

「まったくの見当違いで恥をかいたとしても、いいじゃないですか。もし当たりなら、課長、何段か飛べるかも知れませんよ。おれは専従事案を消し去り、自由になりたいだけだ。手柄は課長が好きに使っていい」

さすがに立木も〝まっとう〟な刑事のつもりだから、手柄をまるまる課長に渡すつもりはない。背中をもう一押しする必要に迫られて言っただけだった。

「津山信一の写真は」

「ありますか」

「使用している車の――」

「ナンバーも分かってます」

「では――」課長が腰を上げた。

「ありがとうございます」

「まずは上に相談します。これから本部にいくので、話してみますよ」

課長は立木を置いて、出ていった。本部とは県警本部。実質的な捜査指揮者が、県警本部の刑事課長だった。

――ほんとうに話してくれよな。

立木は腰を上げた。津山信一を捜すために。

八

山は、きりりと晴れて風の強い朝を迎えていた。

結は学校に出かけ、杷木も前後して山を下りていった。

朝食後、吾郎は日常の雑事をこなしていく。掃除、洗濯、薪割り、銃の手入れなど。普段はズリ山から掘り出したくず石炭を煮炊きに使っているから、薪割りは必要ない。冬に備えてのものだった。根雪が居座ると、ズリ山までリヤカーを引いていくのはさすがにしんどい。石炭が切れたあとに使う薪を、数週間前から溜めはじめていた。

残り物の昼食を済ませ、ひとときの休息を楽しんだあと、今年最後の石炭掘りに出かけることにした。

さすがに銃は持たずに出かける。畳一枚分ほどの大きさのリヤカーを引き、ポチと一緒に山道を登っていく。携帯している無線機に通信がきた。

《ペレロです。どちらへ》

「石炭取りに、炭坑跡までいくよ」

《了解》

ゆるゆると山道を登る。昨日のときと同様、彼らの何人かはついてきているはずだが、姿は見えない。わざわざ藪の中をいく必要はないと思うのだが、彼らには彼らのやり方があるのだろう。こちらからはあえてなにも言わない。

途中の旧炭鉱街で、猫田のねぐらに立ち寄った。居間、寝室、作業場。どこにも猫田の姿はなかった。罠の見回りにでも出かけたのだろう。作業場の棚に目が留まる。空き缶を使った手製爆弾がずらり並んでいた。発破漁に使うためのものだが、数が多すぎる。

彼らの素性について、猫田にはほんとうのことを言ってある。なにか思うところあって、こんなに溜め込んだのだろうか。彼らの予想通り刺客がきたとしても、自分や猫田に出番はない。猫田にはそう説いた。だが猫田の顔つきは違った。

「虎……頼むからおとなしくしてろよ……」

再び山道を登る。倒木に渡した板を渡り、落石の隅を通り抜け、土砂崩れの小山を登り、下りる。やがて着いたズリ山で、石炭掘りにとりかかった。くず石炭とは言え、薪とは火力が明らかに違う。今年最後という思いもあり、リヤカーいっぱいに石炭を積んだ。

帰りは引いてきたリヤカーを、押して歩く。以前石炭を積んだリヤカーを引いていて、そのリヤカーにひかれそうになった。以来、帰りはリヤカーを押して山をくだるようになった。

積みすぎたのか、こちらの体力のせいか、土砂崩れ箇所で引っかかった。板を渡してあるが、その傾斜を登れない。かと言ってせっかくの石炭を捨てていくのも悔しい。奮闘していると、脇の藪から人が出てきた。

上下迷彩服の、ペレロ少尉だった。「手伝います」

「出てきちゃっていいのかい」

薄く笑った。「平気です。訓練を兼ねてのフィールドワークですから」

ペレロに手伝ってもらい、土砂崩れを越えた。ペレロは再び藪の中へ消えると思ったが、そうはせず、吾郎の後ろを歩いてついてくる。しばらく無言で歩いた。

そのうち、居心地が悪くなってきた。この居心地の悪さは、彼らと初めて対面したときから感じていた。これまでこんなに長い時間、一緒に過ごしたことはなかった。歩くうち、居心地の悪さが増してくる。

「すまなかった」

「はい？」

「そのう……」口火を切ったことを後悔していた。「なんというか、昔のことだよ」

間があった。「昔のことですから」

「米兵はたくさん殺したが、お国の人は殺してない……こんなこと今さら、あれだけど……」

「昔のことですから」

皮肉なものだ。かつて吾郎たちは、名目上フィリピンを解放するという目的で彼の国へいった。今、今度は吾郎を守るために、彼らがここにいる。

「マニラ市街戦で、祖父を亡くしました」

「そうかい……なんと言っていいか……」

「あなたのせいではない。戦争のせいですよ。祖父が亡くなったのは、米軍の爆撃です」

「それでも日本が――」

ペレロが、その話題を避けた。「木が倒れています。越えましょう」

海斗中央駅。杷木は、駅に付随するデパート八階の飲食店街にあるカフェで、ふたりと会った。ひとりはエリース少佐。もうひとりは外交官のサン・シン。

人や車が行き交う駅前ロータリーを見下ろす窓際の席だった。

小柄で引き締まった体、上等な仕立てのスーツを着たサン・シンが口火を切った。

「奴らは計画に乗りそうだ」

杷木はこちらの心情が明らかに分かるように、大きく溜め息をついた。「いつ」

エリース少佐が引き取った。「いつ、はまだだ。動きが出れば、急報を送る」

「無線で？」

「当たり前だ」

エリースたちは、あの山と楽に交信ができる軍用無線を用意していた。スーツケースほどの大きさがあり、山の中の小隊にも、一台配備してある。

「監視は充分ではありません。山の入り口にも配置してほしい」

「目のつけ所は分かっている。彼らのそばには小隊がいるのだし、大丈夫だろう」

マニラ、東京、海斗。いったい何人が動員されているのか、杷木には知らされていない。だが、情報を総合すると、マニラに監視及び盗聴担当、同じく東京に監視及び盗聴担当、海斗に監視及び実行部隊がいる。三十人か、四十人か。

サン・シンが言う。「大使館も問題ない。身内から横やりが入ることはない」

「こういうときのために、シンは普段遊んで暮らしてきたのだ」

「それはまた、酷い言い草だ」

なんとなく感じる。サン・シンの体は、スポーツクラブ育ちだと。

エリースが大判の写真を取り出した。「遅くなったが写真だ。頭に叩き込んでおけ。持ち帰って隊の連中にも見せろ」

ぴったりなでつけた頭髪、細い顔、細い眉毛、不遜な唇。

「現場指揮者、阿久津。東京の〝金貸し〟に使われている犬だ。こいつが手足となって、動き回っている。身元を偽って浦瀬少尉の遺族に近づき、日記の買い取り交渉をしているのも、こいつだ」

「金貸しはほんとうにゴーサインを出しますか」

「マニラの〝キャプテン〟に操られている。キャプテンがゴーを出せば、金貸しもゴーを出すしかない」

「阿久津はこの街に？」

エリースは頷いた。「下見だろう。昨日、山に入った」

「写真は」

「もちろん」

山のとば口に入っていく一台の四駆。結が製材所跡地前で見た車だろうか。色を訊き忘れた。

「この、助手席の奴は」

「まだ分かっていない」

「この車がいわゆる奴らの本隊だったら、危なかったのでは」

「可能性はなかった。マニラからも東京からも、ゴーサインは出ていない」

よほど情報網に自信があるらしい。

「アモンが海斗に入った」

「阿久津とは？」

「もちろん接触した。現場は逐一押さえてある」

「まさか……」杷木の立場から言えば、なにもないなら、それにこしたことはない。「ほんとうにやる気か」

「やってもらわなくては困る。アモン自身が現場にきてくれれば、こちらとしては申し分ない」

サン・シンが引き取った。「あの一派を根絶やしにできる」

「ラモ――」

エリースの鋭い声が飛んだ。「その名は出すな。いついかなるときも。いいな」

「了解」

杷木が言いたかったのはこれだ。ラモス大統領はこの作戦を知っているのか。

「今日はこんなところだ」

「分かりました」

ドアに向かう杷木の背中に、エリースの声が飛んできた。

「分かっているだろうな。事が起きたら、最優先に撤収、だぞ」

「充分、理解しています」他国での軍事作戦。死んでも捕まるわけにはいかない。「でも、わたしはもう日本人です」

サン・シンの声。「知ったことか」

立木はただひとり、津山信一のマンションを張り続けた。動きはない。神代らの出入りもない。

日が傾きはじめたころ、県警本部刑事課長浅田に電話をかけた。

返答はこうだった。西署の課長とは会ったが、津山の話など出なかった。

——野郎……。

心は即座に決まった。

「会って話したいことがあるんですが」

《津山についてか》

「はい」
《大物食いだぞ》
「分かってます」
《残念だがこれから出なくてはならない。夜八時にこい》
「はい」
《立木よ。上司の頭越えるなら、実のある話しかしてはいけない。分かるな》
「はい」
《見込み違いなら……ぶっ飛ぶことになる》
「覚悟しています」

九

放課後の結は、家庭部に所属するクラスメートに声をかけ、友達三人にもつき合ってもらい、家庭科室を無断使用した。家庭科準備室の片隅に普段は滅多に使われない、年代物のオーブンがあるのは学校の女子の間では知られた話で、〃勝負所の例の物〃を作るとき、それを家の人には知られたくない女子たちが、引っ張り出しては無断で使っていた。
材料など必要なものはすべて結が用意した。仲間のみなには助言をしてもらうつもりでいたのはもちろんだが、それでは済まず、方々から手が伸びてきて、実質共同制作になってしまった。素材の計量が適当だとその任を解かれたが生地を捏ねたのは自分だし、へたくそへたくその合唱の中、成形も自分でやった。結の手作りと言っても差し支えないだろう。

だれにあげるの。もちろんそんな質問が飛んでくる。いろんな意味で言いづらいものがあったので、あやふやに答えておいた。

生地を大量に作ったせいで、出来上がったクッキーも大量だった。みんなで味見した。まあ、いける。

「クッキーとビスケットの違いは──」

ひとしきり盛り上がる。この場での結論はこう。おフランスな感じがクッキー、西部劇な感じがビスケット。

「クラッカーというのもあるけど?」

結が断言した。「洋風おかき。なんか、クラッシュな感じということで」

「なぜチョコは高温で焼かれて溶けないのか──」

そういうチョコを使っている。という意見でまとまりかけたが、家庭部の子の意見が最後に逆転採用された。曰く、生地の中で一度溶けて、また固まる。

戯れ言の応酬。家に帰ってから調べてみる者はいないだろう。ただひとり、家庭部の子は今後沽券に関わると考え、調べるかもしれないが。

学校を出たあとは、依然友達につき合ってもらって雑貨店にいき、ラッピングの資材を買った。冬の早い日暮れは本格的にはじまっている。電車を降りて友達と別れ、ジャージを着込んでスクーターを走らせた。今日はいつもより遅いので駐在所には寄らず、まっすぐ家へ帰った。

帰るたびに、辿り着いた……、という感じのする家。杷木の車がない。杷木もまだ戻っていないようだ。いたなら、内緒でクッキーのお裾分けをと考えていた。杷木の代わりというわけでもないだろうが、猫田が姿を見せた。風呂を沸かす準備だろうか、裏手へと回っていくところだった。

「おかえり」

「ただいま」

「あとで吾郎の腰でも揉んでやれ」

「なんかあったの」

「石炭掘りで無理したらしい。歳を考えろってんだよ」

猫田は裏へ回っていった。ポチの頭をひとしきり撫でてから、家に入った。

「おかえり」吾郎は土間の台所にいた。「遅かったな」

「ちょっとね」

そばに寄ってかまどの上の鍋を覗いた。今日はシンプルな味噌汁。味噌の香りを、湿布薬の匂いが凌駕した。

「なるほど」わざとらしく、鼻をひくつかせた。「腕がなるねえ」

手揉みの仕草。吾郎はくすぐったそうな笑みを見せた。

夕食後、やっぱりど厚かましい猫田が真っ先に風呂へ入り、次が吾郎。結は吾郎のために、吾郎お下がりの〝ドカジャン〟を羽織って家の裏手に向かった。焚き場に入って湯を温め直し、外へ出た。明るい月が木立の中でかくれんぼをしている。

裏に井戸がある。井戸から水をくみ出して、高床式にしたドラム缶の中に水を満たす。ドラム缶と風呂場、土間の流しをホースやパイプで繋いで、蛇口から水を出す。我が家の水道設備のすべてだった。

ドラム缶の蓋をずらして覗き込んだ。三分の一ほど。ドラム缶の脇にあるガソリンポンプの点火ワイヤーを勢い良く引っぱり、ポンプを回した。小うるさいエンジン音が、しんとした藍の森に響いた。

旧式で吸い込みが悪い。ドラム缶をいっぱいにするまで、十五分はかかる。玄関のほうに回って、ポチのご機嫌を伺った。頭を抱いてくしゃくしゃにしてやる。ポチは激しくしっぽを振って体を寄せてきた。

「そんなに振ってると、ちぎれちゃうぞ」

結はポチのしっぽの付け根を摑んだ。ポチが抗って結の腕を甘噛みしようとするが、そうはさせない。遊んでいるうち、杷木の車が戻ってきた。

「おーい」杷木の声。「はた目からは、苛めてるようにしか見えないぞ」

「ほんとうの愛の交歓は、他人の理解を超えているのさ」

「そんなもんかな」

「街にいってたの?」

杷木が車を降りた。「ああ。国との連絡、買い出しその他もろもろ」

杷木は一日に一度、母国のなんとかいう研究機関との定時連絡のため、山を下りる。彼らの母国との連絡なら、なぜ彼らのだれかが一緒にいかないのだろう、と思うのだが、不審に思うまでには至っていなかった。

「電話代かかるでしょ」

杷木は肩をすくめた。「コレクトコールだから」

「谷に落ちないようにね。ああ、そうだ」

「なに」

「打ち首獄門の、獄門てなに」

「刑罰のひとつ。晒し首のことだ」

「ふうん……しかし、なんで晒す必要が」

「自己顕示欲だろうな」

車のテールランプを見送った。ふと、ポチがある一方を気にしている。道を隔てた廃屋群の一角だった。結はその視線を追った。廃屋の角、ふっと人影が消えた。

結は何気なくポチを引き寄せ、首輪に繋がった鎖を外した。

「奇襲だい――」

ポチとともに走り出した。ポチのほうが当然速い。人影のいた角を回り込んで、姿を消した。

結もあとを追う。

角を曲がると、住宅と住宅の間の道に出る。道の真ん中、ポチが人影にじゃれついていた。

走りよる。

「こんばんは、グッド・イブニング」

タイの学生のひとりだった。取りなすような笑みを浮かべ、ポチを遠ざけようとしている。きれいな白い歯が際立っていた。好みなのだろうか、迷彩柄の服を着ていた。

「覗き？」杷木から彼らが日常的に英語を話すと聞いていた。もちろん冗談めかしてだが、覗きしていた、とからかいたかった。だが、単語が出てこない。

「ユー、ルック・アット・ミー？」

あ、違う。訂正の間もなく、若者が手振りつきで単語を並べた。

「ノー、ノー。ハキサン、ミー、トーク。オーケー？」

杷木さんとさっきまで話していた、と言いたいらしかった。

「ドッグ。えーっと、タッチ。やさしーくタッチよ。オーケー？」

きょとんとした若者だが、意味が通じたらしい、ポチを撫でた。

「グッド！」

「サンクス……」腰をかがめて頭を撫でながら、結を見上げた。耳をしきりに指さす。「ダダダダダダ、ワット？　ホワット・ノイズ？」

「ああ。ポンプ、エンジンポンプ――」

水を、井戸から、汲む。ポンプで、タンクに、汲む。ダダダダダ。

すべて身振り手振りで、相手に分からせた。多分、分からせた。

「名前。えーと、ユアネーム？」

前に一度みなの名前を聞いていたはずだが、そのときは六人まとめてだったので、忘れてしまった。

「あー……エネリット」

「エネリットさん？」

「イエス」

「なにエネリット」

「エネリット・ジョー・クォート」

「あ、エネリットが名前か。いいなあ、ミドルネーム。かっこいい」

エネロは小首を傾げた。

「きみたちあたしを避けてるでしょ。だから奇襲攻撃。可愛すぎて緊張するわけ？」

別の声。「そんなところです」

エネリットの背後に、大男が立っていた。注視していたわけではないが、道の奥は視界に入っていたはず。なのに唐突に、大きな影が現れた。

男は笑みを大きくした。「もう、釈放してやってください」

研究チームの中で唯一日本語を自由に話す、大学教授のペレロだった。教授というより、プロレスラーに見える。

「こんばんは教授」

「こんばんはユウ。美しい月だ」

「月ってお国の言葉でなんて」

「ブワン」

「ふうん……ブワン。あたし、タイの言葉を習おうかな。英語より難しい？」

「英語も簡単ですよ」

「一本取られた。月曜日に帰る？」

「そうです」

「月曜はなんて？」

「ルーネス」

「日曜は」

「リンゴ」

「じゃあ、あさってのリンゴが最後の晩餐だ。じーちゃんと気合い入れてごちそう作るから、絶対きてね」

ペレロは微かに微笑んで、頷いた。「オーケー、必ず全員でおじゃまします」

「納豆攻撃はさせないから」

軽く笑った。「そんなにまずくはなかった」

「世界中を回っているの」

「いや。そうではありません」

「雪、そろそろきそう。雪見たことある？」

「いえ」にっこり笑った。「みな、楽しみにしています。ほんとうに降りますか」

「オホーツクから凄い低気圧が南下してる。降るどころか、嵐になるかも」

「それはまた」

「雪はなんて言うの」

ペレロは困った笑みを浮かべた。「雪が降らないから、言葉もありません」

「なんか寂しいな」

「強いて言えば英語でスノー……あるいはスペイン語でニエベ、かな」

「スペイン語？」

「いやいや」小さく手を振った。「今のは勘違いでした」

「凄いな。何ヶ国語も話せるんだ」

「まあ、そんなところです」

「雪合戦しよう。面白いよ」

「テレビの海外ニュースで見たことがあります」

「ねえ、エネリット青年——」なぜか、ペレロの背後で小さくなっている。「雪合戦しよう。ウォー・オブ・スノー。スノーボール・ゲーム。オーケー」

エネリットはとりあえず、という風情で笑みを見せた。まったく伝わっていない。

「あとで説明しておくよ」背後に杷木がいた。買い出しした荷物だろう、大きな紙袋を幾つも抱えていた。「ルールも教えておく」

去っていく結の背中を見つめながら、杷木はフィリピノ語で言った。

「そろそろ雪がくる。その迷彩ではあまりに目立つ。白迷彩を用意したよ」

「それはありがたい」

杷木はエネリットに、雪合戦を説明した。

「当てられても痛くないんですか」

「痛いときもある。雪の質が違うと、固さも違ってくるんだ」

「楽しそうだ」エネリットは大きな笑みを見せた。「小隊をふたつに割ってレディを入れて、対戦しましょう」

杷木は宣言した。

ペレロが言った。「おれの入ったほうが勝つさ。野球の下地がある」

野球はおれの国でもポピュラーだがね。の下地があるのでね……で、奴らの戦術は」

「あとで写真を見てもらう。阿久津というのが現場のリーダー。ヤクザ崩れの取り立て屋だが、汚い仕事も請け負う。奴が集められるのはせいぜい、自分と同じチンピラだ。あんたたちなら楽にやれるさ」

「奴らの目的は。拉致か、殺害か」

「たとえ遺体であっても、吾郎さんにいてもらっては困る。拉致、殺害。両方だろうな」

「ならやりやすい。殺すだけならともかく、拉致もしなければならないとなると、奴らには大きな負担に――」

家のほうから、結の笑い声が届いた。

しばし、だれも口を開かなかった。

ようやくペレロが言った。「……なるだろうからな」

「絶対に、結ちゃんだけは――」

「分かっている。子供を巻き込むのは極力避ける」

「それは奴らに言ってくれ。レディが学校にいる時間にきてくれ。そう頼んでこい……エネリット、定点に戻れ」

「はい……しかし、ばれませんか。さっきレディにした説明、すべてフィリピノです」

「見ていて分かったろう。ハポンにはタイもフィリピンも見分け、聞き分けがつかんよ」

「スペイン語のくだりは、危なかった」

国の公用語は英語とフィリピノ語だが、フィリピノ語にはスペイン語が色濃く残っている。長いスペイン統治の時代があったせいだ。人名も、スペイン風やアメリカ風が珍しくない。

「心配はない。タイではスペイン語も使うと答えたって、信じたろう」

「定点に戻ります。ミスター・ハキ？　ほんとうに雪が降りますか」

「山の民がそう言っている。間違いないだろう」

ペレロが空を見上げた。「早く……食ってみたいものだ」


「極力？　絶対だ」

結が、

——もうちょい、たのまあ。

と、風呂場から声をかけたので、焚き場にいって具合を見てやり、居間に戻った。猫田がまだ、ねちねち飲んでいる。コップ酒に、ストローをさし、吸っていた。猫田のくせである。

猫田が言う。「あいつの口の利き方、どうにかしろ」

「なして」

「なしてもなにも。年寄りに向かってえらい口をきく」

「甘えてるんだ。可愛くって、いいべさ」

「なにがや。外に出したら恥かくべ」

「外にゃ、もう出てる」

「そういう意味でねえ――」

「心配いらねって」

「なにが心配なんぞ」

「街で大人と話すときは、立派なもんだ。ちゃんと使い分けてら」

「どうだか」

「虎だってかまってもらって、嬉しいくせに」

「なにを言うか。でれでれしやがって」

「ふん。孫にでれでれしてなにが悪い」

「おれには理解できん」

「悲しい人生だな」

まったく量がいかなくなった酒を、吾郎は猫田につき合って舐めた。

猫田がぽつり、呟いた。「血が繋がってたって、所詮、金がすべてだ」

「そう――」吾郎は慎重に言った。「なのかい」

「めんどくさ、そう言ってぜんぶくれてやった。それが見てみろ、ふろーりんぐとやらがはやってきて、畳表なんか売れなくなってる。ざまあ見ろ」

「戻らんでいいのか」

「戻ってどうする。おれにはなにもない」猫田が呟いた。

でも家族――。言いかけたと同時に、猫田が呟いた。

――生前贈与なんか、するもんじゃねえ。

猫田はこれ以上、家の事情を語らなかった。代わりに、吾郎へ絡んだ。

「てめえはなんじゃい」

「なにがや」

「たなぼたで兵長になったくせに」

「それでもお前の上官だべさ」

「上がばたばた死んだから人がいなくて、どさくさまぎれの戦地任官だべが」

「お前もそれで一等兵になったんだろうが」

戦中の話はこの程度。ジャングルを語ることは吾郎も、猫田もなかった。猫田がこう言う程度。

――不快な深い森だべよ。

「見識がない――」猫田が声を張り上げた。「浦瀬少尉はできた人物だったが、人を見る目がなかった」

「確かに、お前を一等兵にしたな」

「なんだと――」立とうとしたが、力なく転んだ。

「もう酒はよしとけ」

吾郎、猫田とも、弘前に本拠を置いていた第八師団歩兵第三十一連隊に配属された。最初の任地は旧満州だった。そこから台湾、やがてフィリピンへと移動したが、何度か編制替えが行われた。浦瀬十三少尉は、台湾で連隊に加わった。東京生まれ、東京育ちの上官だった。

吾郎はそれまで田舎仕込みの山撃ちでしかなかったが、浦瀬に狙撃という概念を教わった。戦場での狙撃とは射手と観測手、ふたりでするもの。小隊長という立場だった浦瀬だが、ときには自ら率先して吾郎の観測手を務めた。

浦瀬は、猫田の猫足に全幅の信頼を置いていた。フィリピンでの戦いは吾郎からすれば、最初から最後まで撤退戦だった。浦瀬の小隊は、殿《しんがり》をまかされてばかりだったが、斥候猫田の猫足と吾郎の狙撃が、小隊を、ひいては大隊を救った。

「浦瀬少尉と言えば、結、浦瀬さんの孫と文通してる」

「文通——」猫田がひっくり返った。「一緒になるのか」

「あほ言うな。時代が違う」

「〝山むすめ〟と浦瀬少尉の……許せん」

「勝手に言ってろ」

起き上がった猫田が、赤い顔をいやらしく歪め、声を潜めた。「手紙、読んだか」

「まさか。殺される」

「どんな愛の言葉が綴られているんだか」

「猫だか虎だか分からん顔して、愛とか言うな」

——貴様の親はなにを考えて、息子の名前に虎を選んだ。猫では満足できんというのか。

浦瀬はいつも、猫田の姓名をからかった。

——猫から虎が生まれた。つまり鳶が鷹、というわけだな。

「そんなことになっていたとは……長生きはするもんだ。きっかけはもちろん、去年のあれか」

「あれだ」

浦瀬は帰国を果たせなかったが、浦瀬の日記は吾郎が持ち帰った。浦瀬が住んでいた東京の町は焼け野原で、ほかに捜しようもなく、郷里へ持ち帰った。忘れていたわけではない。だが、日々の生活に追われて月日が経った。

終戦四十六年目の去年、ほんの偶然から浦瀬の遺族が見つかった。僥倖とでも言うべき出来事だった。東京で行われた終戦記念式典を伝えるニュース映像に、〝不戦、誓いの言葉〟を読み上げるまだ高校生だった浦瀬肇という青年の姿が映し出された。アナウンサーが、戦地で亡くなった彼の祖父の名を言った。浦瀬十三。

吾郎の話を聞いた結が、テレビ局への問い合わせをしてくれて、肇が浦瀬少尉の孫だと確認できたのだった。

去年の秋、遺品の返還が行われた。高校生代表で誓いの言葉を読み上げるぐらいだ。浦瀬肇はどこまでも品のいい好青年で、家自体も裕福であるらしかった。

その模様はテレビのニュースで流され、新聞社が吾郎のインタビュー記事を載せた。吾郎は浦瀬との関係、別れや、右腕に弾丸が残っていることなどを話した。

やがて、若いふたりの文通がはじまった。結によると、手紙がくるから返事を書いているだけ、だとか。

ようやく猫田が身支度をはじめた。

「今日は泊まってけ。危ないぞ」

「だれに向かってもの言ってんのや。お前こそ、気つけろい」

「おれは大丈夫だべ」

「おれはどうも、信用できねえ」

杷木たちのことを言っているらしい。

「ほんとうに話通りなのか」

「ん」

「どーだか。病院連れていかれて、殺されるんでないのか」

「まさか」

「あいつら、フィリピン人なんだろう。恨み買ってるかも知れん」

「今さらそういうこともないだろうさ」

「お前さんは馬鹿たれだ」猫田が言う。「考えられん」

「〝足し〟になれば、と」

「気持ちは分からんでもねえがな。くたばり損ないが、がんばり過ぎだでば」

「あの子のためだ。残せるもんがあんまりねえから」

生前贈与……。軽口を叩きそうになったが、やめた。深いところを傷つけることになりそうだった。

「明日とあさって、まあ、頼む」

猫田は土間に降り、靴を履いた。「まあいいけどよ。今晩はご覧の通り、役に立たんぞ。なにかあっても自分でなんとかせい」

結が風呂から上がってきた。

「なんだ虎ちゃん、帰るの」

「そだ。お前のいびきがうるさくて寝てられね」

「いびきなんかかかないよ」

「結」

「なに」

「肇くんにはもう――」

「なによ」

「胸のひとつぐらいは揉ませたんか」

「死んじゃえ」

猫田が、卑猥な笑い声を残して去った。

「なあ、結」

「なに」居間に上がり、こたつに足を入れた。

「じいさまに向かって、死ね、はやめろ」

「猫じぃは冗談だって分かってるよ」

「そうかも知れんが、あまり褒められたもんじゃない」

「大丈夫だって。じーちゃんには言ってないでしょ。じーちゃんはそういうの、応えるキャラかな、と思ってさ。猫じぃは、そういうの平気なキャラだからね」

「平気かどうか、本人に訊いてみたのか」

「そうではないけど」

「なら、やめれ」

「うーん」

「な」

「分かった」

結はふっと立ち上がり、自室へ向かった。へそを曲げたかと思ったが、そうではなく、すぐ戻ってきた。

「言うの忘れてた。昨日、肇から手紙が届いてたんだ」

「ほう――」結は滅多に、文通について口にしない。「それで」

「これ、送ってきた」

結は、手のひらに収まるほどの小さな手帳を差し出した。

「これは……あれか」

「そ」

返したはずの、浦瀬十三少尉の日記だった。

「なんでまた」

「売られそうになったから、だって」

「意味がよく分からん」

「彼の両親が――」

　某歴史研究機関の依頼を受け、金銭と引き換えに日記を売ろうとしたのだという。若き肇は猛反発を覚え、隠し場所に困った挙げ句、結に預かってほしいといって送ってきたのだとか。

「言い値で買います、て言ってきたって。そんなに重要な歴史資料なの？」

「それは……どうだべか……」

「まあ、半分言い訳作りのようだけど。冬休みに返してもらいにいってもいいかって。送ってくれ、じゃないからね。会いたい気持ちがばればれ。可愛いもんだねまったく」

　――帰ってきてしまったんですか、少尉。

　しかも多分、いちばん悪い時期かも知れないときに。

「これ、どうする」

「……そうだな」

「中、読んだことないんだっけ」

「ん」

　大過なく生きるために吾郎が自然に身につけた、あるいは備わっていた必要以上の慎み深さが、読むことを許さなかった。返却を果たすまでの四十六年、ページを開いたことはない。

「あたしなら読んじゃうけど」

　読みたくない、というのが本心だった。

　――いよいよとなっておれが先にくたばったら……。

「じーちゃんが預かったほうがいいよね」

――おれの肉を食らって生き延びろ。もし貴様が先にくたばったら……。

「あたしに送られてきたといっても――」

――おれが貴様の肉を食らって生き延びる……。

「やっぱりこれはじーちゃんが命がけで持ち帰ったもんだしさ」

――しかし少尉どの。食うといっても、肉が見当たりません。

――ならば血を飲んで、喉を潤せばいい……。

「結、お前が持っていてくれ」

「あたし？」屈託なく笑った。「読んじゃうかも」

「それならそれでいい……なにかの役に立つかも知れんから」

現に今、日記は、いや、日記に記されたある日の記憶が、杷木たちはおろかさらに大勢の人々を、この山へ呼び寄せようとしている。

十

神代は、うんざりするほど大きなシャンデリアを眺めた。

「お前のケツを？　おれがか」

ジェルだかポマードだか知らないが、べったりなでつけた整髪料にうっすら埃をまぶしている阿久津が言う。「ああ。乗るだろ」

鏡を見ないのか。目が悪いのか。

「どうかな」

「下見にまでつき合ったんだぜ」

「それはそれ、これはこれ」

高級シティホテル〝シーザーズ・ガーデン海斗〟の一階、巨大なカフェレストランでの密談だった。

「なんだかんだ言っても寄せ集めだからな。お前たちがケツを守ってくれたら、ありがたい」

「それどころではないんだがな」

それどころでない事態は、確かに起きていた。一昨日、我が坊ちゃんが、またやった。一報を聞き、津山のマンションから撤退することに決めた。昨日、今日と、監視の目をかいくぐって荷物の運び出しに追われていた。刑事ひとり、車一台がマンション玄関に張りついているのは、分かっていた。

――これまでか、というところだが……。

すでに、阿久津の誘いには乗るつもりでいた。すぐに了承したのでは、軽く見られる。

「報酬は」

「金には困ってないんだろ。あの馬鹿親子のお陰で」

状況だけで言えば、阿久津も同じ。東京にいる、実は裏で右翼と繋がっている有名消費者金融の会長から、潤沢な資金が流れている。違う点は、阿久津が飼われているのに対し、神代は飼っているという点だ。

「ボランティアには興味がないのさ」

「確かに。あんたにはいちばん似合わない言葉だ」

「子供がいたな。明日は」

「学校。間違いない」

「土曜だぞ。大丈夫だろうな」

「明日は登校日。早くても午後一時過ぎまでは戻らない。お前も、案外優しい一面を見せるね」

「もう子殺しはたくさんなのさ」

「怖い怖い……」探っている。「もう？」

「たくさんの女に堕胎させてる」

「避妊しとけ」

「ゴムが嫌いでね」腰を上げた。「そのときがきたら、連絡しろ」

「乗ってくれるんだな」

「さあな」

「フル装備で頼む。あっちにはガードがついてる」

「あの、テント暮らしの若造だろ」

今日の下見では、それ以外確認できなかった。

「あれだけじゃないかも知れないから、数集めてるんだ」

「ま、猟の時期だし、構わんよ。連絡は車載電話のほうにしてくれ」

阿久津を置いて、カフェを出た。ホテルを出たところで声をかけられた。

「ミスター神代」

明らかに〝彼の国〟の男だ。

流暢な日本語だった。「どうも、アモンといいます」

「で？」

「まあまあ――」口ひげが歪んだ。「阿久津さんの話には、乗るべきですな」

「そうかね」

「フィリピノで話しますか。懐かしいでしょう」

「なんの話だ」

「あ、そうか。あなたはしょっちゅう帰国しているんでしたな」

「なんの話だ」

「この作戦を、あなたは失敗するわけにはいかない」

「だから、なんの話だ」

「出自の話ですよ」

「だれの」

「あなたのです……〝取りこぼし〟があったら、あなたは困ったことになる」

「どう困る」

「あなたの出自が、いろんなところで囁かれることになるでしょうな……ところで神代さん、あなたのその、狙撃の腕前はどこで？　やはり、フィリピン時代に？　共産ゲリラの軍事教育も、馬鹿にできませんなあ」

「そんなヨタ、流されても構わん」

「テント暮らしのあの男、だれだか知ってますか」

「知る必要があるのか」

「日比振興協会の者です。表向きは広告担当だが、実態は政府系エージェント。彼は教育を日本で受け、帰化までしています……この差はやはり、世代の差というやつですかねえ……彼は日系三世。あなたは？　二世？　ほんの十数年違うだけで、この差ですからねえ……日本という国は、ほんとうに、一度国を出た者、その子孫には辛いですねえ。国という概念はあっても、民族という概念はないらしい……在留許可なんて、吹けば飛ぶような存在ですからな」

神代はカフェへ取って返した。

ちょうど阿久津が出てきた。「神代？　どうした」

「お前の連れの話をしようか」

「おれの連れは、お前だが」

「アモンてな、なんだ」

「おれの連れじゃない。どうした、目が尖ってる」

「だれの連れだ」

「〝親父さん〟さ。フィリピンのほうからあてがわれたらしいが」

「ちょっとこい」

阿久津を連れて外へ出た。ホテルの建物脇、陰気な小道へと案内していく。

「なんだ」

路上駐車している車の隅、人影が丸くなっている。

阿久津が呻いた。「アモンか」

血まみれのアモンが、微かに蠢いていた。

「お前も相変わらずのようで嬉しいね。だがこいつは、向こうの代理人だぞ」

神代はアモンの身を引き起こした。「異土の糧となるか。無事母国へ帰るか」

阿久津がアモンの顔を覗き込む。「おいミスター、こいつになにを言った。あんたの国じゃ、差し歯に保険は利くのか」

神代はアモンの身を改め、財布、パスポートを抜いた。

アモンが言葉を絞り出す。「この件は……報告する……」

「では――」

神代は踵をアモンの顎へ落とした。阿久津が顔をしかめた。

「その顎を砕き、舌を抜く。字が書けないように、指を落とす」

「やれるものなら――」

「お前は自分の立場を理解していない。おれたちがお前を裏切ってあっちについたら、どうなる？」

アモンは答えない。

「おれたちはお前の後ろ盾を、日本語難しいか？　易しく言えばお前のボスを、その息の根を止めることができる。お前のボスの政治生命、と言い換えてもいい」

アモンは口を閉ざしている。神代は顔を寄せた。

「ボスを失ったお前に、なんの価値がある。虎の衣を剝がされて裸のお前を、だれが守る」

アモンは血の泡とともに、言葉を吐いた。「テロリストめ」

「スペイン、次はアメリカと他国に支配され、日本が進駐したお陰で、やっと国を取り戻したのに、どういう体たらくだ」

「進駐ではない。侵攻だ」

「同じことだ」

「お前には、刺客を送るよ」

「二千メートル。理解しているか、二キロメートルだ」

「なんの話だ」

「お前はどうやって、常に自分の二キロを守る」

「それがなんだと言うんだ」

「おれは二キロ離れた場所から、お前の頭を吹き飛ばせる……そういう話をしてるのさ……どう守る？　ボスを失ったあと、二十四時間、三百六十五日、三百六十度をどう守る。死ぬまで家の中で暮らすか。その場合でも、窓には近寄れんが」

「……」

「なんだか知らんが、アモンさんよ」阿久津が退屈そうに割って入った。「あんた、間違ったことしたらしい。詫びを入れたらどうだ」

「見解の訂正を望むね」

アモンは、折れた。「……確かに……あんたらが頼みだ」

「そうだな。で？」

「脅しめいた口ぶりをしたのは詫びる」

「のは、とは」

「失敗したら命がないのは、ほんとうだ」

「ほう——」

「待て。おれの見解じゃない。ボスの見解だ。あとはボスに言え……この件の報告は、しない」

「それではミスター、和解か」

「どうやらそのようだ」

「阿久津くん、このミスターの介抱を頼んでもよろしいか」

阿久津は大仰に顔をしかめた。「しょうがねえな」

「それではここで失礼する。海斗の夜を楽しんでくれ」


次は坊ちゃんか。

車に戻り、走り出した。

海斗市街を抜け、内陸側へと国道を走る。一度、警察の検問に引っかかったが、何事もなく済んだ。

国道沿いは、まだらに開発されている。パチンコ店、レストラン、大規模洋服店、工場がある一方、田畑も散見できる。

北の空に、不知山地が黒々とした姿を現している。

一度角を折れ、高い塀に囲まれた敷地の中に、車を乗り入れた。塀の上には鋭い鋲が打たれ、角々にはセンサーライトつきの監視カメラ。

津山家の先代、神代からすれば実にいいタイミングで倒れてくれた津山勝夫の地所だった。監視カメラなどの造作は津山がしたことだ。なぜそんなものが必要なのかは、約一ヘクタールにもなる広大な庭を見れば、分かる人には分かる。ちなみに、神代にはさっぱりだが。津山が丹精込めて育て、集めた盆栽、庭木が、ところ狭しと並んでいる。もとは塀もカメラもなかったそうだが、相次ぐ盗難に業を煮やし、強固な城壁を造ったのだとか。

津山が倒れて五年。なにも手入れはされていない。庭木は好き勝手に生きている。が、盆栽は次々に息絶えていく。

――皿に載ってるんだ、当たり前だな。

ということは盆栽にとって、手入れというのは、延命措置と同義か。

庭を突っ切っていき、奥にある建物へと向かう。木造二階建ての大きな和風建築。

母屋を通り過ぎ、裏へ回った。コンクリート造りの、蔵のような建物があった。二階建て。窓のない倉庫である。

一階に入ってすぐの部屋に、若い仲間である藤木がいた。弾丸のリロードをしている。

藤木が言う。「なにしてたんだ。ずっと待ってた」

「すまん。坊主とガキは」

「坊ちゃんは隣、ガキは地下」

藤木の手元を見て言う。「終わりそうか」

「ああ」ライフル実包、散弾実包が、几帳面に整列させられている。薬莢に雷管、弾丸を装着する専用プレス機、火薬用の電子秤、小皿が幾つか、ブラシやヘラなどがテーブルの上にあった。

「こりゃしかし、いいとこ二百メートルだぞ」

藤木は神代の頼みに応じて、ゴム製弾頭をつけ、火薬量を減らした減装弾を作っていた。

「この弾で精密射撃するなら、百五十が限度。撃たれたほうは、ヘビー級のパンチを食らったように感じるだろうな。だが、距離が百より近いと、普通の弾と変わらない。体に突き刺さっちまう」

「撃った瞬間ゴムが溶けないか」

「そのへんは考えてある。耐熱ゴムで成型した弾丸をさらにベークライトで被甲してある。方々のホームセンター回っていろいろ集めて、これにした」

こんな危ないものを作るのにも、ホームセンターが重宝だというのも皮肉なものだ。

「獲物に当たったらぐしゃっと潰れて、衝撃を与える。だが、相手をただヘコましたいなら、この弾は百五十だ。いいな。百より近いと——」

「分かったよ」

「実包も持ってくんだろ」

「ああ。そっちは既製品でいい」

「減装してやろうか」

減装には、威力を弱めるということよりも重要な役割がある。黒色火薬の量を減らした減装弾は、発砲したときの煙が少ない。目標が撃ち返してくる場合、撃った直後に煙でこちらの位置を悟られにくいという利点がある。

「今回は不要だろう」

奥の部屋に入った。

がらんとして、今はなにもない。机があり、椅子が二脚あり、テレビがある。部屋の真ん中に、津山信一が横たわっていた。両手両足を拘束されている。

信一が神代に気づき、半身を起こした。

「なにか言うことは」

長い睫毛に色白細身の青年は、悲しげに笑った。「こんばんは」

「なぜそうなんだ」

「しょうがないんだ」まったく悪びれていない。「病気なんだ」

坊ちゃんがおいたをしないよう、目を光らせてきた。当初こそ神代を恐れていた坊ちゃんだが、ここ数年、変わってきた。一言で言えば、開き直っている。

「おれはもう、どうなってもいい」

「そうかい」

「ほんとはおれ、病院に入るべきだった。あんたがそうさせなかった」

「治らんもんは病気じゃない」

「治るんだよ。ちゃんと治療すれば」

「自首したいと言っているのか」

「そうしてもいい。だが、あんたが困る」

「困るのか」

「だってそうだろ。おれがいなくなったら、おいしい思いができない」

「なるほど」

痛いところを突かれたのは確かだった。だがこの坊ちゃんはそのことに気づくのが、遅すぎた。

「これまで大枚払って、下の世話をしてきたのに」

鼻で笑った。「その大枚も、もとはおれの金だ」

「父親の金だろう」

「同じさ。おれが受け継ぐんだから、おれの金だ」

「病気だと言ったな」

「ああ」

「病名は」

「精神疾患だろう？　詳しいことはおれにも分からん。だが明らかに、病気だ」

「どこがいい？　子供で、しかも男の子。なぜなんだ。忌憚なく教えてくれないか」

「どうしても欲しくなるときがある。理由なんか分からない。衝動がおれを支配して、勝手に動かすんだ」

「自らに責任はないと」

「だって明らかに――」

鋭く遮った。「なにひとつ明らかじゃない」

「……おれには責任能力がない……ないはずだもん」

「そうかい……」深い溜め息が出る。「そうかもな。だが……能力があろうがなかろうが罪を犯した。犯した罪は償うべきでは？」

「分からないのか。治療が償いなんだ。おれは病気だから」

「治療はお前の利益にしかならん。償いとは違う」

「言ってるだろ。おれは病気だから、償う必要はないんだ」

「治療が償いだと言ったはずだが」

「治療してくれ、そしたら、償うさ」

こいつに責任能力があるかどうかは知らない。だが、死ぬべきだとは思う。

「自首させてくれ。あんたたちのことは、一切喋らないから」

「前から訊きたかったことがある」

「なに」

「お前、大人の女とセックスしたことはあるのか」

答えはなかった。

神代は部屋を出た。

藤木が言ってきた。「早いね。いつものお仕置きは」

「怪我させたくない」

藤木が暗い瞳を向けた。「……そろそろお暇？」

「おれは週末、いろいろあってな。坊ちゃんのこと、お前に頼みたい」

「オーケー」

「警察に持っていかせると言って、告白文を書かせろ。お前が見張って、おれたちの名が出ないようにな」

「当然」

「ジンを一ダース買っておけ」

藤木が小さく笑う。「……オーソドックスだね。場所は。どこかいいところがあるか」

「いいところを見つけた。詳細はあとで。ガキの様子は」

「奴は坊ちゃんの顔しか見ていないし、声しか聞いてない。縛り上げて頭に布袋被せてある……ガキは？」

「神の意志に任せる」

藤木は手元の作業に視線を戻した。「ガキは坊ちゃんしか知らない……生きて返しても？」

「だから、神の意志に任せるのさ……おれでも子殺しは避けたい」

「しかしタイミングが悪いな。明日から土日。銀行は休みだ」

「だからお前は今晩のうちにあのマンションにいって通帳株券、とにかく持ち出せるもの全部持ち出してくれ。ここも棄てる。片付けを頼む」

「津山もろとも、街を棄てるんだな」

「潮時だろう」

藤木が大仰に息をついた。「ああ……エデンを棄てるときがきちまったか」

「エデン？」鼻で笑った。「あそこは魔窟だよ」

藤木に監視を任せ、外に出た。裏に回る。地下へ続く階段が掘られていた。下っていき、ドアを開けた。ここもがらんどう。物はない。

奥の部屋のドアを開けた。

大音響で流され続けるハードロック。手足を縛られ袋を被せられた小さな体が、横たわっている。

なにも聞こえないはずだが、小さな頭がこちらを向いた。風圧の変化でも感じたのか。小さな体がむっくりと半身を起こそうとした。

操り手に棄てられた操り人形が、死を目前にしてはじめて、自らの意思で立とうとしている。

一瞬、強い戦慄を覚えた。

――馬鹿な。下手なホラーでもあるまいし。

あのジャングルで酷いものを見た、酷いことをした。静かにドアを閉めた。

――だがそれに劣らず、今の光景も酷い。

希望はかけらさえ見いだせず、絶望をまとった悪意が跋扈している。

神代は、自分が絶望を構成する要因のひとつだとは、露ほども考えていない。

──ツイているか、いないか。それだけだ。子供も大人もない。

父が戦前フィリピンに渡らなかったら、今の自分は違う人間になっていただろう。政府軍のゲリラ狩りと戦いながら、指をくわえて日本の戦後復興を眺めていた。日本の復興は、神代個人にはなんの恩恵ももたらさなかった。考えの浅い父が母国ではうまくやれないので、浅い夢を見てフィリピンに渡り、結果、この有様だ。母は戦後の混乱をうまく乗り切れずに、帰国の機会を逸した。それればかりか、現地の男と再婚することで延命を図った。その男が共産ゲリラの幹部だったというから、さらに笑えてくる。

──まあ、今となってはもういい……おれは母国へ戻った。ツイてる。

あの、杷木とかいう男ほどではないが。杷木が自分よりツイていたらしいのは、二世、三世の差というより、環境の差だったのだろう。例えば神代の母親は、終戦直後、フィリピン人たちの日本人に対する憎悪や差別から逃れ、出自を隠匿するため、自分が日本人だという証明書類のいっさいを破棄してしまった。書類のあるなしは、ささいなものにとらえられがちだが、国籍取得手続きのうえではとてつもなく重要視された。

ただ、書類のあるなしにかかわらず真実重要だったのは、帰国を勝ち取る行動力があったかどうか、だったろう。神代の母親は、二十年ほど前、中国系フィリピン人のまま、この世を去った。

神代は母の遺品の中に見つけた写真、写真の裏に書かれた文字を手がかりに、日本国内の親族を捜し、五年かけて残留日本人であると外務省に認めさせ、在留許可を勝ち取った。

同じく親戚であるはずの津山勝夫は、あり余る富を抱えていながら、わずかな援助を求めた神代の手のひらを、はねのけた。

しばし床に目をやる。五年前、人知れず一度壊され、掘られ、再び埋め戻された床。すべての発端となった床。

その床に、今また人形が寝ている。


二階へと上がる。

清水、赤間、溝口、浜田。四人がいた。黒光りする一枚板の卓の上には、物騒なものが並んでいる。清水たち四人は、装備を点検整備していた。四人のうち清水が日系フィリピン人、他の三人は純日本人だ。

神代が宣言した。「今回は、適法銃だけ持っていく」

「当然だろうな」杷木と同じひと世代下だが、杷木ほどには境遇に恵まれなかった清水が言う。

「警官がうようよしてる」

溝口が訊いた。「ハンドガンは」

「任せる」

なんだよ。みながわざとらしくずっこけてみせた。ハンドガンは違法だろうが。

清水はシグ社製SG、赤間はレミントンM700、溝口はヘッケラー&コック製ショットガン、浜田はサコー製ショットガン、神代が旧ソ連製ドラグノフ・スナイパー・ライフル。それぞれの愛銃である。このうち赤間のレミントンを除きすべて軍用銃だが、それでも、口径や装弾数など日本に輸出する前に日本仕様にしたものは、合法に所持できる。

仲間の中でただひとり、手間を惜しまず警察通いを繰り返して銃砲所持許可を得た浜田が、名目上、すべての銃の所持者である。

こうして軍用銃は適法銃となり、検査を経て、元の軍用銃に戻されている。

「相手はどんな銃を持っているって」

「知らん。だがライフルを所持している。旧陸軍の狙撃兵だったそうだ」

「おおこわ」

「八十過ぎたじいさまだ、大事にはならない。阿久津がうまくやれば、おれたちの出番はない。阿久津はうまくやるだろうしな」

「気の毒なじいさんだな……なんのために八十年も生きてきたのか」

「おれと赤間、浜田は――」溝口が言う。「マン・ハントをしたことがない」

なんとかならないか。と言いたげだった。

「この国じゃ当然だ」清水が上からものを言った。「イノシシあたりで我慢しておけ」

赤間は身勝手な思い出話にふけりはじめた。「アフリカの猟はよかったなあ」

「おれは駄目だ。北米のほうがいい」

「役所だなんだと、いろいろ面倒だった。おれはアフリカ派だな」

話は彼らに任せ、他の装備を調べた。レーザー式距離計、金属探知機、高感度集音マイクを藤木がさらに改造した通称バズーカマイク、同じく藤木手製のスプレー缶にしか見えない音響弾。音響弾以外はすべて狩猟用として携行するのに、問題のないものばかりだった。

明日はとにかく、阿久津にすべてやってもらって、こっちはこっちで別のことを済ます。

——場所は今日、見つけた。あの製材所、使えそうだ。

「今夜のうちに街を棄てる準備をしておけ。マンションに物を残すな」

神代は清水を台所へと連れていき、アモンのことを話した。

「やっちまったのか——」清水は額に手をやり、天を仰いだ。「なんで？　まずいよそれ」

「話を聞いたろう。どっちみちアモンは、おれたちには手を出せない」

「だからって……おれは絶対いやだからな」

「なにが」

「おれはもう、どこにもいかない。おれはここにいる。日本にいる」

「分かってる」

「帰化するんだ」

「そうだな」

「刑務所には入らないし、ジャングルへは戻らない」

痛めつける直前、アモンは言った。在留資格を失ってフィリピンへ戻されれば、そこには警察が待ち構えていて、即拘置所いきだ。日本から資金援助をしていた共産ゲリラの一員として、裁かれることになる……。

「心配するな」

「痛めつけたのはまずかったぞ」

「そうか。悪かった」

「おれはもう——」

「分かってるって。いざとなっても昔とは違う。偽の身元を作れるし、望めば〝偽の本物〟だって手に入る」

帰国を援助してくれた組織に送金、物資を送り、また小間使いとしてアジア各国を渡り歩いている神代に対し、清水は帰国後、一度も日本を出ようとしない。赤間たちが口にしていた世界各国への狩猟旅行へも、清水だけは同行しなかった。

「待てよ、カティロ」

清水は冷蔵庫へ背を預けた。「おれは……いやだ」

「聞けよ、カティロ。大事なことを忘れている。アモンはおれのことしか知らない」正確には、おれのことしか口にしなかった、だが。「お前のことは知らないんだ」

「ほんとうか？　トオレィス」

「ああ、心配するな……おれになにかあったら、頼む」

「任せてくれ……アモンをスナイプしてやる」

カティロ・ジェー・シミズがここまで強制送還を恐れているとは、知らなかった。トオレィス・アーラン・カミロには、恐れはない。居たいところにいて、いきたいところにいく。この自由を維持するためなら、どんな手でも使うつもりでいる。

十一

エンジン音が耳に入った。

午後十時も半ばを過ぎた時間。杷木はテントから這い出し、道の先へ目を凝らした。無線機に向けて囁いた。

「こちらエントランス、セット、セット、セット。応答せよ、セット」

道を隔てた廃屋群にいる仲間から返事が返ってきた。《ルーム・1、セット》《ルーム・2、セット》

廃屋群のいちばん奥、ベースキャンプからも返事がくる。《ダイニング、セット》

テントのすぐそば、杷木の身長ほどもある天体望遠鏡にかけていたカバーを剝いだ。

ヘッドライトが見えた。田畑の間の道に車体が見えてくる。四駆らしい。明かりのない暗い道を走る車だが、車体の白色は闇に浮き出るように見える。

――白い……四駆……違うな、上半分が白くて下半分が……くそ、なんで。

「こちらエントランス、P接近。繰り返す、P接近。全員ベッドへ入れ」

杷木は望遠鏡へ取り付いた。空を見上げる。厚く敷き詰められた雲。やがて、古い型の四駆がそばまできて、停まった。やはりパトカーだ。運転席に若い警官、その隣に中年の警官。中年の警官だけが降りてきた。

「こんばんは」杷木から口火を切った。「どうしたんです。こんな夜中に」

「おにいさんこそ――」ころころと丸い体、丸い顔。「こんな天気に天体観測かい」

「雲が切れるかも知れない。チャンスは逃したくないんで。せっかくこんな山奥まで――」喋り過ぎか。「きたんですから」

「そんなものかね」警官の視線が吾郎の家に向かい、戻った。「あそこの家の人とは？　知り合いとか？」

「去年の夏に。髭之先の、パラボラ絡みで――」

天体観測マニア。新しい観測場所を探しながらパラボラアンテナ見物に立ち寄ったとき世話になり、それ以来の付き合い。

吾郎の家の戸が開いた。「おーい、加納さん」

結が立っていた。

「こんばんは、結ちゃん。すぐいくから入って待ってて。家の中が冷えるよ」

結は戸を幾らか閉めたが、顔を覗かせてこちらを見ている。その背後に影。吾郎もきたようだ。

「ちょっとすまないね――」車に戻っていく。運転席にいる若い警官と言葉を交わし、無線を使った。杷木の四駆のナンバーを照会している。

杷木はただ待った。なにもできることはない。

警官が戻ってきた。「所沢伊太郎さん？」

「はい……」

この車はエリースとサン・シンにあてがわれた。ほんとうの所有者がそういう本名なので、合わせるしかない。杷木は実際の所沢伊太郎がどこのだれか知らない。エリースによると、なんの心配もいらないそうだ。しかし、

――この警官、忘れないだろうな、所沢伊太郎という名を。

「なかなか、しぶい名前だねえ。住所は埼玉」

「はい」

下手な嘘のようだ。埼玉に住む、所沢さんとは。

「お仕事は」

「広告会社に勤めています。一日多く休暇を貰いまして」

こちらのほうはまったく心配ない。問い合わせがいったとしても、応対に出るのはこちらの仲間だ。

「名刺なんかは」

「ええ。いいですけど」

「なんせこんな時間にこんなところで、というわけだから、一応ね」

名刺を渡す。

「頂いても？」

「いいですよ」

若いほうの警官が車を降りた。そのまま車の脇に立っている。

「所沢さん。車の中、見せてもらってもいいかな」

「ええ」

分厚い雲の下、天体観測。甘かったか。

杷木は自分の車へ向かった。警官ふたりがついてくる。車内を検分させ、さらにトランスペースも改めさせた。

「いつまでこちらに」

「明日の夜明けにホテルへ戻ります。寝なきゃ。面倒くさくなったら、あのテントで寝るかも。つまり、はっきりとは決めてないんです。予定のない気まま旅です」

「うらやましいことで。だが教えておきます。今晩は雲が切れる可能性もあるが、明日からはまず無理。雪が降り続きます」

「そうかあ……どこにいこうか……」

しまった、そう思った。天体観測が趣味の人間が、明日の天気を気にかけていなくてどうする。

だが警官は不審を抱かなかった。「宮城の沿岸か、福島の浜通り辺りへ南下することですな」

「考えてみます」

「明日いちばんで山を下りることです」

「なぜそこまで」

「タイヤです。おにいさん、そのタイヤじゃ、死ぬよ」

ふとタイヤに目を向ける。言われて気づいた。情けない。車は、夏用タイヤを履いたままだ。

「チェーンは積んでますか」

——ちきしょう……馬鹿が。

知らない。

「ちょっと分からないです。調べておきます」

「そのほうがいい。甲ダムにおっこってしまう」

「気をつけます……よかった、お巡りさんと話せて」

「気を悪くしました？」

「とんでもない」

「実は街で子供がひとり行方不明になってましてね。

「あなたのようになんというか――」

「よそ者？」

警官は苦笑いした。「いつもは人がいないところに人がいる、ものがないところにものがある。そういうことには、目配りしないと」

「ご苦労さまです。遅くまでたいへんですね」

仕事ですから。警官は言い残して去った。

「こんばんは」加納が土間に入ってきて、石炭ストーブに手をかざした。「冷えてきたねえ」

「ご苦労さまで。こんな夜更けに」

「表の若いの、知り合いなんだって？」

「はい」

「夜通しねばるつもりなのかな」

「さあ」

「いいじゃない」結が口を開いた。「ロマンがあってさ」

結が杷木について言ったのはこれだけだった。言いつけを守ってくれた。

「ほかに、だれかきた？」

「こない。ねえ、じーちゃん？」

「そうだな。知る限りは。おれ、日中は山に入ってたから」

「聞いていると思うけど、街でまた子供がいなくなってね」

「ここはよそ者がきたら、すぐに分かる」

「そうそう」と結。「ポチも吠えるし」

「そうだとは思うが、一応ね。よそ者は見なかったんだね」

「ここでは見なかったけど」結が言った。「製材所のとこで見た」

「製材所？」

結が夕方の話をした。

「そうか。ここに上がる前、製材所は中まで見てきたんだ。なんの異常もなかった」

「ふうん」

「猫田さんは相変わらず？」

「相変わらずの——」結が口を尖らす。「くそじじぃぶりで」

ごん。加納のげんこつが結の脳天を捕らえた。

「いたいよぉ——」

結の周りの大人の中でただひとり、結の汚い言葉に対して鉄拳をふるうのが、加納巡査長だった。

「国家権力の横暴だ、公権力の——」

「やかましい。口だけいっちょまえになって」

「おなごに手を上げるとは、なんという——」

「今度はおなごか。次はなんだ」

「ふんだ」

「くその次はふんか」

「今のふんは違うふんだい」

「くそとか言っちゃ駄目だ。言霊という言葉があるくらいで、人が発するすべての言葉には——」

「けっ、耳たこだよ」

結はテレビの前に退散した。

「いつも結が……すまんことで」

「ゴローさん、可愛いのも分かるが、ときにはがつんと、だよ。がつんと」

結が皮肉たっぷりに言ってよこした。「柔道ばか」

「なんか言ったか」

「なんにも」

「ならいい。ゴローさん、電話はちゃんと通じてる？　冬の備えは」

「完璧だべさ」

「結ちゃん」

テレビの画面に見入ったまま。「なにやい」

「明日からスクーター禁止。いいな」

「はいはい」

「下校は去年と同じようにね。駅か、駐在所、ふもとの〝弥勒亭〟で待ち合わせて吾郎さんにきてもらうか、うちのかーちゃんに頼む。いいね」

「ほいほい」

「すみません」と吾郎。

「ちょっとそのへん、見回ってくる」

「そこまでしなくても」

加納が出ていった。吾郎はかまちに腰掛けた。

結がそっと言ってくる。「見つかっちゃうんじゃないの」

「分からん」

「そうか」

「杷木さんやじーちゃんが言ってたこと、分かったよ。あれ、面倒」

「杷木さんがあそこまでやられちゃうんだもん。外国の人だったらなおさらだよ」

「ん」

馬のひづめの音、銃声が響く。結が見ているテレビの音声だった。

十分も経たないうちに、加納が顔を出した。

「じゃ、下りる。お休み」

吾郎は腰を浮かせた。「ご苦労さまです」

警官、役人。そういった人種には必要以上にへりくだってしまう。

外から車のエンジン音が聞こえはじめ、ふっと遠ざかっていった。

結が言う。「逆に言うと加納巡査長、見落としちゃったね」

「ほんとにちらっと見回っただけだったんだべ」

十二

吾郎はさっさと寝床に入った。もう十一時近い。テレビの音が、まだ聞こえてくる。襖の向こうの結に声をかけた。

「結、もう――」

「分かってる。もう寝る」

テレビの音は続き、衣擦れが聞こえる。吾郎は目を閉じた。

「じーちゃん」

「ん」

「風かライオンかで言ったら、じーちゃんはライオンだね」

加納に途中を邪魔されたが、ふたりでついさっきまで、テレビ放映の映画を見ていた。アラブの族長ライズリーと、モロッコ介入政策を進めるルーズベルトが派遣したアメリカ軍との紛争を描いた映画だった。

「どうだべな」

「ライオンのごとく自分の居場所にとどまり続ける……じーちゃんだ」

「おれはぜろぜろなのほうが好きだ」

「ショーン・コネリー？」微かに含み笑いが聞こえた。「同じライオンでも、コネリーとじーちゃんじゃなあ……じーちゃん」

「ん」

「風のように世界を巡ってみたいと思ったことは」

「あったかもしれねえけど……忘れたな。結は」

「うーん」しばらくの間。「とりあえずは」

「とりあえずは」

「今度の期末、赤点取らないようにしないと」

我知らず、微笑みが浮かんだ。「そだな」

「寝よっかな――」テレビの音が消えた。結の呟き。「なんでこのテレビ、四本足？」

さらに何やら立ち回っている。茶簞笥の引き戸を開けている音がした。

「猫じぃ……猫じぃ、返事して」

無線を使っている。猫田が仕入れてきたものだ。高価だった、いい品だ、盗まれるなよ。えらく騒ぐので、わざわざ本体を茶簞笥の中にしまっている。

《なんじゃい――》猫田の応答。《結か》

「そだ。無事着いた？」

《もう寝てたじゃい》

「行方知らずになったらみんなが迷惑するから」

《ガキはもう寝ろ。背が伸びねえぞ》

「背は充分伸びてる」
《胸が膨らまんぞ》
「もう充分膨らんで……牛乳飲む」
《飲め飲め》
「猫じぃ」
《なにや》
「そのう……死ねとか言って、ごめんちゃい」
間があった。
《なにを急に。気持ち悪う……》
しばしの空電。
《いいから、あったかくして、布団に入れ》
ほんとうに、結はいい子だ。思いながら、眠りに落ちる。

十三

《緊急、緊急――》
ベースキャンプで待機していた四人が一斉に身を起こした。
《こちらルーム・1、レディがそちらに向かっている》
午前六時前。まだ夜は明けていない。ペレロがスーツケースほどもある軍用無線のマイクを握った。

「こちらベース。ルーム・1、そちらとはどこだ」

《こちらルーム・1。失礼しました。ダイニング方向に歩いていきます》

「了解。対応する。各ルームは沈黙せよ」ペレロがみなを見回した。「また、レディが奇襲をしかけてきた」

みなの顔がほころんだ。

ここにきた翌日の夜、結とポチがここを突然訪れた。ペレロたちは、結からポチを紹介され、日本酒を半ば強引に飲まされた。望まない訪問だったが、結果、この夜からポチは彼らを見ても吠えなくなり、日本酒のうまさも知った。ただ困ったのが、六人いるはずが四人しかいなかったことだ。結があとのふたりにも〝ジャパニーズ・サーケ〟を飲ませたいと言い張ったのだ。もちろんあとのふたりは、各ルームに散って監視任務についていた。夜の散歩に出たようだ、と言い訳すると、帰るまで待つと言い出したので、結局ふたりを呼び戻すはめになった。

「部屋まで入れないようになんとかするが、見られてまずいものはないな？　その無線は隠しておけ。民間用にしては大きすぎる」

歩を進めるごとに、雪が呻く。ついにこの季節がきたか。

結は廃屋群の中の道を歩いていた。一筋、二筋と足跡が残されている。南国からきた学生さんたちは、はじめて見る雪が珍しくて、夜明けを待ちきれなかったのだろう。

昨夜加納巡査長がきたときは、まだ雪は降ってさえいなかった。降ったあとにきていたら、足跡のせいで簡単に見つかっていたかも知れない。

日の出は兆候さえ見せていない。細かな雪が仄々と降り続いている。木々も廃屋たちの屋根も、恐らく春まで居座り続けるであろう根雪の第一陣を、押し黙ったまま受け入れていた。

足跡を辿り、いちばん奥の廃屋へとやってきた。ドアをノックし、ノブを掴む。意外にも鍵がかかっている。

「ペレロ教授？　エネリット青年？」

と、ドアが開いた。ペレロだった。

「おはよう教授」

「おはようございます、ユウ。早いですね」

「この時間には身支度終えてないと、遅刻だから」

結はすでに学校の制服を着て、上にはダッフルコートを羽織っていた。スカートの下はもちろん、学校指定のジャージである。

「みんなはまだ？」

ペレロの肩ごしに奥を覗いた。だれの姿も見えない。

「まだ奥の一部屋だけ使ってるの」

以前訪れたときに知った。彼らは今ふうに言えば三ＤＫの平屋を使っているが、なぜか、そのうちの一部屋だけを使っていた。彼らにしてみれば、不法占拠している気分なのだろう。加納のような者に見つかってはやっかいだ、との思いからか、アジトでひっそり息を潜めている、という風情に見える。

「遠慮することないのに」

「みなで集まっていたほうが、暖かいものでして」

「そっか。でも、中毒に注意だよ。石油ストーブでしょ。換気に気をつけないと」

「分かっています。ミスター杷木にもきつく言われていますから」

結はドアをさらに大きく開け、ペレロに外の景色を見せた。

「教授、これがニエベだよ」

「はい……さっき少し、外に出ました」

「どうすか」

「美しい」

「食べてみた？」

「いや」

「やっぱり、はじめて見たら、食べてみたいと思うもんだからね」

「なるほど」

雪を構成する核が空気中の塵だということは、言わないでもいい事実。

「雪ってね、かじると案外苦いもんよ」

「そう？」

「だからこれ」

ポケットから小瓶を取り出した。

「イチゴ味。イチゴは平気？」

ペレロに小瓶を握らせた。

「これはなんですか」

「夏の残り。かき氷用のシロップ。かき氷知ってる？」

「氷を砕いて甘いソースをかけて食べる」

「そうそう。これかけて食べてみて」

「ありがとうございます」

「今日の午後はスノーボール・ゲーム。オーケー？」

「雪合戦？　オーケー」

「研究ばっかりじゃ、体がなまるよ。少しは運動しないと」

部屋に戻った。みなが息を殺している。

「もういい。レディはご帰還したよ……エネリット。もう一度トライだ」

赤い液体の入った小瓶を振った。

「次はこれをかけて食べてみよう」

実はついさっき、雪をひとくち食べてみたのだった。結の言う通りだった。

「これをかければ、幾らかましかも知れんぞ」

さっき食べたときは、食えないほどではないものの、確かにまずかった。

ポチの頭をひと撫でし、ひげをつついてから、結は車に乗り込んだ。車は、吾郎が二十年以上使っている軽トラックである。

いつもの戯れ言をひとつ。「なんでシートが倒れないの」

吾郎がいつものように返した。「なら荷台に乗れ。腰が伸びるべ」

まっさらな新雪の覆う山道を下っていく。午前六時半。まだ、陽は昇ってこない。ヘッドライトに粉雪がきらめく。

タイヤチェーンのせいか、乗り心地がよくない。吾郎はスタッドレスタイヤを嫌っており、道路面に悪影響を及ぼすとして鋲のついたスパイクタイヤが禁止されて以来、チェーンを愛用していた。

吾郎が訊いてきた。「今日は何時くらいだべか？」

土曜なので授業は昼には終わる。

「出る前に電話する。昼飯は待たなくていいよ。街で友達と食べてくると思うから」

僻地に暮らしているということもあり、平日はほとんど直行で帰っている結だが、土曜はその時々により友達と街歩きをする。時間がはっきり読めないのだった。

「いや」珍しく吾郎が強く否定した。「今日は早く帰れ」

「なんで」

「今日からお山、荒れるべ」

「やっぱりかあ……オホーツクの野郎」

「オホーツクには責任ねえべよ」

「確かに。カニカマうまいし」

「オホーツクとカニカマ、関係あんのか」

「雰囲気だよ、雰囲気」

「一昨日お皿にいったとき、感じた。髭がわさわさしてらった」

この場合の髭とは髭之先だけでなく、不知山地全体を指す。

海斗中央駅で電車に乗る直前、電話することになっている。吾郎がそこから時間を計算して、ちょうどいい時間につくよう、最寄り駅へ向かう。吾郎が電話に出られなかったときは結が留守電に伝言を残し、そのまま出発。最寄り駅、駐在所、ふもとのドライブイン〝弥勒亭〟の三ヶ所が合流点。電話連絡しながら、バスの時間が合えばバスに乗り、山へと近づいていく。

「あれ、杷木さん」

杷木の車が後ろを走っている。

「くっついてくる。どこいくのかな」

「さあ。買い出しかなんかだべさ」

「なんか家来ができたみたいだね。いっつもくっついてくる」

吾郎が薄く笑った。「偶然だべ」

山を下りるのに五十分以上かかった。やはり、雪があると遅くなる。

見慣れない車が一台駐車場に停まっていて雪を被っているが、まだ人気のない弥勒亭を通り過ぎ、緩急を繰り返す坂道をひたすら下っていく。

最寄りの駅が近くなってきた。

結は伸びをしながら呟いた。「今日はペレロ教授たちと、スノーボール・ゲームだ」

「なにや、それ」

「楽しい楽しいゲーム……そうだ」

「ん？」

「忘れるとこだった」タイミングを計っていた。「神棚のお供え、食べてね」

「お供え？　なにやそれ」

「まあまあ。つまんねえもんが神棚に乗っかっとるだで」

十四

海斗市街近郊、東北自動車道脇にある県営球場の広大な駐車場。車が六台並んでいた。マフラーから白く濃い排ガスが流れ、消える。小降りの雪は、午後に向けて再び本降りになると予報されていた。

車の外にいるのはふたりだけ。神代と阿久津である。

「街を棄てなくてもいいんじゃないか」阿久津が体を揺すりながら言う。「お坊ちゃんの件には無関係、てことで通せばいい」

「急に姿を消せば逆に疑われる？」

「そう」

阿久津が煙草に火をつけたので、口から出る白煙が吐息なのか煙草の煙なのか、判別できなくなった。

「街にいて根掘り葉掘りってのは避けたい。どんなミスからつけ込まれるとも限らん」

阿久津が居並ぶ車の中のある一台を、顎で示した。「で、坊ちゃんを」

「〝だれか〟必要だろう？　事の済んだあとに」

「身代わりか。いてくれたら楽ではある。でも、ガキも一緒にか」

「お坊ちゃんは人知れずガキと遊ぼうとして、山の中に目をつけた。偶然、山に住む伊沢吾郎がそれを見つけた。伊沢は異変を感じ、子供を助けようとした、あるいは通報しようとした。お坊ちゃんとしては避けたい事態というわけだ。そして……惨劇は起きた」

「ガキがそばにいてくれないと――」

「そう。成立しない」

「今、ガキは」

「まだ生きてる」付け足した。「と思う」

阿久津は考えながら鼻を鳴らし、別の車のトランクを見た。

「多分、もう死んでるな」

「その点についてはーー」ガキ本人の運しだいだ。「おれは関知しない」

鼻で笑った。「ものは言いようだな」

「おれたちを先発させてくれ。バックアップの態勢を整える。そのあとで、お前がいってくれ」

「まあいいだろう」

「こう言ってはなんだが、こっちも伊沢に手術を持ちかければよかったんじゃないのか。高額の報酬を提示してな」

阿久津は一瞬詰まった。「それを言っちゃあなんとやら、さ」

「組織の質……結局そうか」

「だろうな」

「アマーロ議員は、伊沢吾郎の右腕に残る弾丸から、ほんとうに旋条痕が検出されると信じているのか。四十七年前の弾丸だが」

「実際に陸軍情報部のガルシアが動き出した。万が一ということもある。次期大統領候補アマーロ様の過去はなんと旧日本軍のスパイで、お仕事は同胞の密告。日本敗戦直後、保身のためにスパイ仲間を処刑した。三流紙の妄想記事のようだが、ガルシアは本気でこのことを証明しようとしている」

「皮肉なもんだ……当時処刑現場に居合わせた者のうちひとりは大統領を狙えるまでになり、ひとりは陸軍情報部の長となった。ジャングルを敗走中の伊沢と浦瀬も、その場に出くわした。……伊沢吾郎が長生きしなければ、こんなことにはならなかった」

「教訓が得られたな。目撃者は間違いなく殺せ、そういうことだ」

「アマーロ議員は、秘密の暴露という恐怖を与えられ、保身というダンスを踊らされている」

「今さら言うな。おれたちのダンスパートナーがアマーロだ」

一旦阿久津と分かれ、藤木の乗る車に近づいた。助手席に乗り込む。

「では予定通りに頼む」

バックシートに目をやった。酩酊状態の津山信一が、転がっていた。

「検問に気をつけろ」

「気をつけろったって、引っかかったらおしまいだよ」

確かに。トランクの中を見ない検問など、ただの挨拶に過ぎない。

「鼻を利かせろ」

「簡単に言ってくれるよな」

うまく事が運べば、午後には街を出て高速に乗り、東京に向かう。

「あれは？」藤木の視線が駐車場の入り口に向いている。「阿久津さんの仲間か」

黒塗りのベントレーが入ってきた。

藤木が呟く。「なに考えてんだ、あんな目立つ車……」

「車にステータスを感じるタイプなんだろうよ」

神代から見れば車とは、人やものを移動させる道具でしかない。

――御大の登場か。いや、それはない。かなりの歳だしな。

ベントレーが離れた場所に停まった。阿久津が駆け寄っていく。

後部座席の人影と話をした阿久津が、神代に向けて手招きした。神代は応じた。

「おはよう、神代さん」

後部座席には、新手の東南アジア人が座っていた。スペイン系らしい。手入れの行き届いた口ひげ、造形に凝り過ぎて滑稽にも見えてくる妙な形のサングラス。彼は手振りひとつで、そばにいた阿久津を下がらせた。

「お宅は」

「きみは幾つも名前を持っているようだ。名前だけでなく、信用に足る身元もね。確かに──」言葉はすべてフィリピノだった。「見失ったら、また会うのは難しそうだ」

「お宅は」

「報復の矢が、あなたの仲間や阿久津の手下の中に潜んでいる可能性を考えたことは？」

「報復とはなんに対する」

「兵士を何人殺した」

「殺したことはないし、あったとしてもあんたらには立証できない」

「人の話はちゃんと聞くべきだ。断罪とは言っていない。報復と言った。立証など必要はない」

「暗殺宣告か」

「馬鹿な──」口の端に笑み。「暗殺に宣告など必要ない」

「ではなにを言いに」

「激励だよ」

「それはそれは嬉しいね」

「今日、きみは失敗できない。それを分かってもらいたい」

「今日のおれはただの付き添いでね」阿久津を顎で示した。「そういうことは奴に言え」

「彼だけで済めばそれでいい。それで済まなかった場合の話だ」

「奴はうまくやるさ」

「きみが二キロというなら、こちらは一メートルだ。なんなら五十センチでもいい……報復が済むまで、何人も何人も、何年も……防ぎきれるかな」

「まだ名前を聞いてないが」

「リビラマイ。アモンの友達だよ。ところで……母国に歳の離れた弟さんを残しているね。父親は違うようだが」

「弟などいない」

「あんたの援助でアメリカに渡り、大学に通っているとか」

「いない」

「だろうね……こちらも未確認だ。未確認だが、あんたの行動いかんによっちゃ、そいつを殺す」

「まったく無関係なんだが」

「念のため、殺す」

「そうか。好きにしろ。以上か」

「カティロ・シミズに、よろしくと伝えてくれないか」

「だれのことだ」

「あんたの弟分だよ。国では指名手配中だ。軍の輸送車を襲って三人殺している」

「そんな怖い仲間はいない」

「あんたとは違い、シミズは現に指名手配されている。こちらは、日本当局のとある所、とある役人に囁くだけで事足りる。日本の入管は彼の強制送還を決め、捜索に入る。犯罪人引き渡し条約は結ばれていないが、国際刑事警察機構を通じて日本へ潜入したテロリストの情報は警察へ届く。ただのこそ泥じゃない、警察も動く。いずれ、彼は連れ戻されるだろう。その後はあちらで裁判……終身刑以下の判決は出ないことを知っておくべきだと思うね」

「言ったろう。そんな仲間はいないと」

「姿をくらまそうと試みてもいい。だがその逃避行は成功しようと失敗しようと、悲惨なものになるだろう。一生死ぬまで日陰者のままだ……さらに、あんたが連れている酔っぱらいと子供のことを、とある所の、とある役人へ囁くこともできる」

だれに聞いた、と尋ねそうになった。こらえた。

「なんだか分からん話ばかりだが、話は終わりか」

「酔っぱらいや子供のことをなぜ知っている、と訊かないのか」

「訊けばどう答える」

「こちらの内偵班は半年以上前からあんたたちを調べていた。津山信一の信頼を得るのに成功したよ」

飼い犬になんとやら、だ。

「トオレィス・カミロを取り除いてやると申し出たところ、彼はすべて話してくれたよ」

「一方の話を鵜呑みか。チンピラ組織じゃあるまいし、裏は取るべきだな」

「それなら取れた。昨晩に」

「ほう？」

「あんたとあんたの仲間が、大きな屋敷の裏手にある倉庫から、津山信一と子供を連れ出す場面を、映像記録として押さえてある」

いたよ」

「だから、今日は失敗できない。分かったろう……それからアモンが、またあとで、と言って

「捏造だ」

ベントレーが走り去った。

阿久津が近寄ってきた。「なんだった」

「念押しさ。昨日の話の」

「計画は？　あれでいいのか」

「おれたちが先発してバックアップ態勢を固める。おれの指示を待ってお前が家にいって仕事しろ。なにかあったら呼べ。無線は用意してあるだろうな」

「結局お前は見物かよ」

「ひとつ訊く。おれに声をかけたのは、お前の独断か」

「御大が勧めた。お前にケツを守ってもらえとさ。まあ、おれも計画を聞いた段階でお前に一枚嚙んでもらおうとは――」

「〝山川の御大〟はおれのことをどこまで知っている」

「大体は」

「そうか」

御大のご指名がかかったのか。御大こと山川兼安は伊沢と同じフィリピンからの復員組で、復員後に消費者金融で財を成した人物だ。アマーロとはフィリピン時代から続く腐れ縁の仲だという。御大がリビラマイにおれの名を囁き、身辺調査が行われた。それにしても、規模の大

きいヤマであるのは確かだ。

「ところでもうひとつ」

「なんだよ」

「今回の件、失敗したら御大も損害を被るのか」

「そうだな……」しばし考えた。「損害というほどのことはないだろう。日本では、なにを今さら、という話になるだろうから」

十五

ようやく通勤ラッシュがはじまったのか、田圃の中を走る県道に車が増えてきた。今朝も、前をいく吾郎の車は何事もなく進んでいる。吾郎が所用で山を下りた場合の監視は、杷木の役目だった。

エリースは、街中で事は起きないと考えている。そう考えるのも分からなくはない。吾郎が住んでいるのは人里離れた山の中。街でなにかやるより、山の中のほうが人目につきにくい。だからと言って手薄すぎではないか、と杷木は思うのだが、杷木にはいっさいの発言権がない。自分がひとりで目を配るしかなかった。

前をいく吾郎の古びた軽トラックを見つめる。ヒビの入ったテールランプは、テープで補強されていた。

吾郎の暮らしぶり、そこに結のような娘がいること。知ったときは、軽い驚きを感じたものだった。結の場合は、結自身にまったく責任のない偶発的事情があるので、仕方がないのかも知れない。だが吾郎はどうなのか。なぜ山を下りなかったのか。

あの山が吾郎ひとりになったのは十年以上前だという。七十幾つのときか。高齢者にありがちな理由、例えば街の暮らしは嫌だから、だとか、住み慣れた土地を離れたくない、だとか、ただそういうことなのだろうか。

杷木からすれば、そんな理由であえて不便な暮らしを、というところだ。正直、理解できない。山の麓、例えば弥勒亭の隣にでも住んで、心の向いたとき山に入る。そんな生活で充分なはずではないか。なぜあえて、残るのか。

身寄りなら、息子家族がいたのだし。ただ、その家族は今離散状態だ。

――そうなることを予見して、息子夫婦の世話になることを拒んだ？

まさかな。打ち消す。

猫田は幾らか、事情が違う。彼は復員後ずっと街にいて、財産を築いた。詳細は判明しなかったが、人間関係に支障をきたして人嫌いになったのが動機らしい。そのほうがまだ、杷木には理解できた。

相当な年齢だし、吾郎もいつかは山を下りるときがくる。そう考えたとき、脈絡もなく唐突にこう思った。

――吾郎さんは山で死にたいのかも知れない。

途中、吾郎が一ヶ所だけ寄り道をした。農協系スーパーの朝市だった。

買い物につき合いながら、なぜ山を下りなかったのか訊いてみた。吾郎の答えはこうだった。

「思いつかなかった……まあ、今さらだべさ」

言って笑った。

車に戻り、またも杷木は考え込んでしまう。理解の埒外だった。まだ、考えたこともなかった、なら分かる気がする。思いつかなかったとはどういうことか。もし思いついていたら、下りていたのか。

まさかとは思う。だがもしかしたら今まで、だれも吾郎に山を下りるよう勧めなかったのではないか。〝山じぃ〟は山に。言ってもどうせ聞かないだろうから。そんな思い込みが先に立って、だれも山を下りてみては、と言わなかった。だから、思いつかなかった。

道はしだいに上り坂ばかりになっていく。

待機中の無線が急に息を吹き返した。

《こちらホテル、エントランス、聞こえるか》

街にいるエリースだ。

「こちらエントランス。今は旅行中」

《チェックインは何時になる》

「道路の状況にもよるが、八時半から九時の間には戻る」

《ゴーサインが出ている。そのまま帰宅せよ》

――くそ……。

《応答せよ。聞こえたか、ゴーサインが出た》

「……聞こえている。了解した」

《変更点なし。以上》

無線が切れた。

これからなにが起こるのか分かっているのに、吾郎を山へ戻さなくてはならない。

——大丈夫だ……。

計画通りいけばいいだけだ。

——ほんとうに、そうなのか。

少なくともエリースとサン・シンは、山に隠棲する老兵に対し、一片の同情も抱いてはいない。

坂道を登り続け、弥勒亭前を通り過ぎ、髭之先へと続く山道に入った。雪の路面に、タイヤ跡は二台分だけ。待ち伏せではないようだ。

甲ダムを過ぎ、製材所跡を過ぎ、突然開けた休耕田の中を進み、家へ戻った。

吾郎が朝市で買った青物野菜、みそ、卵などが入った袋を担ぎ、玄関へ向かう。杷木は無線でルームやダイニングと連絡を取りながら、素早くテントの撤収をした。撤収の手間を考えて適当に張っておいたテントは、五分で片付いた。

杷木は荷物の中から、どれほどの役に立つのか分からない防弾チョッキを引っ張り出し、吾郎の家に向かった。

引き戸を引いて、声をかけながら中に入る。吾郎は買い物袋もそのままに、ちゃぶ台の前に座っていた。

「おお、杷木くんか」

皺だらけの顔が、さらに皺だらけになっている。

「これ、これが——」吾郎が小さな紙包みと、小さな紙片を差し出した。「去年は手紙だけだったが、今年はおまけがついてきた」

小さな紙包みの中は、手焼きらしいクッキー。手紙には一文、こうある。

——先立つものがねえだで、勘弁してくんな。味は保証しねえが、愛情はたっぷりこもってるでげす——。

「これは？」

「プレゼントだべ」

「なんの」

「誕生日」

「……吾郎さんの？」

吾郎は細かく頷いた。「こんなことは……信じられねえ」

「なぜ……信じられないんですか」

「この歳になってプレゼントなんか……嬉しくもなんとも……」

杷木の目には、吾郎の目に涙が滲んでいるように、見えた。

十六

手柄は諦めた。

諦めてみると、しがらみも消えた。いや、すべてなくなったわけではないが、気にしないでいられるほどに、小さくなった。手柄に執着せずしがらみを無視した結果、事態は急変した。

昨夜は津山家の入るマンションを張り、約束の時間通りに県警本部へ向かった。刑事課長に、自分の見立てのすべてを話した。刑事課長は一昨日起きた男児失踪事件の捜査統括を呼び、立木に同じ話をするよう命じた。立木は言われた通り話をした。

立木はそのまま待機を命じられた。日付が変わる前に、津山信一と、信一が所有するすべての車両に対する手配が下った。

明けて今日、定例の捜査会議内でまたも同じ話をした。

午前九時過ぎ、津山信一を重要参考人として手配することが決定した。

事後報告を受けた海斗西署刑事課長の反応は激烈だったが、立木は無視した。

そして今、津山勝夫、家政婦である小田恒子両名に対する捜査令状及び捜索差し押さえ令状が届くのを待っていた。ここはあくまで他山。形がつくよう、西署の仲間ふたりにここへくるよう呼びかけている。規模は小さいが立木らも捜査本部の専従班。彼らに丸々渡すつもりはなかった。手柄はすべて県警が持っていくのは、この状況だし仕方がない。

だが、意地でも捜査の中心に食い込んで、最後まで見届けるつもりでいる。

午前十時ちょうど。

無線が呼んでいる。吾郎はかけ声とともに腰を上げ、茶簞笥の中の無線マイクを手にした。猫田だった。

《音沙汰がねえが、死んでんのか》
「生きてら。飽きたかも知れんが、家の中で丸っこくなっとれ」
《なにを言うだか。こっちは準備万端だでば》
「なんの準備だ」
《お前も閉じこもってねえで、外さ出たほうがいいべさ》
「虎、外さいるのか」
《そだ》
「なして」
《斥候だじゃい》
「おれらはなにもせんでいいんだ。おとなしくしとれでば」
《おらあ、杷木とか言う奴ら、信用できねえ》
つい、こたつについている杷木へ視線を走らせた。杷木は苦笑している。
「なんにもするな。年寄りにはきつい」
《はいはい》
「なんじゃその返事」
《ほいほい》
なるほど。昨夜の結を思い出す。結の言葉が悪いのは、結に問題があるのではない。猫田や自分の口ぶりを真似ているだけだ。
吾郎も結から習った言葉を使った。「無駄にテンション上げるでねえでば」

《心配すんな。おら、前には出ねえ》

「引っ込んでろ」

《ほいほい》

無線は切れた。こたつに戻り、杷木と向かい合った。

柱時計が、十時を知らせた。

「時計、遅れてますよ」

「んだな」

「合わせましょうか」

「いやいい。時間はそっちで――」テレビから生えている四本足のところに、型の古いビデオデッキがあった。自分には必要がなかったが、結のためにそろえた中古品だ。「分かる」

「でもなんか、気になりませんか」

「股裂きのあほはひねくれてるから、あの時計はあれでいいんだ」

「股裂き？」

「あれ読んで」

杷木に教えた。振り子部分を覆うガラス面に、こう書いてある。〝贈　玉崎銃砲店〟。

杷木が呟いた。「なんとなく……可哀想な名だ……」

「杷木くん」

「はい」

「いったい……玉と股と、裂かれたらどっちが痛いんだべか」

「どちらも痛いでしょうけど……どっちと言われたら、玉かな」

「だべな……杷木くん？」

「はい」

「ほんとにくるのか」

「そのはずです」

「そうか」吾郎は腰を上げた。「さて、お茶を入れ直すべか」

「じゃあ、おれが――」

言いかけた杷木を制し、土間に下りかけた。

「杷木くん」

「はい」

訊くのに気が引けていたことを、思い切って訊いた。

「なして結のクッキーが残ってる」

杷木の両手が跳ね上がり、細かく振られた。「そういうわけでは。吾郎さんが食べないから、つい」

「おらは気にせんでいい」

「食べないんですか」

「今日はいろいろありそうだから、落ち着いてから、ゆっくりと」

雪の粒がしだいに大きくなっていく。

製材所跡の広大な敷地には、車が四台停まっていた。門は固く閉ざされ、道路からは中が見えない。

鉄骨とトタンでできた広い工場内は、なにひとつ物がなかった。割れたガラス窓から雪が仄々と舞い込む。

そんな中、藤木は神代の指示通りの仕事をしていた。他の仲間はみな、方々に散っていた。

鉄の扉を軋ませ、阿久津が入ってきた。阿久津の苛つきが伝わってくる。

「遅い」

「配置中」

「いつまでかかる」

「終わるまでさ」

「いつ終わる」

「あんたのケツを守るためだ。我慢するんだな」

阿久津が藤木の襟首を摑み、捻り上げた。

「神代の連れかも知れんが、お前は神代じゃねえ」

「だからなんだ」

「てめえ」阿久津がハンドガンを抜いて、藤木の腹に押し当てた。「おれがお前を撃ったって、おとがめはねえさ」

「そうなの」阿久津の握る、古びて粗末なハンドガンを見つめた。銃にはいっさい興味のない藤木には、銃の名も性能も分からない。「彼からないとしても、おれからあるとは考えないの」

「どういうおとがめが……」

阿久津が言葉を切った。その視線は、下へ、下へとゆっくり向かう。藤木の手元を認め、阿久津の視線は止まった。ようやく自分が、太もも付け根の動脈にナイフを突きつけられていると、悟ったらしい。

「おれはこっち専門でね」澄んだ瞳で言い、笑みを贈った。「肉の感触を感じないと、仕事をした気にならないんだ」

阿久津は噛み締めた歯の間から声を絞った。「分かった……離すぞ」

「どうぞ」

ふたりは離れた。

「どいつもこいつも、神代の連れは頭がおかしい」

「そりゃどうも」

阿久津は銃をしまい、服の皺を伸ばした。

「阿久津さん、おれたち仲直りか」

鼻で笑った。「やっぱり頭がおかしい」

阿久津は反吐にまみれた泥酔者を見下ろした。「……そいつをどうする」

「世を儚んでってやつさ」

「トランクの中のケースは」

「どっちがいい」

「どっちって」

「このまま放っておくのと、さっき通ってきたダムに捨てるのと」

「お得意のナイフを使えよ」

「そりゃ困る」

「なんで」

「ナイフを使ったら、現場にナイフを残さないといけない。基本中の基本」

「足がつくのか」

「高かったんだ、これ」

外から車のエンジン音が聞こえてきた。タイヤが雪を踏みしめる重苦しい音、ドアを開閉する音、男たちのやりとりの声、と続く。阿久津が半開きの扉へと歩いていく。藤木もあとに続いた。

阿久津が藤木へ囁いた。「アモンだ。神代から聞いているか」

「ああ」

右腕を三角帯で吊り、鼻と顎に大きな絆創膏を張っているアモンが、ふたりのそばへ歩いてきた。大きな黒い傘をさしている。

アモンが擦れ声で言った。「ここでなにやってる。早くはじめろ」

「無理しないほうがいい――」阿久津の口ぶりは完全にアモンを見下げ果てていた。「街に戻って強い酒でも飲んでろ。風邪ひくぞ」

アモンが周囲を見回し、言った。「神代は？　中か」

「ここにはいない。なにしにきた」

「お前たちチンピラが勝手なことをしないように、見張るためだ」

「確かに――」藤木が呟くように言う。「ここはどんな勝手も許される深い森だな」

「お前はだれだ」

「あんたを、慈悲深き森の生け贄にしたがってる男さ」

十時二十分、三時限目がはじまる直前、担任が結の机までやってきた。なんだか険しい顔つきをしている。

「伊沢――」

「分かってます――」考え込むふりをする。「顕微鏡を壊したのはその、不可抗力で……」

「……壊したのか」

「あれ、違う？」

担任がそれらしく腕組みをして見せた。

「じゃあ……昨日、家庭科室を勝手に使ったのは、せんかたなきことで」

「勝手に使ったんだな」

「これも違う……」

みなのくすくす笑いがくすぐったい。

「ちなみになんで顕微鏡を壊した」

「あえなく水没を……乾けば大丈夫かな、とは思うんですけど、反射鏡が割れちゃった……」

「なんで水没する？　顕微鏡が」

「学究心から」

そろそろ苛ついてきたようだ。眉間に皺が寄った。「つまりなんだ」

「えーと……」それに関わったクラスメートの名は出さないほうがいい。「水洗トイレのレバーには、ほんとうに黴菌がうようよしているのか、と」

鼻から息。「トイレの中に落としたのか」

「そんな具合で」

「学校にあるものでは、黴菌なんか見えない」

「ですよねえ」

チャイムが鳴った。ほぼ同時に教科担任が入ってきた。

「その話はまた今度」

よかった。この件に関わったのは結を含めて男女五人だが、名前を出さずに済んだ。あとで追及されたら、そのときはそのとき。弁償を求められたら、伝家の宝刀をためらわず抜く。

——センセも知っての通り、ウチは貧困層のど真ん中にいまして……。

「森下駐在所の加納さんから電話があった」

また、それか。

「分かってます。はよ帰れ、でしょ」

「帰り道が荒れそうだとか。今日は寄り道せずにまっすぐ帰れ」

「はいはい」

担任は声を張り上げた。「はいは——」

「一回だけ。分かってます」

「まったく」踵を返しかけ、止まった。「吾郎さんは元気か」

「元気です」

「言いつけ守れよ。心配かけるな」

「はい」

加納に先手を打たれた。今日は仕方ない。昼食だけ食べて、早く帰って……。

――嵐の中でスノーボール・ゲームだ。

十七

《こちら神代――》

車の中、阿久津は吠えた。「待ちくたびれたぞ。どこでなにをしてんだ」

《はじめてくれ。以上終わり》

ひとり、愚痴を吐きながら車を降り、建物へ向かった。藤木は建物の中で焚き火をしていた。

「なにしてんだ」

「見ての通り」

「いくぞ」

「いけよ」

「なんだよ」

「おれは坊ちゃんのお守り担当。仕事が違うんだよ」

十分経った。杷木は腰を上げた。

十分と決めたのには意味はないが、とにかく十分が経過したので、腰を上げて部屋の隅にいく。そこには年代物の黒電話があった。ほんとうに録音できるのか知らないが、これまた年代物の留守番電話機が接続してある。ビデオデッキかと思うほどの大きさだ。

受話器を上げ、耳に押し当てた。

無音。

杷木は土間にいる吾郎の背中へ、声を張った。「吾郎さん、きます」

吾郎はなにか洗い物をしている。「そうかい」

杷木は小型無線を取り出し、警報を伝えた。

「各ルームに警報。電話線が切られた」

各員から応答が入り、ペレロの指示が飛ぶ。吾郎はまだ、仕事を続けていた。

「吾郎さん？」

「おれは平気だよ」呟きがようやく聞き取れた。「因果応報ってのかね……旧日本兵の代表ってわけじゃないんだが、仕方がないんだろうね。きっと」

杷木には、吾郎の言葉を嚙み締めている余裕はなかった。

「吾郎さん、奥へ」

玄関戸へ飛びつき、はめ殺しのガラスから外を探った。背後から食器のぶつかる音。

「吾郎さん――」苛つきが声に乗ってしまう。「そんなことはいいから」

返事はない。

「奥へ。奥へ引っ込んでください」

杷木は視線をガラスに戻した。雪に煙る荒れ野の向こう、三台の車が続いてくるのが見えた。

「各ルーム、目標を確認。こちらの合図を待って、行動に移れ――」

後章　獅子の山行き

一

餓鬼が横たわっている。

津山勝夫の様は、そうとしか見えないものだった。白というより銀色に近い頭髪は、家政婦の手により櫛こそ入れられているが、まともな散髪をした形跡がない。異臭が鼻をつき、寝具も汚れている。極限までやせ細り、飛び出した眼窩がうつろに宙を見つめている。

今年五十九歳だという津山勝夫だが、今の風情は時を飛び越しでもしたのか、老いさらばえて見えた。

勝夫はここ一年半ほど前から、リハビリを含めたいっさいの病院通いをやめていた。家政婦の話では本人の意思だというが、間違いなく、勝夫は虐待されている。

薄暗い部屋の中には五人の男。立木もその中にいた。関連事件の主任という立場を強引に押し、所轄の男を排除しようとする県警エリートたちに付きまとい、うとましげな視線、あるいははっきりと口にされる刺のある言葉など、すべて無視し続けた。

四肢がほとんど動かせず、話も判然としない勝夫への聴取がはじまった。部屋の外からは人や物が忙しく動く物音。津山信一の部屋が捜索されている。

県警の担当が話しかける。「勝夫さん、聞こえますか」

勝夫はなにかを呻いた。

「あなたの息子さんについて話を伺いたいんですが――」

息子からではなく、勝夫自身の話を先に訊け、とは思う。ここまで強引についてきた立木だが、発言順位を守るくらいのたしなみは持ち合わせていた。

津山の寝室を出て、居室十、リビングがふたつ、キッチンとバスルームがふたつずつある、という津山邸を歩いて回った。十部屋のうち一部屋を勝夫、一部屋を信一、一部屋を家政婦の小田恒子が使っている。

立木の見たところ、四部屋に〝夜逃げ〟の痕跡がある。神代たちはすでにケツを割ったらしい。

――のちに聴取されたときの言い訳をなんと言うかな……。

なにも知らなかった、の一点張りか。通用するわけがない。だが今のところ、物証も証言もない。これからの詰めにかかっている。信一との共同謀議を成立させるためには、どうしても信一の証言が必要だ。

突然気づいた。うかつだった。

――神代は、信一を始末する気だ。あるいは、もう。

津山信一の名は広く警官たちに伝えられ、捜索の最中だ。焦っても、これ以上できることはない。待つしかない。

長い廊下を歩く。段ボールを組み立てている鑑識課員をやり過ごし、信一の部屋を覗いた。鑑識担当含め六人の警官が立ち働いている。十畳以上はある広さの部屋。煩雑に物が溢れていた。

刑事のひとりが寄ってきた。「まだなにも出てない。だが心証的にはアウトだな」

「というと」

「奴が子供好きなのは間違いない。しかも男児専門」

写真、雑誌、ビデオテープ。どこの国でも非合法な内容のものが溢れているという。日本で作られたものもあれば、海外製らしきものもある。信一という怪物は、何年かけて醸成されたのだろう。そうなるきっかけはなんだったのか。

――おれが考えても仕方がない。信一が無事〝執事〟の手を逃れられたら、自ら語るだろう。それがほんとうの真実なのか、信一が信じているだけの真実なのか、あるいは嘘まみれの偽装かは、まだ分からないが。

信一の部屋を離れ、小田恒子が聴取されているリビングへ向かった。

恒子にも三人の刑事がつき、話をしていた。きっちり座れば大人十人に犬一匹は座れそうなソファセット。

立木が加わったとき、恒子は勝夫への虐待容疑について問い詰められていた。小柄で地味な丈の長いワンピースを着て、白髪の交じった頭髪をひっつめにしている。今年五十二歳ということだが、六十以下には見えない。

「ですから、本人がケアを拒否するんです。仕方なかったんです」

恒子の弁明はこれに終始した。

話しても？　担当刑事に目配せし、恒子の正面に腰を据えた。部屋が広すぎテーブルが大きすぎ、離ればなれといった印象を受ける。

「あなたは勝夫さんの愛人だったそうですが——」口を開こうとするのを制した。「わたしはね、一年近く津山家とあなたを調べてきました。いちいち面倒だから、無駄な抗弁は省いてもらう」

恒子はなにか言いたげだったが、口を閉じた。

「あなたが十九年以上勝夫さんの愛人だったことは分かっている。あなたの友人の証言、あなた自身が知人に語った言葉、勝夫さんの元部下や取引先の証言、目撃情報。信一さんの中学の担任も、知っていました。数々の証言が積まれている。この点は、認めますね」

立木の話の途中から膝に視線を落としたままの恒子は、小さく頷いた。

「勝夫さんの奥さんが死んだのは十七年前。そのあと津山家の一員になった。まあ、倫理的な問題はなくなった。ところで、あなたは今でこそ家政婦として認識されているが、元は愛人だった。男ふたり所帯になった津山家の家事いっさいを任され、信一さんの教育も任された……なぜ結婚しなかったんですか」

恒子は小さく首を横に振ったのみ。

「勝夫さんには愛情めいた感情がなかった。そうですね」反応を待ったが、なにもない。「確かに一時期愛人だった。だが家に入ってしまってからのあなたは、津山家の道具でしかなかった。なぜ抗わなかったんです。逃げ出さなかったんです」

反応はない。

「充分すぎる生活費を与えられ、勝夫さんからの愛情は得られないものの、それなりに豊かな暮らしができた。憂さ晴らしか本気かは知りませんが、男遊びもできた。いつかは状況が変わるかも知れない、逃げ出すのもいいが今はまだいい。そんな軽い気持ちでいるうち、あなたは津山家に囚われてしまった。この広いリビングで暮らすうち、存在自体を盗られてしまった」

「ここは十年ほど前にできたんです」なぜかその点の間違いだけはどうしても正したい、という風情。「ずっとここにいたんじゃありません」

「そうでしたな。今は津山庭園とか呼ばれているお屋敷で、あなたたちの生活が築かれた」

充分間を置き、恒子を観察した。まだ、自らなにかを打ち明けるという空気が匂ってこない。

「勝夫さんが倒れたとき、我が天下がきた、そう思ったでしょう」

「そんなことは……」

「信一さんに取り入って自らの利益を高め、今度こそ自由になれると、思いませんでしたか」

「思いませんでした」

「ではどう思いましたか」

澱みなく言った。「死ねばよかったのに、と」

そろそろか。鼻を利かす。いや、まだ匂ってこない。「それはなぜ」

「中途半端ですから」

「なにがです」

「世話をしなくちゃならない」

「だれかに任せればよかったのでは。あなたが家政婦を雇い、主人となる」

唐突に、薄い笑みを浮かべた。「結果、そうはなりませんでした」

「家政婦ではなく、神代が乗り込んできた」

反応がなくなった。

「間髪容れずに彼らがきて、この邸宅の主となった。なぜそんなことが可能だったのでしょう」

反応はない。

「今の勝夫さんの扱い、酷いですね。すべて神代の命令だと、逆らえなかったと、告白して楽になりませんか」

県警の刑事が囁いた。「今の、誘導だぞ」

分かってるよ。瞳でそう答え、恒子に視線を戻した。

「あなたは彼らに従属させられていた。生活圏を奪われると脅されて、従わざるを得なかった。身寄りもなく、手に職もなく、十七年も外で仕事をしていない。放り出されたらと考えると、怖かったでしょうね」

「信一さんです」

「……はい？」

「命令したのは信一さんです」

「だれが、なにを、だれに命令したのですか」

「信一さんが、大旦那様のことは必要最低限でいい、そうわたしに命令しました」

「なぜ信一さんはそんなことを」

「憎んでいたからです」

「なぜ」

「過去に酷い仕打ちを受けたからです」

「どんな」

「塾通いを強要された」

「彼はいつのことを言っているんです」

「小学校のときです」

「ほかには」

「運動クラブに入るな、と命令されたのです」

「それは？」

「小学と中学、二回あったそうです」

「ほかには」

「釣りをするなと……中学のときです」

「勝夫さんは、なぜそんなことを」

「成績を上げるために塾通い……どうせ恥をかくだけだからと、運動クラブの禁止……危ないからと釣りの禁止」

県警の刑事たちが、顔を見合わせている。

「そんなことだけで、あれほどの仕打ちを」

「ほかにも細々とありました」

「信一さんが禁を破ったときの仕置きを、あなたが担当していましたね」

反応が消えた。だが、匂ってきた。

「わたしは、津山庭園で暮らしていたころのエピソードを、ひとつ聞いています。信一さんが小学校のクラスメートに、絶対内緒だと約束させて、打ち明けた話です」

「そんなことはしてません」

「どのことを言っているんです。彼の性器を絹糸で縛り上げた話ですか」

応えはない。だが、ますます匂いが強くなる。

「生えかけた陰毛を焼いた話ですか」

応えはない。

「あなたが彼の異常性癖を生んだと、言えなくも――」

恒子が言った。半ば怒鳴っていた。「違います」

「なにが違うんです」

「命令だったんです」

「今度はだれからの？」

「直接言われたわけでは――」

今度は立木が怒鳴った。「だれの命令だ――」

「……奥さんです」

「……奥さん？」

「はい」

予想はついた。が、訊いた。「だれのことを言っているんです」

「だから大旦那様の奥さんです」

「勝夫さんの奥さん？」

「はい」

「あなたが家に入り込んだとき、すでに奥さんはこの世にいなかった」

「やり方は聞いていました。悩んでいたんです。叱るときについ度が過ぎてしまうと、時々相談されました」

「友達だったんですか」

「はい」

「どういう」

「小学校のクラスメートです」

知らなかった。これまで、そういう話をした者はひとりもいなかった。

「だからと言って、奥さんのやり方を踏襲する必要はないと思いますが」

相変わらず伏し目がちのまま、呟いた。「……憂さ晴らしです」

――信一……子供を生かしたまま、お前も生き延びていろよ。子供ともども、おれが助けてやる。

「その仕置きはどこで」

「まだお屋敷にいたころ……裏庭にあった倉庫で」

津山庭園だ。そこには昨夜、いっている。明かりがなく雨戸がすべて閉まり、呼び鈴に応える者なく、無人だと判断した。裏に倉庫があるのは、知らなかった。

「あなたは信一さんが幼い子をさらったと、知っていましたか」

「あとで知りました」

「あととは」

「五年前の事件のあと」

「どう知りました」

「神代さんから……ときを置いて信一さんからも」

「知っていることを話してください」

「魔が差してとんでもないことをしてしまったと」

「神代さんは、止められなかったんですね」

ふっと顔を上げた。怪訝そうに見つめてくる。「止められなかった？」

「神代さんは信一さんが良からぬことをしないよう、見張っていたのでは」

「違います」

「どう違うんです」

「あいつはつけ込むネタを探して、信一さんを見張っていたんです」

「で？」

「信一さんが子供をさらって連れ出し、別の場所でいたずらして、あとの処置に困って殺してしまうまで……見物していたんです」

刑事たちが息を飲んだのが分かった。立木自身も、一瞬息が止まった。

「犯行はどこで行われましたか」

「もとのお屋敷の裏の……」

恒子が信一を仕置きした場所だ。

「遺体はどこにあるんです」

「分かりません」

立木は腰を上げ、県警の刑事に言った。「あとはそっちで……おれはどうしても捜索したいところがあるので――」

県警刑事のひとりが立った。「そこも津山家のガサ入れ先だ。人がいっている」

「ならば、裏の倉庫を念入りに、と……だが、おれもいく。ひとりでいってもいいか」

「ちょっと待ってろ――」刑事が部屋を飛び出していった。

悲鳴が聞こえた。いや、悲鳴のように聞こえたのは、恒子のしゃっくりだった。

「どうしました――」

しゃっくりではなかった。嗚咽？　違う。恒子は、声を上げて笑っていた。

――壊れたか……それとも、壊れていたのか。

二

飛び散ったガラス片が杷木の頬をかすめた。

自分でもなにを言っているか分からない。なにか叫びながら、必死にガラス窓からコルトを突き出し、応戦する。

吾郎の玄関前に、弾幕が張られていた。かまどの鍋釜が悲鳴を上げて飛び上がり、薄い板壁が弾け、石炭ストーブに当たった跳弾が杷木を狙う。あまりの轟音に、頭がぐらぐらする。

「各ルーム、なにをしてる。こちら応戦中、見えているだろ、応戦中だ」

無線は沈黙したままだ。

「吾郎さん、大丈夫ですか——」

土間の玄関から応戦している杷木に、吾郎の姿は見えない。

微かに奥から聞こえた。「こっちは心配ない」

「ルーム・1、2、ダイニング、応答しろ。聞こえているだろう」

聞こえているもなにも、ルーム・1は吾郎家と道を隔てたはす向かい、右手の廃屋の中。ルーム・2は同じく左手の廃屋。無線を聞くまでもなく、状況は見えているはずだ。

襲撃がはじまったときは援護に加わるはずが、彼らからの援護射撃がはじまっている様子はない。

禁じられているが、名を呼んだ。「ペレロ、答えろ。どうした——」

弾がなくなった。弾倉を取り替え、再び撃つ。男たちは散開し、各方向の窓に弾を撃ち込んでいる。

「吾郎さん、伏せていてくれ——」

——ペレロ……裏切ったのか……。

吾郎を守る気などなく、最初から捨て石にするつもりだったのか。

——最初から、吾郎を襲わせる気だったんだ……。


——伊沢さんはいるか。

玄関戸を叩いた男の第一声。これが始まりだった。杷木が応対に出た。

——いない。今、山に入っているよ。

ガラス戸越しに男を見た。阿久津。エリースに見せられた写真の男だ。

——山に入ったら半日は帰ってこない。出直してくれ。

ここで引いてくれれば簡単だ。襲撃者がきたことは確認できた。吾郎と結を連れて山を下り、安全な場所に隠れればいい。

——ちょっと開けてくれないか。このへんの登山道について聞きたい。

——おれは山に入らない。詳しくないんだ。

阿久津が顔をガラスに押し付けた。

——ほんとうにいないのか。

——いない。

かちり。

撃鉄の音。聞き逃したら終わりだった。杷木が身を捻った直後、炸裂音が轟いた。

こうして銃撃がはじまった。ペレロたちの加勢はない。

杷木は無線機に向かって声を張り上げた。「ペレロ――」

発砲音が増えた。明らかに、これまでと違う方向から、複数の発砲音が聞こえてくる。

同時に、家に当たる弾丸が減ってきた。杷木はガラス戸から、外を覗いた。

「ちきしょう……ペレロ……」

ようやく、ペレロ小隊からの発砲がはじまっていた。彼らの武器はハンドガンだけだが、狙いは確かにプロ、正確無比だった。弾頭を抜いたアルミ被甲弾が、阿久津たちを捕らえていく。倒れ、這い、もがきながら、車へと後退していく。殺傷力を削いだ弾丸。食らっても血は出ない。ノックアウトパンチを食らっているようなものだった。

杷木を含めペレロたちは立場上、日本の警察に捕まるわけにはいかない。こちらからの攻撃で死人は出さない、というのが計画の趣旨だった。阿久津らの仲間のだれが警察に捕まっても構わないが、というか最終的には捕まってもらう必要があるのだが、自分たちがここにいたという痕跡を残したくない。だからこそこれまで、隠れ続けてきたのだ。

のちに警察沙汰になった場合、阿久津らの証言から出るのは、正体不明の日本人ひとりだけだ。つまり、所沢伊太郎である。

「……遅いぞまったく」

三台の車は襲撃者全員を拾い、去っていった。

耳が、頭が、ぼうっとする。

「吾郎さん」

声がした。「こっちは大丈夫……終わりか」

「はい」土間に腰を下ろした。「今すぐ山を下りる準備をしてください。結ちゃんは」

「この天気だ。きたって弥勒亭までだべ」

ピックアップは可能だ。可能どころか、絶対に拾う必要がある。

玄関先に影。ペレロだった。頭のてっぺんからつま先まで、真っ白な迷彩服を着ている。

「怪我は」

「遅いぞ」

「核心部分を撮るのに手間取った」

息をつき、首を揉んだ。「だれのこと」

「アモンだ。車列の最後尾に乗っていた」

「アモンがいたのか」

「襲撃指揮者だという証拠が必要だった」

ペレロはハンドガンに被せていた布袋を取り外した。軽やかな金属の音。空薬莢を現場に残さないための処置だ。

「襲撃はあった、アモンが現場に立ち会った。では、撤収だな」

「そうだ」ペレロの表情は暗い。「今すぐ、全員撤収だ……ミスター伊沢には、警察にいってもこちらのことは喋るなと、念を押しておけ」

「分かった」吾郎は大丈夫だろう。最初からそうする約束だ。「これからどこへ」

「杷木はおれたちを連れて東京へ。そこで別れる」

「即帰国か。観光は」

「遊びにきたのではないよ」

「吾郎さんはどこに」

しばし、杷木を見つめた。「ミスターとは、ここで別れる」

我知らず、腰を上げていた。「……ここ？」

「作戦は終了した」

「ほうっておくのか」

「作戦は終了した」

「見捨てるのか。でも――」

「必要なものは手に入った」

「おい――」ペレロに摑みかかろうとして、思いとどまった。ペレロはサンボの達人だった。

「それはないだろう。あいつら、またくるぞ」

「それは……」ペレロの眉間に皺が寄る。「彼の問題だ」

「殺されてもいいのか」

「そうは言っていない。警察に保護を求めればいい」

体から力が抜けていく。

「杷木、おれの独断ではどうにもならん……分かってくれ」

「分からんと言ったら？」

「さっき使ったアルミ弾を撃ち込んで、無理にでも山を下りる」

「おれだけ残るという選択肢もないのか」

「ない」

「なぜ。おれは日本人だ」

「お前には仕事がある。おれたちを東京へ運び、出国させる仕事だ」

「ほかを当たってくれ」

「お前しかいない。もしそうしたければ、自分の仕事を終わらせてから、休暇でも取り、その休暇を好きなことに使え」

「どんなに急いでも明日になる」

「今この時点で、ミスター伊沢とは関係ない」ペレロが囁いた。「警察に駆け込んでもらえ、あるいは遠く離れた温泉地にでも予約を取って、そこにこもっていてもらうんだな。これからは急ぎの旅だが、お前が電話をかける手間や旅行社に寄るぐらいの時間は、取れるだろう……オフレコだ」

「しかし……」

「これは軍事作戦で、おれは軍人だ……分かってくれ、悲しいが、これが現実だ」

阿久津がまだ怒鳴っている。《指示通り下がったぞ……神代てめえ、なにやってたんだ――》

「怒るな。命があってよかった」

《実弾だったら確実に死んでいた》

奴らも模擬弾を使ったらしい。考えていることは一緒だ。警察がきたときのことを考えている。伊沢を守りたいが、死体の山を築くわけにはいかないというわけだ。

「全員が現れるまで待て」
《こちら溝口。白いのがわいて出てきたな……いつやる》
「指示を待っていろ。今全体像を摑んでいるところだ……溝口、浜田、清水、見えてきたか」
《どうするんだ》

「済まない」

杷木は一通りの話をした。意外にも吾郎の顔に暗さはない。割れた鍋の底から汁の残りをすくい、具をゆっくりと咀嚼している。

「仕方ねえべさ。軍隊ってものは、そういうもんだ」

「警察にいって――」

「あんたたちが困るだろうに」

「いいんだ」本心から言った。「すべてぶちまけて構わない。手は貸したが、おれは軍人じゃない」

「結は加納さんとこでいい。ほら、昨日のお巡りさんだ」

「吾郎さんは」

「ここにいる」

「それは――」

「さすがにこの家にはいない。すきま風で凍ってしまう。虎のところにでもいるよ」

「しかし……」

杷木を呼ぶ声がしている。撤収の準備が済んだらしい。

「もういったほうがいい。南国の兵隊さんたちによろしくと伝えてくれ」

「済まない……だが、明日にもおれは――」

無線が吾郎を呼んでいる。猫田だ。

《生きとるか》

「なんじゃ」

《斥候より連絡だべさ》

「なにがや」

《森の中、射手四名、位置を確認だじゃい……吾郎、装塡は済んでいるだろうな》

吾郎の視線が杷木へと走る。

杷木は声を絞り上げながら、外へと飛び出した。「ペレロ、伏せろ――」

がつん。側頭部にきた。一撃で、杷木の意識が飛んだ。

三

戸口から倒れた杷木の足が見えている。

「杷木くん、おい」

返事はない。だが両のつま先が動いている。死んではいない。

断続的に発砲音が続いているが、家に当たる弾はひとつもない。表の兵隊たちがやられているらしい。先ほどとは明らかに、攻め方が違う。
ポチの吠え声が銃声に入り交じる。
吾郎は山行きのときに携行する携帯無線を首からかけ、土間に伏せた。
「この歳で匍匐かい……」一言呟いてから、猫田に話しかけた。「虎、位置を知らせろじゃ」
《おらはお前んちから見て北東の斜面におる》
「射手は」
《下山道方向の左手、えーと……南南東……》
「はっきりせんか。入れ歯が合わんのか」
《ええい面倒じゃなあ。おい、十二時は》
「太陽は見えん。真南を十二時にしよう」
《十一時の方向、棄て田圃の中にひとり。距離はざっと百二十》
十一時、下山道方向の休耕田の中。当然の位置取りか。杷木を助けに玄関へ近づけば、十一時の射手にやられる。
《二時の方向、森の中、距離はざっと百五十……四時の方向、こいつも森の中、距離百五十…
…もうひとりはすぐそこじゃ》
「そこってどこだ」
《七時方向の斜面、藪の中。おらのすぐ目の前におる》
家を中心に南南東にひとり、南西にひとり、西北西にひとり、北東にひとり。
「包囲されてしまったべな」

《んだ。あいつらみんな〝眼鏡のついた長物〟持ってる。それにみんな白装束だべ》
「老眼にはこたえる」
《なにを言ってらい。お前の得意な兎は真っ白だじゃ》
「確かに。おら今、土間に頬ずり中だ。外の兵隊たちはどんな様子だ」
《みんな倒れとる……撃たれなかったのはひとり、車の隅に伏せてる。起き上がろうとしたもんは、また撃たれとる……ありゃ、実包じゃないな》
吾郎は杷木に呼びかけた。今度は呻きが返ってきた。
猫田が呼んだ。《車が上がってくるぞ。一台くる。さっきの車だ》
「手詰まりだべさ」
含み笑いが聞こえた。《昭和基地でストーブが壊れた》
「なにやそれ」
《南極で難局》
「今は笑えね」
ポチは攻め手の性質を分かっているようで、相変わらず激しく吠えている。
《車が停まった……動き出さねえ》
恐らく森の中の射手たちの指示だろう。
《吾郎、あいつらの目当てはお前か》
「そだ」
《もう、やることはひとつしかねえじゃ》

「だども……」

《なにを迷ってらい。なにをやっても平気だでば》奇妙な響きの含み笑い。《せーとーぼーえー、せーとーぼーえー》

またも含み笑い。

《せーとーぼーえーでは不満か》

「専守防衛だで」

《なにを抜かす。もう攻められてるべな。着剣せい》

「あほう。銃剣なんかねえよ」

なんとか助けを呼べないか、考えた。電話線は切られたらしい。無線は、街まで届かない。直線距離で十キロ先のパラボラアンテナ辺りが限界。この家の十五キロ四方、虎の荒ら家を除けば民家は一軒もない。

もたもたしていたら、結がしびれを切らして帰ってくるかも知れない。吾郎の迎えがない場合、駐在所か弥勒亭で待つだろう。

だが加納巡査長に、パトカーで送ってもらうことも考えられる。警察官が一緒とはいえ、結に危険が及ぶ可能性は大きい。加納と会えなくても、聡くて人と仲良くなるのが上手な結だから、どんな手を編み出すか分かったものではない。通りがかりの車を捕まえ、ドライバーを言いくるめてここまで登ってきたとしても、驚きはしない。

だが吾郎のいちばんの心配はそんなところにはなかった。牢屋に入れられるはめになり、結との暮らしを奪われることだった。ここでなにかして、それが正当防衛だとかいうものに当てはまるのか、吾郎にそこまでの知識はない。
銃撃は散発的になってきている。
甲高い鳴き声が響いた。ポチだ。
「おい虎、今のは」
《ポチっこ、撃たれた》
「……生きてるか」
《実包でねば大丈夫だべども……犬小屋に引っ込んでしまって、ここからは見えん……きっと、あんまり騒ぐから、黙らせたんだべさ》
杷木が大きく身動きしはじめた。
「杷木くん動くな。撃たれる。そのまま寝てろ……おい虎、射手は白迷彩か」
《そだ。だどもありゃあ、手落ちだな。ライフルには、なんもかけとらん》
「分かった」
《なにが分かったんだ、伊沢兵長どの》
「手を貸してくれるか。猫田一等兵」
《当たり前じゃ。四時と七時、ふたりはおれに任せろ》
猫田は小さく付け加えた。これぞ千載一遇というやつじゃ。
「今のはどういう意味だ」
《行動に移る。通信終わり、だべさ》

《神代、このあとはどうする》

阿久津がせっついてくる。阿久津は神代たちが撃っている間中、突っ込ませろとがなり立てていた。

「まだだ。待ってろ」

神代は南西方向の森の中にいた。家の玄関面、西側の側面、加え、玄関前に停まっている車を狙える位置にいた。神代と南南東方向の休耕田の中にいる清水とで、フィリピン人たちを撃った。西北西側にいる溝口、北東側にいる浜田からは、玄関前に集合した彼らを狙えない。伊沢吾郎が家の裏手から逃げ出さないか、監視をするのが役目だった。そのため、溝口と浜田は最初から実包を装塡している。

神代ら四人全員が、急ごしらえの白色迷彩を施していた。あのフィリピン人たちのような白い服を揃える暇がなかったので、藤木が手に入れてきた白いシーツをポンチョのように被り、偽装していた。

「シミ、聞こえるか」

清水が答えた。《聞こえてるよ》

「じじぃは見えないか」

《見えない。玄関は開けっ放しだが、奥に影がよぎることもない》

伊沢吾郎の姿を捜し求めていた。窓から顔を覗かせることもない。

——普通なら、様子が気になって気になって仕方がないはずだが……。

阿久津らの銃撃ですでに、仕留めたのだろうか。

溝口と浜田に伝えた。「第二手を詰める。お前たちは動かず、見張っていろ」

溝口が言ってくる。《退屈なんですけど？》

浜田も言ってきた。《じじぃが現れたら、撃っていいんだな》

「仕留めてくれ。阿久津――」

《いくのか》

「ゆっくり車を進ませていけ。こちらも近づきながら援護する。第一に、あのフィリピン人の武装解除だ」

《了解》

二台の車が、ごくゆっくりと動き出した。先ほどの阿久津らの銃撃のときは、アモンの乗った車が最後尾についていたはずだが、今はいない。

「阿久津、アモンはどうした」

《消えたよ。ビビっちまったらしい》

《こちら浜田――》息が荒い。《緊急、じじぃを追跡中だ》

「じじぃってあのじじぃか」

《すぐ背後の藪にいた。今追ってる。始末するぞ》

「やってくれ」

そういうことだ。吾郎は最初から、家の中にはいなかったのだ。事は簡単に終わりそうだ。

浜田がいる北東方面の斜面にスコープを向けたが、吾郎の家に阻まれて確認できなかった。

同じく家の裏側西北西方向にいる溝口に指示。「聞いていたな」

《ここからはよく見えない》
「浜田の援護にいってくれ」
《了解》
「阿久津聞いていたな。いったんそこで停まれ」
《いい加減突っ込ませろ》
阿久津の声には熱がこもっている。腹と頭に模擬弾を撃ち込まれたことに、よほど腹を立てているようだ。
答えようとした矢先、浜田から連絡がはいった。
《すまんカミさん……わりい》
「なんだ。どうした」
《やられた》
「やられたとは？　どういうことだ」
《ちきしょう……外れねえ……》
「詳しく話せ」
《いてえよ……うかつだった……足を嚙まれた……》
「溝口、浜田のところへ急げ……浜田、どうした──」
溝口は潜伏先を飛び出し、道を横切り、浜田が潜んでいた藪へと突進した。ライフルは肩にかけ、ハンドガンを手にし、雪と藪をかき分けていく。

足跡がある。これは吾郎の足跡か。足跡を辿っていく。

藪が開けた。朽ちかけた立木の根元に、浜田がいた。倒れている。

「浜田？」

浜田がこちらを向いた。「頼む……こいつを……」

辺りを警戒しながら近づいていく。なにかが、浜田の右足首に噛み付いていた。

「カミさん、聞こえるか。浜田を見つけた」

《状況は》

「こいつは多分、使用禁止のやつだな。馬鹿でかくて、鋭い歯がついている……浜田は、足をとらばさみに嚙まれた」

しばしの空電。

《あのじじぃは、罠猟もやるのか》

溝口の前方、藪が揺れた。反射的にハンドガンを向けた直後、人影が浮き出た。引き金を絞る直前、影がふっと消えた。

「待てじじぃ――」

依然、神代から向こうの状況は見えない。

「今の発砲はミゾか？　どうした」

空電。

「ミゾ？」

空電。

代わりに浜田が答えてきた。《カミさん？》

「どうなってるんだ」

《すまん……溝口も……罠にかかったらしい。詳しい状況は分からないが、呻き声が聞こえてくる……》

再び発砲音が聞こえた。聞き慣れない音。神代でも清水でもほかのだれのでもない、ライフルの音だ。二発、三発。家の中からだ。

無線が悲鳴を届けてきた。《こちら阿久津、撃たれてる、ちくしょう、撃たれてる。どっからだ――》

無視。「シミ、奴が見えるか」

《見えない。窓のそばにはいない。家の中の暗がりから、こちらを――》

急に途絶えた。

「シミ？ 応答しろ」

《すまねえ――》

――どいつもこいつも、謝ってばかりか。

「どうした」

《ライフルを撃たれた》

「ライフルに当たったのか。怪我は」

《手を少し……どっちだと思う？ 偶然ライフルに当たったのか、狙って撃たれたのか》

「いいか、そのまま――」

神代も話していられなくなった。新雪をこんもり乗せた木の枝が、神代の頭上から襲ってきた。

混乱が収まったとき現場には、怪我をした仲間と、怪我をした阿久津の手下たちと、額にこぶを作った神代が残された。

無傷ではないはずのフィリピン人たちも、姿を消していた。伊沢吾郎、罠使いのじいさんも、姿を消している。

清水が狙い撃ちした犬までも、姿を消していた。

四

神代は、かまちにかけている浜田を見下ろした。多少治療の心得がある清水に、手当てをしてもらっている。

「骨は平気そうだ」

浜田は唇を噛み締め、張りつめた顔をしている。危険な兆候だ。

冷静にな。そんなことを言っては逆効果。「歩けそうか」

「歩くさ。シミさん、固くテーピングしてくれ」

「テープがない」

「おれが殺る」

土足で居間に上がった神代へ、浜田が言ってきた。「おれが探してくる」

「とにかく、まだ歩けてよかった」

浜田は〝あっち〟にいってしまった。受けた恥辱に逆上する浜田の性向が、あらわになっている。浜田は例えば、自分を馬鹿にしたような目で見た、という理由で人を殺すタイプの人間だ。

「そういえばミゾは」

「あいつは大したことなかった。怪我自体はな」

溝口はじじぃを深追いして、藪の中、中空に張られた〝くくりわな〟に首を突っ込んだ。身動きすればするほど締まっていく金具のついた、獣用の罠だ。通常は足がかかるように地面に仕掛ける。それをあのじじぃは、首を狙って中空に仕掛けていた。

「あいつはどうにも気が収まらんって、犬を探しにいった。ぶち殺すとさ」

神代は鼻で笑って返した。「また、くくりにかからんといいが」

清水も右手を怪我したが、こちらはかすり傷。だが、ライフルを粉砕された。

じじぃの仕業とすれば、大した腕だ。距離こそ百メートル強の近距離だが、降りしきる雪の中、白シーツのポンチョを被り潜んでいる相手を、まず見つけ出したというだけで、大したものだ。

——いや、違うな……。

こちらのミスだ。

――降りしきる雪の中、清水がいたのは新雪の覆った休耕田の起伏の陰……こっちのミスだ……。

そんな状況では、まともな視力さえあれば、なんの偽装も施されていないライフルは、真っ黒に浮き出て見えたことだろう。

居間の横手の和室に入った。物が溢れている。物置代わりに使っているようだ。

「おれたちを撃ったのは――」清水が訊いてくる。「ほんとうにじじぃか。それとも？」

「じじぃにしては腕が良すぎる？」

南国の兵隊たちはこちらのゴム弾で倒していた。単純に計算すれば撃ったのはじじぃ、ということになる。じじぃの他に中にだれかいて、取りこぼしがあった可能性は、もちろん残る。

窓は小さく、壁も暗くくすんでいるので、部屋は薄暗い。目を凝らし、探し、見つけた。空薬莢である。ライフル用適法弾の薬莢だ。

部屋の隅、ガンロッカーがあった。まっとうな民間人が銃を所持する場合、設置が義務づけられている。その暇がなかったのか、鍵はかかっていなかった。

中を開ける。ライフルはない。ロッカー上部の棚に置いてある関係書類を漁り、銃の登録証を見つけた。

――型番、九七式……へえ。

伊沢が持っていたライフルは、旧日本陸軍が使っていた九七式狙撃銃のようだ。終戦後に行われた〝刀狩り〟を生き延びた銃だろう。それがどこかの工房に渡り、適法銃として改造登録され、伊沢の手に渡り、猟に使われた。兵が復員時に、重くてかさばるライフルを持ち帰ることはまずあり得ないので、戦地に渡らなかった国内留守部隊員が持っていたものだろうか。――旧日本軍が使っていた九七の伊沢、旧ソ連軍が使っていたドラグノフのおれ……妙な組み合わせだ。

神代がアメリカ製の銃だったら、なにかの再現、という楽しみもあったかも知れない。しかし好みとして、神代はアメリカの銃が嫌いだった。自身のアメリカ嫌いが影響しているのかも知れない。

ロッカーから離れて家捜しし、布テープを見つけて土間に、戻った。清水に渡す。と、阿久津が戸口に現れた。奴らの足跡を見にいっていた。

「いろいろあった間に、一度全員この家に引っ込んで、北側の窓から抜け出して森に入ってる」

浜田と溝口が罠にかかり、神代が落ちてきた雪と枝の襲撃を受けている間に、全員が消えた。神代たちのその後の対応は、家の中からの狙撃を警戒する必要があったため、遅くなった。阿久津、神代ともにじわじわ攻め進み、家の中へ突入したときには、すでにだれもいなかった。監視が外れた家の裏手から、全員が抜け出していったということだ。藤木手製のゴム弾。藤木の予想に反して距離が遠すぎたのだろうか。衝撃が足りなかったのは事実だ。全員に逃げられたのだから。

神代は阿久津を連れて、外に出た。

「あいつら――」車の中にいる阿久津の手下を顎で指す。阿久津自慢の多国籍編制軍。「使えるのか。まだやる気が？」

「ああ。自分の国の年収分をさくっと稼ぎたいとさ。ところで、なんですぐ追わない」

「おれの連れは手当てが必要だ。追いたければいけよ。ところで、これはなんだ」

「なにが」

「この家を見ろ」

弾痕だらけ。半壊と言ってもおかしくはない。

「シナリオの書き直しが必要だ」

「確かに。突然じじぃがいなくなった、はもう通用しない」

「なぜこんな――」

「うるせえな。分かってる。あのとき杷木をやれてれば、事は終わっていたはずだったんだ」

「なぜ気づかれた」

「さあな。勘が鋭かったんだろうよ」

「まあいい。もう偽装は無理だ。追跡して、ただ殺す。いいな」

「オーケー」

「奴らの人数はフィリピン人六人に杷木、伊沢吾郎、罠使いのじじぃ。九人だ」

「全員やる？」

「出方しだい。第一目標を仕留めた時点で、撤退だ」

「だな。はじめるか」

阿久津が手下に合図した。車から五人の男たちが出てきた。

「みなハンドガンか」

いる者がいた。

　ざっと彼らの様子を見た。防寒具やブーツは問題ないようだ。小型のチェーンソーを担いで

「ああ」

「あれは」

　阿久津と目が合う。「用意はしておかないと」

「なるほど……合理的、と言っておこう」

「死体を担いで山を下りられないなら、最低でも奴の右腕だけは持って帰る」

　家の中に取って返した。溝口が戻ってきていた。

「犬ころは」

「藪に入って足跡が分からなくなった」

「包帯でもタオルでもなんでもいい。見つけ出して、ライフルを覆え」

　家捜しをはじめようとした仲間を引き止めた。

「だれか志願しないか。とても退屈できついが、重要な役だ」

「どんな」と清水。

「ここにひとり残ってほしい。奴らの〝裏っ帰り〟を張る。当たり前だが、この家の外で、だ。

　森か藪か、あの廃屋の中でもいい」

「だが、この石炭ストーブは使わせん、と」

　無駄だと分かっていたが、訊いた。「浜田は足を怪我し――」

「冗談言うな」暗い瞳が蠢いた。「おれはいく」

「不本意だが、おれが残る」清水だった。「ライフルをやられた。溝口か浜田が銃を貸してくれれば――」

溝口と浜田が同時に言った。「いやだね」

溝口と浜田が持っているのはショットガンだが、装塡しているのは散弾ではなく、一発弾とも呼ばれる被甲弾丸だ。スコープをつけ、射程五百はいける。

清水が残ることに決まり、家捜しがはじまった。

阿久津が顔を出した。「まだか」

「先発していろ。足跡を追え。すぐに追いつく」

阿久津が消えてすぐ、清水をそれとなく呼び寄せた。

「奴らは山を登っていった。全員が追跡を迂回してここに戻ってくる可能性がある。車という足を奪いにな。いざとなったら、お前がいちばん危険な部分を背負う」

口の端に笑みを浮かべた。「分かってた。だから志願したさ」

「もうひとつの側面も頭に入れておいてくれ。事態はかなり流動的だ。製材所に藤木がいるとはいえ、だれかが登ってくるかも知れない。そのだれかとは例えば、警官とかな」

「……」

「それもあって、この家を使うな、と言った。いいか、なにかあったら事態をよく分析して、無理せずに山を下りろ」

「そんな――」

「この山は下山道が命綱だそうだ。道を外れて迷うと、遭難の危険が高い。離脱するとき道が使えないかも知れない。地図とコンパスは？」

「持ってる。だが、さらに奥へいくトオレィスたちのほうが、もっと危険だろう」派手に肩を叩いてきた。「こっちはいい。自分の心配だけしてろよ」

「決断は早めに。決断したら揺るぐな……浜田たちはいい、あれはただ遊びたいハポンだからな。お前は違う……帰化するんだろ？」

「そう」白い歯を見せた。「いい暮らしをするのさ」

「日本人の嫁さんを探さないとな、カティロ」

五

《お前はお優しい奴だべ》
猫田が吾郎を非難している。
《おれなら、ちゃんと仕留めてた》
あの状況でライフルを撃ったのだ。ほんとうなら褒めてほしいところだ。
「お前は頭がおかしくなってる。なしてそんたに殺したがる」
《たがってねえ。ただちゃんと仕留めろ、という話をしてんだべさ。あいつらに、お前と同じ分量の情けがあるとでも思ってんのか》
吾郎、杷木、フィリピン隊六名は、旧トロッコ道を歩いていた。家を抜け出し森の中に入ったが、怪我と慣れない寒さのせいで体力を消耗しているフィリピン人たちの歩が進まない。二百メートルも進まないうちに、旧トロッコ道に出た。

猫田だけが未だに、森の中を進んでいる。〝道具〟を積んだ小さなソリを引いて、彼が自分で作ったスキーにも似たかんじきを履き、滑らかに木立の間を移動しているだろう。吾郎も手作りのかんじきを履いているが、竹とわらで編んだもので猫田のものほど素早い動きはできない。

フィリピン人たちはそれぞれ手を貸し合って、なんとか歩いている。ひとり弾を食らわなかったペレロが、みなを気遣い、声をかけている。全員腹や胸に強い打撃を食らった。うちひとりは顎に直撃弾を食らい、前歯を失っている。

口数の少ない杷木も、気丈に歩いている。丸めて固めた雪玉を、撃たれた側頭部に押し当てていた。

鎖から解放してやったポチは、ついてこなかった。一目散に森へ駆け込み、以来、姿が見えない。よほど怖かったのだろう。

《お前の情けで人が死ぬべよ》

――そんなことは分かってら。

彼らが実包を使わなかったたしなみに、合わせただけだ。彼らがこれ以上追ってこなければ、話は終わる。

――かつてはおれたちが異国に送られた……今、ペレロたちが異国にいる。

分かっている。望んできたわけではない。かつての自分たちもそうだった。国のために戦うのは当然だと信じていたが、でもやはり、戦地へ送られるのは嫌だった。

ペレロたちにはどうしても、無事、国へ帰ってもらわなくてはならない。

すぐ後ろを歩いていた杷木が、声をかけてきた。「その恰好」

「ん？」

「なぜ蓑に笠なのか、分かりましたよ」

「なんのことだべ」

「今の吾郎さん、雪の積もった藪が歩いているようにしか見えない」

吾郎にしてみれば、冬場に猟へ出かけるときの恰好をしているだけなのだが、なぜかしきりに感心している。

「天然の白色迷彩だ」

わらや竹を切って編んである。天然というつもりはなかった。

歩き続けてやがて、この山に残るもうひとつの廃屋群、旧炭鉱街に着いた。

いつもの山行きなら、三十分で着く。今日はここまで、一時間弱かかった。傷ついた上に雪慣れしていない、南国の兵を庇って進んだ結果だった。

突如、木立の間から猫田が出てきた。道具を乗せているソリの上に腹這いになり、足で漕いで吾郎たちの目の前に滑り出てきたのだった。

吾郎はついいつものように茶化した。「老けたペンギンが出てきたべな」

いつものように迷彩服を着て、ジャイアンツの帽子を被っているが、帽子の上には〝髭之森農協〟の染めが入った白い手ぬぐいを巻き、白地に水色の柄がちりばめられた浴衣を裏返しにして羽織っている。

「奴らは」

「分からん」

「おれんちに寄っていけ」

杷木が言う。「山を下りるには」

吾郎が答えた。「安全に下りるには、戻るしかない」

「んだ。どこをいっても遭難する」

「迂回して戻るしかないと？」

「奴らが追ってこないんなら、きた道引き返せばいいだけだが」

「だから、おれんちに寄ってろ。おれが様子を見てくる」

「いや、おれがやる――」背負っているライフルを顎で示した。「万が一追ってきたら、少し脅かして足を止める」

「まだそんなことを。頭割ってやれでば」

吾郎はひとり、きた道を戻っていった。五分ほど戻り、道に横たわる倒木の陰に身を寄せ、古びた双眼鏡で監視をはじめる。

――なんの因果だ。

声。

――せっかくジャングルを生き延びたというのにそのざまはなんだ、伊沢兵長。

――まったくです。浦瀬少尉どの。でも、少尉どの。

――なんだ。

——あのときとは条件がまったく違う。あのときは他人の森だった。今は違う。ここは、おれの森です。

——敵は追ってくる。

——まだ分かりません。

十分が過ぎた。道の先に影。距離、二百五十ほどか。

影の数を数える。影は六つ。道幅いっぱいに広がって歩いてくる。

——少尉どの。これはまずいです。

——ライフルを持った者が、ひとりもいないのだな。

——森の中でしょうね。

——だろうな。

吾郎は座ったままライフルを構えた。片膝を立ててライフルを支える左肘を乗せ、右手で優しく銃把を握る。九七式でもっとも特徴的な、本体の斜め横につけられたスコープを覗いた。四倍広角、純正品ではない。数年前、玉崎が新しいスコープを取り付け加工してくれた。

引き金を絞る。ボルトを後退させ排莢と装填、また撃つ。

装填していた五発すべてを彼らの足下に向けて撃ち、後退をはじめた。

歩きながら、挿弾子を使って五発の弾丸を装填。使い終わった挿弾子は普段なら拾うが、吾郎は捨て去った。

「虎、追っ手がきた。狙撃手はいない」

《そのうちふたりはおれが……》言いかけ、詰まった。《やっつけたか、確かめてねえ……》

「いい。見に戻らなくて正解だった」

　──速断するな。射手は森の中を進んでいる──。

「虎、速断するな。射手は森の中を進んでいる」

《森を迂回して戻るのは、危ねえってことだな》

　──伊沢、散開して足跡を──。

「虎、何組かに分かれて足跡を散らせ」

《奥に向かったって、追いつめられるか、遭難するだけだでば》

「道はある。立坑跡で集合だ」

《吾郎、大丈夫か》

「なにが」

《いや》僅かに言いよどんだ。《急に訛りが抜けたもんで》

　そうだったか。思い当たらない。

「なにを言ってら。虎、耳掃除してねえんだべ」

「しかしなんとも……」

　杷木の呟きに猫田が吠えた。「休ませてもらっといて、なんか文句が」

「いえいえ」

　猫田、杷木、ペレロら六人は、猫田の住処である旧炭鉱街の中の一軒家を出たところだった。

　文化住宅の中の一軒に猫田は住んでいた。屋根と壁があるだけ。猫田は家の中に、テントを張って暮らしていた。物置用、作業場用、居間兼寝室用の三張りである。

水と食料を補給し、在庫豊富な湿布薬でそれぞれの傷を癒した。みな、少しずつ気力を取り戻している。

「吾郎さんは」

「あんたらのケツを守ってら」視線がペレロへ向かった。「……なにしにきたんだかな」

ペレロは平然と無言で受け流した。

吾郎らの使っている無線とペレロらの無線は使用周波数帯《バンド》が違う。相互に連絡を取れるよう、バンドを合わせ、出発した。三組に分かれ、足跡を散らす。ただ猫田だけは、単独を望んだ。

歩き出す。杷木は組になったペレロへフィリピノ語で訊いた。

「エリースとは」

隊員のひとりが背負っている軍用無線は、街にいるエリースとの交信を可能にしていた。

「話せた」

「その顔だと、いい話はないんだな」

「援護は出せんと……自分たちでなんとかするしかない」

「吾郎さんの家までだれかを……それも進言したのか」

「却下だ」

確かにエリースの立場なら、許せないだろう。

「案外平気かもな。あの凄いじい様たちが、なんとかしてくれる気がする」

「だが──」ペレロは行く先を見つめている。「おれたちは一度、彼を見捨てようとした」

「心配するな。彼は気にしてないよ」あとに、日本語で付け加えた。「そんな些事は」

「すまん……サジ？　スプーン？」

　エネリットは組になったレーイと、森の中を進んでいた。

　レーイがしつこく愚痴を口にしている。「とんでもねえことになったな」

　エネリットも愚痴を吐きたいところだが、ふたりともに愚痴を吐きあっていたのでは、行動意欲に支障が出る。なだめ役に回っていた。

「お前、弾は代えたか」

「少尉の指示通り、実包に代えてある……ああ、フル装備だったらなあ。あんな奴ら、今頃……」

「グレネードランチャー」

「AR―15ライフル」

「手榴弾」

「ヘリの援護もな」

「ミニガンね。あれ、大好き」

　実際は、密輸入されたルガーやワルサーなど、ハンドガンだけだった。

「はじめての日本だったのに、山歩きとは」

「まあまあ。無事帰ったらこの雪もいい思い出になる。なんたって、軍事作戦で日本に展開したことのある兵は、おれたちだけだ。これは歴史だよ」

「言ってろよ。どうせ機密扱い。だれにも自慢なんかできない」

「そうだけどさ……まあ、この雪山の思い出だけだって、大したもんさ」

残念なのは、結と約束したスノーボール・ゲームという思い出を、作れないことだった。

六

阿久津たち六人は足跡を辿り、廃墟の中のある一軒に辿り着いていた。
「神代、聞こえるか」
《聞こえる》
「奴らここでひと休憩して、出ていったらしい」
《なにか分かったか》
「あのじじぃ、罠猟師だぞ」すでに家捜しは終えている。保険証を手にしていた。「名前は猫田虎之介。歳は伊沢の三つ下。銃は見当たらないが、弾のリロード用具がある」
《ガンロッカーはあるか》
「ない」
《使えそうなものはなにかないか》
「例えば」
《黒色火薬だとか、そういうものだ》
「見当たらない」

《足跡はどうなってる》
「奥に向かってるが、ここで三組か四組に分かれたらしい」
《常套手段だな。引き続き足跡を辿れ》
「どの足跡を」
《すべての、さ》
「また狙撃される」
《考えてある。心配せず、追い立てろ》
「大体、お前はどこにいる」
《すぐそばにいるよ。森の中から道を見ている。狙撃の心配は無用、奴らを追いつめろ》
旧トロッコ道の上を隊員三人が歩いている。うちひとりは軍用無線を背負っていた。彼らはときおり立ち止まり、後方を警戒している。
その彼らを横目に、杷木とペレロは西側の森の中を進んでいた。木立を透かして道をいく隊員が見える。ここからは見えないが、道を挟んだ反対側の森の中を、エネリットらふたりが進んでいるはずだ。
「タフだね、少尉。雪中行軍の経験があるのか」
息ひとつ切らしていない。「ないが、山岳訓練は受けた」
「おれもジョギングぐらいはしよう」
積雪は三十センチほど。軋ませながら、進んでいく。

いいんじゃないのか」

「進みが遅い――」杷木のかねての疑問だった。「追いつかれる。道に出て先を急いだほうがいいんじゃないのか」

「彼らの言うことを聞いたほうがいい。正直、おれにも〝これ〟は経験がない。訓練でも、ない」

「これ？」

「雪。これほど克明に足跡が残る追跡戦など、経験したことがない」

「国に戻ったらガルシア将軍に進言しろよ。日本の陸上自衛隊と合同演習をしましょうと」

「それはいい」久方ぶりに白い歯を見せた。「他の兵にも経験させたい。これは、きつい」

そうか。平気そうに見えてやはり、きついのか。

ふたり、しばらく無言で進む。

杷木はペレロに呼びかけ、指をさした。「見えてきた。あれだよ、立坑跡だ」

降り続く雪を透かして、黒い影が見えてきた。

「あそこで集合だな」

「そう。産業遺跡ってやつかな」

歩くうちに塔はその姿をより濃く、より高くしていく。

「もう道に出てもいいんじゃないか」杷木は答えを待たずに、道へと寄っていった。

「駄目だ、杷木。ここで集合しては、足跡を散らした意味がない」

《こちら赤間、聞こえているか》

「こちらカミ、聞こえている」
《死にかけたが、なんとか辿り着いた》
「で、どうだ」
《ギリギリ間に合ったよ》
「はじめてくれ」

立坑跡までは、あと三百メートルほどか。

杷木が何げなく巡らした視線の中に、旧トロッコ道を歩いている三人が入った。そのとたん、隊員のひとりが、急に倒れた。

滑ったのか。軽口を叩こうとした瞬間、銃声が響いた。

「伏せろ――」

だれかが怒鳴った。

杷木は雪面に体を投げ出した。ペレロはすでに、幹の陰に身を寄せていた。

二発目の発砲音が響いた。

「どこから」

「分からん」

杷木は顔を雪におしつけた。

道を歩いていた三人とは、二十メートルほどしか離れていない。

ペレロが幹の陰から、様子を窺った。「進行方向から撃ってきた」

待ち伏せされたのか。「彼らの様子は。無事か」

ペレロが無線に呼びかけている。「クホーク？　トラウット？　チュレーン？……だれでもいい。応答しろ！」

道を歩いていたひとりが答えた。《トラウットです……クホークが撃たれました》

杷木はたまらず頭を上げた。道の上にクホークが倒れている。

彼は首を撃たれた。仰向けになり両手で首を押さえているが、鮮血の迸りは止まらない。

トラウットとチュレーンはそれぞれ、道の両脇の藪へと飛び込んでいた。

「トラウット？」

《無事です》

「チュレーン？」

《なんとか……ヘッドショットがかすめました》

ペレロは森の中にいるエネリットたちに、動くな、と命じた。

「少尉、ほうってはおけない」

「射手の位置を確認してからだ」

杷木は立坑方向を見ようと、半身を起こしかけた。

風が切られた。微かに遅れて発砲音。杷木は地面に頭突きをした。

「伏せてろ。杷木――」

「幹の陰へ飛べ――」

手近な幹へと飛んだ。発砲音。杷木の伏せていた辺りに小さな雪煙が立ち上がった。

「杷木？」

「大丈夫だ」

ペレロが言う。「だがお陰で位置が分かった。立坑の上……いちばん上の窓から撃ってる」

《吾郎、聞こえてらか》

猫田が吾郎に呼びかけている。

《射手がいる。立坑てっぺんの窓から撃ってら》

空電が続いた。

《吾郎、聞こえてらか》

空電。応答がない。

《吾郎》と、語気を強めた猫田の声。

「吾郎さん、応答してくれ。杷木だ」

空電。

「猫田さん、あんたはどこにいるんだ」

《お前さんの後方、三十メートルってとこだ……吾郎、応えろでば！》

赤間は立坑跡の最上階、かつては窓があったであろう四角い銃眼から、旧トロッコ道とその両脇に広がる森を見つめていた。

激しい興奮を感じていたが、無理に抑えつけている。はじめて人を撃った。現実感が薄い。スコープ越しの殺人、加えてこの雪のせいか。

赤間は、阿久津たちが伊沢家に銃撃をはじめたころ、それまで同行していた神代と別れ、西側の森の中を進み、立坑跡に先回りしたのだった。山道に近すぎては足跡を見つけられ、警戒される。できる限り大回りしたが、あまりに複雑な地形に、少なくとも三度は死にかけた。道を外れると遭難必至、看板に偽りなしだった。伊沢家ですべてが終わればただの徒労だったが、死にかけた甲斐はあった。

「カミさん、ひとり仕留めた」

二回も撃ち損じたことは、別に報告することではない。

「おれの仕留めた奴が道に寝ている。そのすぐ両脇の森に三人ずつ、六人いる」

《じーさんは》

「いなかった」

《次は攻めてくる。気をつけろ》

「了解」

《撃てるものは、すべて撃て》

「虎よ」

吾郎は歩いていた。

《吾郎――》激怒している。《やられたかと思うべ。どこでなにしてらんだ！》

「追っ手が足を速めてくる。後ろ、頼む」

《お前はどうする》

「道を開ける」
《……分かった》
待ち伏せか。山の険しさを信じ、まったく予想していなかった。
木立のただ中、一心に歩を進めていく。
「待ち伏せとは……うかつだった」
《おらもだれも、待ち伏せは考えなかった》
「そういう問題でねえ……ここはおらの森だ」
《おらの森でもあるべさ》
「おんなじことの、繰り返し」
《おんなじこと？》
「隊の他の連中も、帰れなかった……未だに骨は向こうにある」
《なにを今さら……吾郎、大丈夫か》
答えないでいると、猫田が語気強く訊いてきた。《なんか喋れ、吾郎》
「千載一遇と言ったな」
空電。《なんの……話だべな》
「まさか、四月五日の斥候隊の話か。シエラマドレの西」
《覚えてね。なにを言い出す》
「あれはお前のせいじゃねえだよ」
《……知らねと言ってらべ》

「ありゃ……岸原のあほうのせいだべ」

猫田は沈黙した。

「判断は岸原がした。報告も岸原がした」

だが、岸原の部下だった猫田はまったく違う判断をしていた。斥候活動の途中見つけた米軍歩兵の一団を、本隊の先鋒部隊だと判断した猫田に対し、上官だった岸原が異を唱えた。あれは落下傘降下した偵察隊であり、本隊はまだずっと遠くにいる、と。米兵の何人かが大きな布の固まりを持っていた、と岸原は主張し、それはすなわち落下傘であるとの結論を出した。猫田自身はその布は車両にかける迷彩で、迷彩柄の落下傘などあり得ないと主張した。

だが、猫田は引いた。岸原とは折り合いが悪く、いつも些細なことで殴られていた。のちに見立て違いが明らかになるはず。憎い上官に恥をかかせてやろうという思いもあってのことだった。

その夜。本隊も本隊、米機動戦車部隊が陣地に攻撃をしかけ、岸原含め二百人以上が死んだ。

「いい機会だから訊く。虎お前、死に場所探してこの山に入ったのか」

「あいつらに殺してほしいのか」

猫田は答えない。

やっと答えた。《あほ抜かすでね……死ぬ気はもうない》

「もうない？」

《ここの森に、毒気を抜かれた……もう、ないべさ》

「ならよかった」

《おらがなんで腹を立てるか、訊きたいんだべ》
「ん」
《くそガキがおもちゃ持って押し寄せてきてよ、いっぱしの顔で……腹が立たんか……おらたちがどこでどう戦ったと思ってるんだが》
「百年、早いべな」

愛しい人大切な人を守るため、あのときも戦った。

猫田は鼻を利かせながら、森の中、仕事をしていた。

人殺しにいいも悪いもない。いっさいが悪い。それは理解している。

国のため大切な人のためと信じ、人を殺した。日本の敗戦とその後の断罪は、猫田の心を裂き、その傷は二度と別のなにかで埋められることはなかった。

仕事をひとつ終えた。猫田はその出来映えに、ほれぼれした。急ごしらえながら、見事な出来だ。

――このまま死んでは、成仏できん。

猫田は辺りを窺い、移動をはじめた。

人殺しにいいも悪いもない。分かってはいる。

――だども……最後によき人殺しをして、あの世へ。

猫田から見れば、これは再戦だった。今度こそ、疑う余地のない大切な者たちのために、人を殺す。仏さまがそれで、ちゃら、にしてくれるかは――。

——会ってみないと、分かんね……。

雪を被り、美しい曲線を描く円錐の丘を、登っていく。

《吾郎さん、どこにいる》

杷木が呼びかけている。

「杷木くん、少し、黙っててけろ」

傷ひとつない、まっさらな雪面に存在を刻みつけながら、ズリ山を登っていく。

なぜ、こんなことになったのだろうか。

ズリ山の頂上が近い。匍匐で進む。

根源は、戦争が起きたこと、自分が徴兵されたことだ。不可抗力と言っても、そう反論は出ないと思う。自分ではどうすることもできなかった。選択の自由などなかった。皮肉にこう思う。

——上手に徴兵逃れをする器用さも、なかったけども。

老い先短くなって、このざまだ。だが、心を決めてしまえば、この戦いは気が楽だ。守るべきものがはっきり分かっているからだ。窮地に陥っている可哀想な外つ国の兵士を助けて国へ帰し、自分は無事生き残り、結のもとへ帰るのだ。

——貴様が先にくたばったらおれが貴様の……。

頂上についた。慎重に顔を覗かせた。雪に煙る立坑跡があった。

——おれが先にくたばったら……。

吾郎は立坑の東側の森を大きく迂回して、ズリの頂上に登ったのだった。杷木たちを狙う敵の、ほぼ真横の位置だ。

——猫田の援護を待ったほうがいい。

「少尉どの、追っ手がかかっています。その時間はありません」

——誘い弾か。歳を考えろ。

「大丈夫です。腕は鈍ってません」

距離は五百ほどか。遠投には違いない。弾丸だとしても重力の影響を受ける。難しい言葉で言えば弾道学だとかいうことになるが、要は速さが違うだけで、石の投げ合いと変わらない。頭の先からつま先、体全体でひりひりと感じてくる。

ボルト突端の安全装置を押し回し、解除した。

スコープを覗く。西側の窓。

引き金を絞り、来客を知らせる。

赤間のいる部屋の左手、東側の窓枠が跳ね、発砲音がそれに続いた。

「くそ」

道を狙っていた窓を離れ、西側の窓の脇にぴたりと身を寄せた。今のは確かにライフルの発砲音だった。

——じいさんか。

数ミリずつ、窓の縁に顔を寄せていく。西側の景色がしだいに広く見えてくる。なぜそんな形状になったのか赤間には分からない、きれいな円錐形の丘が見えてきた。

少しずつ顔を覗かせていき、丘の稜線に沿って視線を走らせていく。

頂上。だれかいる。

一旦顔を引っ込めて小さな単眼鏡を手にし、直角プリズムをつけた。これを使うと、顔を出すことなく真横の景色が見える。単眼鏡を窓の際から覗かせた。

確かにいる。まっすぐこちらへライフルを向けていた。小さな単眼鏡を確認できないのか、弾丸を送り込んではこない。

とにかく奴は自分のいる階を分かっている。だから狙いをこの窓に据えて、ぶれることがない。だが、撃ってはこない。射手の資質かスコープの性能か、あるいは視力の低下か。ともかく、撃ってこない。

なら、一階下へ下りればいいだけだ。奴に見つかったとしても、狙いを付け直す僅かな隙は、どうにも埋められない。

「こちらアカ、カミ応答願う」

《カミだ。どうした》

「伊沢を見つけた。これからやる。塔の西、約五百メートル離れた丘の頂上にいて、こちらを狙っている」

《狙われているのか》

「こちらの位置を誤認させるさ。すんなり終わると思う」

《念のため、奴の支度を教えてくれ》

「ライフルはスコープ付き。スコープはオフセット装着されている。あんな形ははじめて見た。幅広の帽子、多分笠のようなものを被っている。服はよく分からない。全身くまなく雪を被っている」

《了解した。気をつけろよ》

「連絡を待っててくれ。以上交信終わり」

壁から身を離した。各階、床が抜けている。落ちないように移動していき、朽ちかけた鉄の階段を静かに素早く下り、西側の窓のそばに身を寄せた。

また単眼鏡を使う。

まだいた。堂々と姿を晒し、座射の姿勢を保っている。奴がいきなり、一発撃ってきた。弾丸は、上の階へ当たった。

笑みが浮かぶ。まだ上にいると思っている。

単眼鏡を引っ込め、レーザー式距離計を使う。精度は使用条件により誤差があるが、目安にはなる。液晶の文字が示した距離は、八百メートル。目視で感じた五百とは、三百の差があった。

――だから、どうした。

風は北西から南東方向。風速十、いや十五くらいか。自分の感覚をもとに、スコープの水平軸を調整した。次は垂直軸。ここからは十度ほどの撃ち下ろしになる。十度撃ち下ろしに合うよう目盛りを捻り、レティクルの中央が獲物の真ん中に収まるよう、調整した。

神代はこの作業をまったくやらない。同じ銃、同じスコープを使い続け、百ならこの精度、五百ならこのくらい、千ならこの程度ずれる、そう体に覚えさせている。だが、赤間にはまだそこまでの技量はなかった。

はじめて実戦に駆り出された狙撃兵。自分をそんなふうに思い込む。はじめての獲物、人の形をした獲物を、これから狩る。

――戦争では、こういうやり取りをしているわけか……痺れるね。

狙撃は一に忍耐二に忍耐、三、四も忍耐。そして……。

――五に作戦……おれの勝ちだ。

窓の外へ銃身が出ないよう気をつけながらライフルを構え、奴の姿をレティクルの中心に捕らえた。

――しまった……。

奴のスコープが、角度の誤差なく赤間を見据えている。

赤間は自らの死に気づく前に、数十メートル下の地面へ叩き付けられていた。

ペレロが無線に怒鳴った。「油断するな。まだいるかも知れん。おれとトラウット、チュレーンはここから援護。エネリットとレーイ、突っ込んで塔まで走れ……ワン、ツー、スリー、ゴー」

ペレロら三人はとても有効射程とは思えない位置にある立坑へ、連射をはじめた。もちろん陽動、当てるための射撃ではない。

反撃はこない。

十分後、息を切らしたエネリットから通信が入った。

《クリアー。ほかはいません》

「了解……杷木、もういいぞ」

杷木はようやく立ち上がった。ペレロに続き、道に出た。トラウットとチュレーンも道へ出てきた。

純白の雪面に鮮血の血溜まりが広がっている。クホークはすでに息絶えていた。すがりつく者はいない。ただ膝を折り、彼の肩や腕に手を置き、祈るだけだった。

「悲しむのはあとにしろ」ペレロは言い、クホークの認識票と身元の分かる所持品を抜いた。

杷木は控えめな声で尋ねた。「置いていくしかないのか」

「残念だが、仕方がない」

立坑方向から、影がふたつ走ってくる。

「エネリット、お前たちはそこにいろ」

だが影は止まらない。懸命に走ってくる。ペレロは同じ命令を繰り返したが、彼らは全速で走り続け、合流した。

「クホーク……」

ふたりは遺体のそばにしゃがみ込んだ。

「今の命令無視は……仕方がない、無視してやる……」

神代はドラグノフの銃身についた二脚を立て、倒木の上につけた。急ぐでもなくのんびりでもなく、立て膝になりスコープを覗く。狙撃手の大半がその精度、信頼性から一発ずつしか撃てないボルトアクションを好む。だが、神代のドラグノフはセミオートマチックで、排莢給弾を自動でやってくれる。日本では所持も使用も違法の、十発の弾がはいる弾倉を使う。狙撃兵として育てられた神代だが、ボルトアクションは好みではなかった。ボルトアクションなみの精度があり、連射のできる狙撃銃があるのなら、それにこしたことはない。ドラグノフも、そんな銃だった。

スライドを引き、初弾を送り込んだ。

距離、四百ほど。神代にとって、国を出て以来のマン・ハントだった。

風が切られた。

突如、背後からの連射がはじまった。

だれかの叫びが、横っ飛びに飛んだ杷木の耳に入る。もしかしたら、自分の叫びだったのかも知れない。

「森へ――」

杷木は幹の陰に飛び込み、したたかに肩を打ち付けた。呻きが漏れる。

だれかの叫び、呼び声、銃声が交錯する。

杷木は肩をさすりながら、道へ視線を向けた。自身の肩の痛みなど気にかける価値もない。全員、クホークの他に、三人が折り重なるように倒れていた。全員、まったく身動きしない。全員、頭を撃ち抜かれている。

「無事なのはだれだ――」涙が零れ続けた。「返事をしてくれ、生きている奴、いるか」

さらに一発。その一発は倒れているトラウットが背負っていた大型無線に当たった。派手な火花が飛び散る。街にいるエリースらとの交信ができなくなった。

銃撃が止んだ。

「だれが生きてる――」

「おれ……ペレロだ。反対側の藪にいる」

「無事か」

「ああ」

酷く震えた叫びが続いた。「エネリット、無傷です」

「レーイ？　トラウット？」ペレロの呼びかけに答える者はいない。「チュレーン？　頼む、返事をしてくれ」

「阿久津――」旧トロッコ道をいく阿久津の姿は見えていた。「突っ込んでいけ。目印はすぐ見える。その両脇に、残りが潜んでいる」

「ミゾ、ハマ、聞こえるか」

両名から応答が届いた。

「阿久津たちのすぐ背後から、追っていこう」

神代は自分の射撃に満足も不満足も感じないまま、ただ次の行動に移った。立ち上がり、森の中を進んでいった。

足跡がある。旧トロッコ道方向から現れ、旧トロッコ道に沿うように奥へ続いている。辺りを慎重に窺いながら、足跡を辿っていった。

しばらくいくと、木の根元に黄色い染みを見つけた。だれかが用を足したらしい。ここでしばらく休憩したのか、乱雑な足跡の固まりが見つかった。

――まあ、どんなときでも出るものは出る。

汚い染みをやり過ごし、足跡をさらに辿る。

微弱電流の信号が足首から伝わった。背中を痺れさせ、首をなぞって脳へと伝わる。

神代は動きを止めた。手も足も、腕も首も、すべて止めた。

十秒、二十秒、三十秒。

――助かった……まさかこんなことを……。

ごくゆっくりと身動きし、ライフルの先でつま先の雪をどけていく。ごく細い、銀色の輝き。

猫田とかいうじじぃの仕掛けだ。

――くくり罠……大恥かくところだったな。

乱雑な足跡の固まりをわざと作り、仕掛けをした痕跡を目立たなくした。小便までして。大したじじぃだ。

ワイヤーに沿って雪をどけていく。ワイヤーの一方は木の幹に結ばれている。もう一方を探った。その先には、とらばさみが隠れていた。

とらばさみはなんのためにあるのか。そう言えばこのくくり罠も、なにかをくくるようには仕掛けられていない。

とらばさみの周辺の雪をどけていく。開いたとらばさみの刃の下、なにかが埋められている。身を屈め、物を確認した。小さな缶が埋められている。缶の先端から突き出た紐が、金属のクリップでとらばさみの刃に留められている。

思わず苦笑した。

――どういうじいさまたちなんだ……オイタが過ぎる。

笑ってばかりもいられない。この仕掛けは単純だが恐ろしく危険だ。ワイヤーを引けばとらばさみの歯が中空を嚙む。その拍子に缶の紐が引き抜かれ、中のなにかに作用する。その〝中のなにか〟がなにか、これが非常に大きな問題だ。

「阿久津、応答しろ――」

旧トロッコ道の上。阿久津は手下ひとりを従え、足跡を追っていた。急いでいい、と神代から指示が出たので、半ば走っていた。ほかの手下はそれぞれ、森の中の足跡を追跡している。

「お前――」手下に指示する。「急げ。ほら」

手下が阿久津を抜き、先に立って走っていく。

《阿久津、応答しろ》

「こちら阿久津。神代、もうすぐ奴らが撃たれた現場に――」

衝撃波が鼓膜を襲った。気づいたときには地面に身を横たえていたが、自ら伏せたのか吹き飛ばされたのか、覚えがなかった。

道の先、手下が倒れている。辺りを窺いながら身を起こし、慎重に近づいていく。手下は、辺りに血をまき散らしながらもがき苦しんでいた。

左脚が、膝の下からなかった。

――地雷？　まさか。

無線からは神代の呼びかけが続いている。応える余裕はなかった。

さらに近づく。ちぎれた脚が、道の際に転がっている。その足首にはなにかワイヤーのようなものが絡まっていた。さらに手下へ近づいた。黒こげになりひしゃげたとらばさみが、手下のそばに落ちていた。

くくり罠にとらばさみ。だがなぜ、爆発が起きる。

弾丸のリロードをしていた猫田の家。

――火薬類はいっさいなかった……。

「こりゃ……やばい……」

森の右手、左手、二ヶ所ほぼ同時に、爆発が起きた。

七

吾郎はズリ山を下りて立坑跡入り口へ向かった。そこにいたのは猫田、杷木、ペレロ、エネリットの四人だけだった。事前に杷木から聞いていたとは言え、吾郎の考えうる最悪の結果になった。一瞬にして、旅の仲間四人がいなくなってしまった。

エネリットがみなに注意を促した。手には立坑の射手が持っていた無線機があった。

「――」
エネリットがなにか言ったが、母国語なので吾郎には意味が分からなかった。
察した杷木が囁いた。「奴らの交信がはじまりました」
《こちら神代、ミゾとハマはそのまま急進。おれも続く》
猫田が苦々しく言う。「まだ追ってら」
《阿久津、聞こえるか》
《聞こえる》
《おれたち三人は急進して奴を仕留める。お前は伊沢の家に戻り、待機するなり逃げるなり、好きにしろ》
《おれは家に待機している》
《フジ、応答しろ……フジ……》
ややあって。《こちらフジ。お見限りだったね。援軍要請かな》
《いや、こなくていい……予定通りに頼む。ただし場所を変えろ。村の廃屋のどれかを使え》
《無理がないか？》
《カオスを作り出して、現場を読めなくする。ごり押しするまでさ。全員、赤間を確認するまで無線封鎖だ。ミゾ、ハマ、言う必要はないと思うが、塔には近づくな。以上》
吾郎がひとり、猫田が少なく見積もっても三人を仕留めた。だが、彼らはまだ諦めていない。追っ手の数は三人。
ペレロが首を小さく横に振っている。杷木が母国語でなにか囁いた。様子から、慰めているように取れる。

「彼は、立坑に突入したエネリットら、ふたりが戻ってくるのを止められなかった。それを悔やんでいます」

「おれがもっと強く命令しておけば――」ペレロが日本語で言った。歯の隙間から息を吐く。

「少なくともあとひとりは助かった」

吾郎は冷たいかとも思ったが、事実を口にした。

「どちらにしても、あそこでは三人やられていた」

「しかし……」

「指揮官だべ？」猫田がペレロの肩を叩いた。「しっかりせえ」

吾郎は言った。「軍の作戦だとかなんだとか、少尉、そんなのは捨てて堂々と山を下りることはできんのか」

「はじめて会ったときに言ったでしょう。我々は重大な国際法違反を犯している」

「軍の人間ではないと主張すればいい」

「ではわたしたちは何者です。山の中でひと知れず敵と撃ち合った、不法入国者ですか。そして、この国で裁きを受けろと。何年囚われることになるのですか」

「では生き残りだけで、密かに山を下りるのか」

「……現時点では、仕方ありません」

杷木を見た。「すべて済んだあと、彼らの遺骨を国に返すことはできるか」

杷木は目を逸らした。「……分かりません」

「杷木くん」

「はい」

「これは貴様にしかできない仕事だ」

「しかし……」

「やれ」

「我々も――」ペレロだった。「どこまでやれるか分からないが、全力で手を貸す。杷木くん、頼む」

杷木は顔を上げた。「分かりました。やりましょう」

「りゃあ――」

突如、猫田が吾郎の頭を叩いた。

「いてえな……」

「あほうが。目え覚ませ。お前は浦瀬少尉じゃないべな――」

「なにがや。くそ虎が……いきなり叩くなでばよ」

杷木の呟き。「吾郎さん……もとに戻った……」

吾郎は笠を脱ぎ、ひとしきり頭をさすった。「んだば、ここでお別れだべ」

「ここ？」とペレロ。

「道は杷木くんが分かってら。な、杷木くん」

「あのパラボラから北へ延びるケーブルを」

「んだ。伝ってけ。コンクリートの上を歩くから、そんなに苦にはならない。二時間ぐらいで、トンネルの脱出口に着く。拳銃で鍵壊して、あとは階段で下りる。いちばん下が国道だべさ。今のうちに街の仲間に連絡して、車を回してもらうようにすべ」

「大型無線は壊された。街へは連絡できない」

「なら公衆電話でも使うべえよ」

「それは分かりますが……お別れって？」

「おれは戻る」

猫田が吠えた。「死ぬ気か。奴ら、お前を追い立ててくるんだじゃ」

「そうだ――」杷木も加わってきた。「一緒にいきましょう」

「先は完全な山道だべ。お皿までいったら、すぐには戻ってこれねえ。ここからならまだ、簡単に戻れる。おれの森だし、迷うこともねえべさ」

「だからなぜ戻る――」

「あのな、もう十二時半だべ。万が一結が戻ってきたら危ねえがら、迎えにいく」

杷木が詰め寄った。「結ちゃんが山を登ってくることはないって――」

「さっきと状況が違んだ。時間が経ち過ぎて、結、しびれを切らすかも知れねんだ」

「ミスター、一緒にいきましょう」ペレロも同調した。「そのほうが合理的だ。トンネルの脱出口を出てから――」

「簡単な計算だでば。結がお昼済ませてまっすぐ帰ってきたとすれば、大体一時半から二時の間には弥勒亭に着く。連絡がつかない場合はそこで待つ約束だども、結は待っても一時間だべさ。一時間待ってもなんにもならねえとなったら、手を考えはじめる。今から戻れば大体一時半過ぎには家に戻れる。時間はちょうどいい」

「ちょうどいいって言ったって」

「今話したのは、結に手を貸してくれるもんがいなかった場合だじゃ。もし結が弥勒亭のおやじだとか、加納駐在だとかに送ってもらうことにした場合、三時になる前に家に着いてしまうべ」

「ここからパラボラまで、足す、トンネルの脱出口までは？」

「大体だがお皿まで一時間、トンネルまで二時間。な、簡単な計算だべさ」

杷木の呟き。「三時半ぐらいか」

「雪が酷くなるからまっすぐ帰れって言ってあるし、それに……」

「それに？」

「スノーボール・ゲームをするんだと」吾郎はペレロ、エネリットを交互に見た。「なんのことだべ」

ペレロは薄く笑ったあと、目を伏せた。「雪合戦のことです」

吾郎は声を上げて笑った。「なるほど……いつもはポチっことやってら。だどもポチっこは投げ返してこねえから、つまんねんだって」

みなの口の端に笑みが浮かんだ。

「なら吾郎、おれとお前でここに残ろう。奴ら、絶対仲間の様子を確かめにくる。たった三人だ。集まったところを、やるべ」

「それは駄目だ」

「なしてさ」

「射手の頭目は、まっとうな奴だべ。さっきの無線を思い出せ。あとのふたりに、ここへは近寄るな、と命令してた」

「その通りだ。奴は——」ペレロが頷いた。「待ち伏せされる危険に気づいている。集中砲火を浴びては全滅。ここへ全員集合するのは、あまりに危険だ」

杷木が考えをまとめながら言った。「やれてもひとりだけ。ふたりは森の中……またさっきと同じように、探り合い……神経戦……」

「そんな時間はないべさ」

「なら吾郎、この先で待ち伏せだべ。たとえばおがみ沢辺りで。ここからお皿までの道はとんでもなく険しい。あいつらも、今までのようには広く散開できねえ。狙える」

「だからな」嚙んで含める。「時間がねえでばよ」

「こういうのはどうです」とペレロ。「全員で戻る。おれたちも帰りの車が使えて、楽ができます」

「そだそだ」猫田が同調。「全員で待ち伏せ。でねば、全員で戻る。これでいいんでねが」

「んだば——」吾郎は外来者三人を交互に見た。「あんたたちだけで、いってくれ。兵隊さんおふたりは、だれにも見つからず山を下りたい。山を下りたあとには、杷木くんの手助けがいる……虎、どうする」

「どうするもなにも。奴らの狙いはお前だべ。だから吾郎、お前もみんなと山を下りろ。奴らをやり過ごして下るなんざ、お前でなくおれの仕事だ」

「鉄砲も持ってねえのに」

「鉄砲なんか邪魔なだけだい」

一瞬、みなが黙る。

ペレロが静かに言った。「では、ミスター猫田が――」

「わがね」と吾郎。

「はい？」

言い直した。「駄目だ。虎が残っておれが逃げるのは、これぞ本末転倒だべさ。結のために戻るのに、なしておれがいかない」

「結論は出た、べな」猫田が重々しく告げた。「おれと吾郎はただ、自分の山に残るだけだ。あんたらはただ、それぞれの家に帰れ。そういうことだじゃい」

歩きに歩く。一分、二分、三分。

「少尉、おれたちはなにをしにここへ」

先をいくペレロは答えない。

「これでいいと思っているのか」

「評価は事が済んでから行われるものだ」

「駄目だ――」

杷木の怒号に、ふたりが足を止めた。

「どう考えても、駄目だ」

「そりゃ吾郎さんは腕のいい鉄砲撃ちかも知れないが、おれは我慢できない。おれは時代の証言者を守る任務だと聞かされて、ここにきた」

「聞かされていた任務内容が実際と違うことは、よくある」

「おれの場合は違う。おれは軍人ではないからな」

「どうしたいんだ」

「おれが戻る。結ちゃんの帰宅を阻止しに、おれが戻る」

杷木はだれの意見も聞かず、きた道を戻りはじめた。

「杷木――」ペレロの声。

「止めても無駄だ」

「違う。待て」

ペレロが走ってきた。

「トンネルへ出てからのガイドは、現地調達してくれ」

「おれは日本語ができる。なんとかするよ」

杷木は足を止め、振り向いた。

「これを」

ペレロが、立坑にいた射手の持っていたライフルを差し出した。

「いらない。おれには使いこなせない」

「では、これを」

「なにがだ。杷木」

ペレロは自分のブローニングを抜き、杷木の手に握らせた。

「お前のおんぼろコルトよりは、かなり使える」

「ありがとう」

「街で会おう」

「ああ。街でな」

杷木はきた道を走った。二度、躓いて派手に転んだ。

やがて立坑跡へと戻った。「吾郎さん？　猫田さん？」

「杷木くん？」

すぐに答えがあった。立坑入り口すぐ脇の吹きだまりが盛り上がった。いや、雪だまりではなく、雪を被った波形トタンが持ち上がったのだった。

「吾郎さん……まさか？」

「迂回するよりこのほうが早い。奴らは必ず仲間の様子を見にくる」

なんとか声を絞り出した。「しかし……近すぎる」

「だからいいだべ。この目で、奴らが通り過ぎるのを確かめられる」

――おれにこんな度胸があるか……おれにやり通せるのか……。

「猫田さんは」

あっち。吾郎が指した方向を見た。西側の森。杷木の呼び声が届いたのか、猫田が藪から顔を出した。

「猫田さんは迂回して山を？」

「目立つ足跡くっつけて、奴らの何人かを引きつけてやるとさ。罠で仕留めてやるって」

どこまで度胸のある連中なんだ。あるいはただ、老いて開き直っているだけか。

「で、杷木くん。なにしに戻ってきた?」

八

〝津山庭園〟こと、旧津山邸。木々はコモ巻きも雪囲いもされず、放置されている。手入れはしばらくされていないようだが、各々雪に包まれ、それなりの風情を醸していた。

立木が捜索に加わったのは、十一時過ぎ。無人であることはすぐ分かり、なんらかの証拠物を求めての捜索に切り替わっていた。母屋を無視し、裏手へ回った。コンクリート剝き出し、二階建ての箱。建物の際は、柵を隔てて竹林が広がっている。

建物の中では、小田恒子の証言内容を受けて五人の捜査員が立ち働いていた。がらんどう。物はほとんどない。建物用途は倉庫のはず。物のなさが、不自然さを際立たせる。そこここに、指紋採取を試みたパウダーの跡が残っている。

一階、二階と見て歩く。役に立ちそうなものは見当たらない。

かつてここでは人知れず、仕置きという名の拷問が行われていた。もちろんその痕跡などあるわけもない。だが、壁に残る小さな傷は信一の爪跡に、床の染みが信一の涙の跡に、見えてくる。

地下に下りた。地下は手前、奥の二間があった。手前にふたりの鑑識員がいて、ただ立っている。

「西署の立木です。ここは？」

若いほうが答えた。「機材待ちです」

「聞いているよ」多分立木より五つ以上は年上の男が言った。「あんたが端緒を摑んだってね」

隠す必要もない。「そうです」

不機嫌そうな顔。なにも出ないことに、腹を立てているのか。

男が言った。「きてみろ」

男が奥の間へ入った。立木も続いた。

ステレオセットがあるだけで、あとはなにもない。

「部屋の中央、分かるか」

「分かります……コンクリートの色が違う」

一メートル四方ほどの範囲で、明らかに色が違う。

男は銀色に輝く小さなハンマーで、床を叩きはじめた。

数度ずつ、床を軽く叩いてみせた。「分かるだろう？」

分からない。立木は屈んで耳を寄せた。「もう一度」

男がまたハンマーで床を叩いた。「な？」

まったく分からない。「……言われてみれば……」

「だろう。空間がある。なにか埋められているぞ……だから機材待ちなのさ」

「探知機？」

「ドリルだよ」気分を害したように見えた。「この下になにかあるのは、おれのハンマーが証明した。あとは掘るだけだ」

「なるほど」

一旦外に出た。車に戻って無線を使い、本部に現状を求めた。神代たちが足にどういう車を使っているのか分かっていないが、津山信一の車を含め、津山名義の車が三台、どこにもないという。日常の足として神代たちが使っていたものと思われる。そのため、津山名義の車三台の車種、ナンバーが県内の全警官に伝えられた。

立木はシートにもたれ、ひとりごちた。恐らく、神代たちは街を出た。他人の財産を好き放題に浪費し、どこかほかの街へ。あるいは、母国フィリピンへと向かっている。フィリピンとは、犯罪人引き渡し条約がない。数千の島、深いジャングル、点在する街。逃げ込まれたら、捜索は困難を極める。

信一を連れて逃げるわけはない。だから信一は県内のどこかにいる。生きているにしろ死んでいるにしろ、信一はいる。

最悪なのは信一が遺棄され、何年も、あるいは永遠に見つからないことだ。五年前の事件と神代を繋ぐ物は、今のところ、家政婦小田恒子の証言しかない。できれば、いや、どうしても信一の証言が欲しい。

――だが恐らく、信一はもう……。

バンが一台、路肩に横付けした。重そうなプラスチックケースを持ったふたりが降りてきて、庭園へと向かう。立木は車を降り、彼らのあとを追った。

耳を聾する破壊音が響くこと、五分。最初に現れたのはビニールシート。ハンマー使いの鑑識員が、シートを剝がしていく。

シートに包まれたものを見た全員が、もちろん立木も、その場で手を合わせた。

九

――こんなこと、無理だ。

錆び付いたトタンの苦い香りを吸い込む。

――絶対見つかる……見つからないわけがない。

立坑入り口のすぐ脇、杷木はトタンの下に伏せていた。ただ寝ていればいいだけ。吾郎が可能だと判断したことだ。だから大丈夫……。

――とは思えん……。

寒さのせいではなく、杷木は震えていた。

木立の中で銃撃に耐えていたときは、恐怖を感じなかった。仲間がいたから、興奮状態だったから。

今は、心底怯えていた。静まり返り、だれの呼びかけもなく、体は刻々と冷えていく。体が冷えるのと比例するように、心も萎えていく。

猫田がしようとしたように、森の中を迂回すればよかったか。数百メートル単位、もしかしたら一キロ。それだけの距離を正確にスナイプする腕を持つ敵がうろつく森を、勘に頼って行軍するなど、考えたそばから却下だった。

ならば、吾郎の策でも猫田の策でもない、自分の策を考えればいい。とは思う。だが、その策がまず、浮かばない。生まれてはじめて、雪を呪った。昨日なら、やり過ごすこと自体はまだ容易だった。ここには立坑跡のほかにズリ山があり、崩壊した作業建屋がふたつある。小屋も、打ち捨てられたトロッコも、廃材の山もある。

すべて、まっさらな新雪のせいで使えない。

軋む音。息が詰まる。そっと、無線の電源を切った。

耳を澄ます。なにも聞こえない。

止めていた息を吐いた。

軋む音。

確かに聞こえた。雪を踏む音だ。意識せずとも、全身が硬直した。

一分か、二分か。一時間か。感覚が乱される。

また聞こえた。だがさっきとは違う音。擦れるような、撫でるような音。

長い時間が過ぎる。

また聞こえた。すぐそば、杷木と多分、一メートルも離れていない。

杷木はハンドガンを持たされているとは言え、人殺しの訓練など受けたことのない、ただのガイド、フィリピンから日本へきた要人を連れて歩く添乗員である。特殊なガイドの要請がきたことはある。何度も遂行したが、今までただの一度も殺しが絡んだことはなかった。

窃盗のようなこと、盗撮、盗聴。だれかを尾行するだれかを管理するだれかの付き添い、通訳。限りなく黒に近い、灰色の仕事の数々。だが、殺しだけはなかった。

生き延びたら、この仕事を辞める。いや。倒れた仲間の遺骨を故国へ送ったら、絶対に辞める。

いろいろな局面で、例えば高校や大学の受験、絶対に負けられないバスケの地区優勝決定戦、あの娘やこの娘に告白する直前、神に祈った。

——神様……今度だけはほんとうに頼む。

これからは、日本のために働く。

——虫が良すぎる？

立坑の中で微かに音がした。奴はいつの間にか、中に入っていたようだ。衣擦れのような音がした。

また、音が途切れた。長い時間が過ぎる。

「こちらカミ——」

縮み上がった。頭のすぐ脇だ。

「塔はクリアー、塔の前に集まれ。無線を使うな」

吾郎の見立てが外れた。彼らはここに集まってくる。

その後、また音のない時間が流れた。カミとか言う奴は動いていないのか、動いているが静かすぎて感じ取れないのか。そもそも、生きているのか。息遣いも衣擦れも、あくびもくしゃみも、なにも聞こえない。

馬鹿な考えが過る。奴は、死神か。

やがて、囁き声がした。「カミさん？」

はじめて衣擦れの音がした。別の声がした。

「中はどうだ」

近くではない。ここに集合と言っても、ずらり並んで談笑というわけではないようだ。あくまでも、襲撃を警戒している。

「赤間はやられた」

「死んだのか」

「そうだ」

間。

「ライフルと無線がない。ここまでの交信を聞かれていた可能性がある」

「くそ」

「使用バンドを変えないとな……大丈夫か」

「赤間の仇を」

血が頭に上がった。それはこちらの台詞だ。だが、息を潜めて寝ているしかない。

別の声が言った。「伊沢もそうだが、おれはあのじじぃをどうしても殺りたい」

「足は」

「問題ない」

「ここから先は今までのように散開はできない。足跡を追う」

「絶対奴らの足跡を踏むなよ」

「ミゾは先に立って金属探知機を使え。バズーカマイクも使いたいところだが、一本道だ。効果的な運用はできない」

こだま。発砲音だ。かなり遠い。遠さを考慮したら、吾郎たちか。また待ち伏せにあったのだろうか。

耳を澄まし、待つ。銃声は一発だけだった。

「今のは」

「分からん。追うぞ」

その声を最後に、声が途絶えた。

まだ動けない。動く気にならない。こちらの潜伏を分かっていて、見張っているのではないか。

また、発砲音。一発だけだ。なにが起きているのか。

――無線を？……そういうことか。

奴らから奪った無線は杷木が持っている。だが、使用しているバンドは吾郎たちも分かっている。カミが仲間を呼び寄せたときの交信を、聞いていたのだ。

――援護射撃ありがとう……吾郎さん。

意を決して、トタンを跳ね上げた。

だれもいない。撃ってもこない。助かった。

辺りに目を配るが、人影はない。彼らは登山道に消えた。

――今から追って、ひとりだけでも仕留めるか。

駄目だ。自分の役目は、無事逃れて結を救うことだ。

奴らから得た無線のスイッチを入れた。

《赤間が仕留めた獲物の総数に、通信バンドを変えろ。全員だ。今後はこのバンドを捨てる。以上》

《こちらアク……》言いかけて口ごもった。《こっちはそんな数知らない》

《フジに聞け。以上だ》

奴らの交信はもう、聞けない。

あとは、走る。ここで三十分ほど浪費した。時間がない。

——おれにあんたの心臓を貸してくれ。

神に祈り、絶え間なく降りしきる雪の中へ躍り出た。


立坑跡から先は本格的な山道。傾斜がきつく、道幅は人ひとり分ほどしかない。蛇行しながら緩やかに東へ曲がっていく道の右手は急峻な岩壁が立ち上がり、左手は底の見えない谷。この道は足跡を散らすのが不可能な道だった。一列縦隊を作ってただ、急ぎに急いで距離を稼ぐしかない。

先頭に吾郎が立って歩き、ペレロ、エネリット、猫田と続く。ペレロは立坑にいた射手が使っていたライフルを背負っていた。鍛えられているはずの彼らだが、ふたりはお互いに母国語で言葉を掛け合いながら歩いている。吾郎には意味が分からないが、激励し合っているように感じた。

背の高い木立が少なくなっていき、背丈ほどの低木や薄茶色に冬枯れた藪が目立っていく。

立坑跡とグラマン沼の中間地点に当たる、おがみ沢の微かなせせらぎが聞こえてきた。

《こちらカミ……塔はクリアー……》

無線が息を吹き返した。全員が立ち止まり、耳を澄ませた。

《塔の前に集まれ……無線を使うな》

途絶えた。

猫田が囁いた。「電池切れたか」

ペレロが言った。「違う。恐らく、仲間の無線がないことに気がついたんだ。交信を傍受されていると悟った」

「いこう」吾郎は歩き出した。「杷木くん、無事だといいんだが」

猫田が言ってくる。「多分駄目だべ」

「なにを言う」

「あいつは玉無しだべさ」

「なんでそんなこと」

「ああいう甘いマスクはそうに決まってら」

ペレロが笑っている。

「お前の偏見にはもう耳を貸さねえ」

吾郎は立ち止まり、いきなり一発撃った。

「なにすんだ」

「援護だべさ……こっちゃこーい」

もう一発。

「吾郎さん、やめてくれ」

排莢し、言った。

「杷木くんには無事いってもらわんと困る。結かおれかで言えば、生き延びるべきは結のほうだ」

ペレロは降参の意味か、手のひらを振ってみせた。

「さ、いくべ」

おがみ沢を過ぎ、つづら折りの道をいく。

《こちら杷木……こちら杷木……》

生きていた。

「無事かい」

《今、山を下ってる。追手は三人。といっても三人分の声を聞いただけだけど》息が荒い。走りながら話しているようだ。《あいつら、金属探知機やバズーカマイクとかいうの、持ってる》

金属探知機は本来なら、仕留めた獲物のどこに弾があるか探るために使う。バズーカマイクとは恐らく、高性能集音機。これも獲物を追っているときに使う。吾郎は持っていないし使ったこともないが、両方、狩りのとき携行しても不自然ではない。

ただ、今は金属探知機が猫田の仕掛けを探るため、マイクが吾郎らの足音、息遣い、衣擦れを拾うために使われている。

《無線がないことにも気がついた。バンドを変えるだろう》

「杷木くん、結を頼む」

《任せてください……必ず……》息がかなり苦しそうだ。《とりあえず、通信終わります》

「やりやがった」猫田が感心している。「玉、あったべな」

「ん」

先を急ぐ。杷木の連絡から計算して、追っ手は二十分だけ、後ろにいる。

くねる山道を辿っていく。フィリピン人ふたりは明らかに疲弊しかかっていた。

さっと、頭上に白い天空。

視界が開けた。まだ全面凍結していないグラマン沼、そしてその向こうには優雅にそびえ立つ、白亜のパラボラアンテナ。季節に関係なく、ここへ週に一度通っている吾郎だが、雪の中のパラボラアンテナの立ち姿には、いつも惚れ惚れする。

四人は沼のほとりに並んで立った。

「これが自慢のお皿だべさ……ま、おれのじゃねえけども」

「おれははじめて見る。隊員たちには聞いていたが――」ペレロが感嘆交じりに言った。「なるほど……あってもいい」

猫田が訊いた。「あってもいい？」

意味は答えなかった。「ああ……あってもいい」

無線が急に息を吹き返した。

《こちら杷木……吾郎さん？　今、無事家に着きました》

吾郎の家の屋根が見える。冬枯れた藪の中、杷木は歩みを止め、乱れに乱れる息を静めようと試みた。胃液が喉まで上がってくる。ついには我慢できずに、朝食を吐き散らした。

立坑を脱してから旧トロッコ道を走りに走った。奴らの交信内容を信じ、待ち伏せはないと考え、とにかく走った。

そして今、吾郎の家から見て北東方向の藪の中にいた。猫田が、ふたりの射手を罠にかけた藪だ。

周辺を眺める。

車が一台増えている。襲撃早々に消えたアモンの車ではない。新手か。

しばらくそのまま待機。動きがないか見張る。阿久津とかいう奴が多分、家の中にいる。手下も何人かいるだろう。つまり、いくらここで考えても正確な数は分からない。

腕時計を見た。午後一時四十分直前。一時間の道のりを、四十分で駆け抜けた。吾郎も感心してくれるだろう。

「こちら杷木……吾郎さん？　今、無事家に着きました」

しばらくの間。《杷木くんかい》

「家のそばに戻った。だけど、家の中の様子が分からない。もう結ちゃんが戻っているなんて、ないでしょうね」

《土曜の授業は十二時半で終わり。バスを使うから、麓までは最低一時間かかる》

「足して一時半ですね」

《結は友達とお昼食べてから帰るだろうから、さらに三十分から一時間は足すべ》

「分かりました。山を下ります。吾郎さんは今どの辺りですか」

《お皿の辺りをうろついてる》

移動をはじめた。藪の中をいく。吾郎の家を迂回して下山道まで。彼らから見えないところに出たら、道を下っていく。結が上がってきても大丈夫。道は一本。必ず出会える。

移動をはじめた。藪を抜け、廃屋群へ入り込んだ。朽ちかけた家々の間を歩いていく。

足跡を見つけた。まだ新しい。なにかを引きずった跡がある。つい、汚れきった窓から中を覗いた。

居間に当たる部屋か、だれかがいる。床に工具箱。男がひとりいて、ドライバーを使い、鴨居に穴を開けているところだ。足下には縄の束。そして、壊れた操り人形。

――違う……あれは人だ。

意識はないらしい。手足を投げ伸ばし、倒れている。鴨居に穴、縄、意識のない人。

――こいつは……どう考えればいい。どっちの側だ。

首を吊らせようとしているのは分かる。だが、どこのだれなのだ。アモンたちの側にいるのか。なら、なぜこんなことをしている。内紛か、なんらかの証拠隠滅か。

救うべきか、救わざるべきか。

むっくりと、操り人形が半身を起こした。体がふらふらしている。泥酔しているように見えた。

男は気づかず、作業を続けている。

窓越しに、操り人形と目が合った。ただ目を向けているだけ。感情がない。見えていないのかも知れない。

操り人形の首が、ごくゆっくりと反転していく。作業を続けている男の背に、顔が向けられた。手が、工具箱に伸びていく。

——やめろ……なんだか知らんが、話をややこしくするな。

操り人形はドライバーらしき尖った工具を手に、緩慢なしぐさで立ち上がった。

——どうする……止めるべきか……。

操り人形は大きくバランスを崩して倒れかかり、持ち直し、ふいに男の背中にドライバーを突き立てた。

——逃げろ。

廃屋群の中を駆け抜けていく。自分に言い聞かす。大丈夫だ、奴は連中の仲間で、なにか不義理をしでかして、究極の代償を払わされようとしていた。刺されたほうも、悪党、刺したほうも悪党に違いない。ただ、それだけのことだ。だから——。

廃屋が途切れた。先は、真っ白い休耕田が広がっている。

ここを渡るわけにはいかない。あまりに目立ちすぎる。踵を返しかけたとき、腹を強く押され、倒れた。一瞬遅れて、銃声のこだまが響く。

撃たれた。痛みは感じない。だが、手足がまったく言うことを聞かない。動こうとしない。どこを撃たれたのかさえ、分からない。

——頼む……動け……動け……。

右腕が、少しずつ反応してくれた。腕を引き寄せ、上着のポケットへ。無線機を摑む。だが、重い。ほんの数百グラムのはずだが、鉄アレイなみに重い。

そろそろ、そろそろ、引き上げていく。

「こちら杷木……杷木……」

雪を踏みしめる音。近づいてくる。

《吾郎さん……すまない──》

無線が蹴り飛ばされた。

「よう、ご同輩。詳しく話を聞きたいね」

男に、半身を引き起こされた。

「こちらシミ……杷木を仕留めた。まだ生きてる」

思った通りだ。

金属探知機が警報音を出した。浜田が雪をどけていく。くくり罠だ。火薬の仕掛けではなかった。

神代たちは、沢を目前にしていた。その直前、罠を見つけた。これで三ヶ所目だ。

気をつけていれば、見つけるのはたやすい。たやすいが、距離を稼げないというのも、事実だった。待ち伏せを警戒しながらの進軍は、しんどい。

《こちらシミ……杷木を仕留めた。まだ生きてる》

「ひとりだけか」

《多分……念のため、辺りを見回ってみる》

「阿久津に引き渡せ」

《了解》

「残り、あと四人だ」

浜田が金属探知機を使いながら先頭にいた。「突っ走って追いたいところだがな」

「阿久津の手下、三人が足を吹っ飛ばされた。おれはお勧めしないね」

「そいつら、どうするつもりかな」

「放っておくそうだ。足がつかないんだとさ」

十

——根雪一日目で……。

結の、電話線に対する感慨である。

——もうちょいがんばってよお、ほんと。

授業が終わり、友達と駅前のファストフード店で昼食を済ませ、お喋りも早めに切り上げて帰路についた。もっとお喋りしていたかったが、南国からきた友人たちに雪合戦を教える約束を忘れていなかった。

最寄り駅で家に電話したところ、うんともすんとも言わない。去年も二回あった。電話線が切れたのだ。

電話会社に文句を言うべきか、もっと根本的に電話線を作っている会社を責めるべきか。

ぷりぷりしながらバスに乗り、途中、加納駐在の家に寄った。土曜の午後、奥さんも子供もいなかった。仕方なく、またバスを使う。

いつもと同じように営業している弥勒亭に着いたのは、午後二時過ぎ。バスを使ったにしては、早く着いたほうだ。

弥勒亭で電話を借りた。不通。諦めた。吾郎が勘を働かせて捜しにきてくれるまで、どのくらいかかるだろうか。ここにくる間、すれ違いをおこしている可能性もある。

山を歩きで登るのはしんどい。一時間半から二時間、かかる。

「結ちゃん――」

おばさんが声をかけてきた。窓側の席を掃除していた。視線は、窓の外に向けられている。

「あれ、ポチじゃない？」

「え」

窓の曇りを拭き、外を見た。ガードレールに寄り添うように、犬が一匹歩いている。

「たいへん――」

結は飛び出した。ポチは、吾郎が山じじぃ結が山むすめと同じように、山犬だった。年に一回の狂犬病予防注射のとき以外、山を下りない。車には慣れていない。

「ポチ、ポチっこ――」

声をかけて近づいた。ポチは結を見つけ、走りよってきた。様子がおかしい。左後ろ足をやや引きずっている。表情はしかし、いつものポチのまま。笑顔で近づいてきた。

車に当たったのだろうか。ポチはすぐそばまでやってきて、急に止まり、一声吠え、飛びかかる恰好をしてみせる。いつもの動き。元気ではある。

「じゃれてる暇はないって。そばおいで」

結が近づくと離れ、また寄ってくる。近づくと、離れる。

「もう、ポチっこ！　こい！」

ポチがようやく、結のそばにきた。結は首輪を掴み、左後ろ足の様子を確かめた。血は見えないが、いじり回すと痛そうな風情だ。

「さて……どうしよう……」

店まで引っ張っていく。玄関を開け、おばさんに訊いた。

「おじさんいる？」

「買い出し」

当てが外れた。おばさんは、運転できない。去年、飲酒運転がばれて免許を取り上げられている。

「そこのビニールひも、ちょうだい」

急ごしらえのリードを作った。首輪に結ぶと、思った通りポチは、がしがしと噛みはじめた。溜め息ひとつ。「噛むな、ポチっこ」

「待ってりゃいい」とおばさん。

「じーちゃん、山下りたかな」

「あたしは見なかったけど、ずっと道を見張ってるわけじゃないし」

「だよね」

いつか吾郎が電話の不通に気づいて自発的に下りてくる。でも何分後、何時間後だろう。歩きで登って二時間かそこら。歩いているうちに、下りてくる吾郎と出会う確率は。あるいは吾郎が、あとから山を登ってくる確率は。

ちゃんと見ていないとひもを噛み切る可能性のある、ポチ。

「しょうがないなあ、もう……歩くか、ポチっこ？」

「ほんと難儀だねえ。あたしも店、空けるわけにいかんし。こんな天気だ、我慢して待ってなよ」

「うーん……」

「そうだ結ちゃん」

「なに用かな」

「あれがある」

ポチの両足を持ち上げ、拍子をつけて言った。「あれとはなに」

「もしよかったらうちの旦那のスリーター、貸してあげるけど、どうする」

「うほーい」

我知らず歓声が出てしまう。スリーターは、期待以上の働きを見せてくれた。後輪二本のスノータイヤがぐいぐいと、結とポチを運んでいく。

「やっぱしこれ、貰うかな？　ねえポチっこ？」

後ろの荷台にいるポチへ声をかけた。おばさんに手伝ってもらって荷台へ大きな段ボール箱を据え付け、ポチの座席を作った。ポチはおとなしく箱の中にいた。

「しっかりつかまってて。ポチっこ――」

カーブは慎重過ぎるほど慎重に速度を落とした。雪のカーブ。スリーターだろうが車だろうが関係なく、スリップの危険がある。

順調に山を登っていく。平地に比べれば若干進みは遅い。

鬱蒼とした森がぱっと開けた。甲ダムだ。三分の二、登った。

何気なく眺めたダム湖。まだどこも凍結していない。

結はアクセルを緩め、ダムの上、真ん中で停まった。

なにかが湖面に浮いていた。銀色のスーツケース。波紋を打っている。

道の先を探る。人や車の姿はない。不法投棄だろう。

「こんなのはちゃんと捕まえて、罰金取ればいいんだ」振り向いてポチへ言った。「ひゃくおくまんえん。ねえ、ポチ」

アクセルを捻ろうとした。しかし、手は止まった。

――あれはどう考えればいいのかな。

スーツケースから、微かに湯気が立っているように、見えないか。

目を凝らす。確かに、湯気が立っている。ポチを顧みた。

「……もしそうだったら……許せない。ポチもそう思うよね」

ポチは去年の冬、ここで拾った。今日のように雪の降り積もる午後、微かに湯気の立つ段ボール箱を見つけた。吾郎を説得し、箱を回収した。中に、五匹の子犬がいた。その中のただ一匹の生き残りが、ポチだった。

「いくよ、ポチ」

ポチはわんともすんとも言わない。

「おとなしく待ってるんだよ」

結はスリーターを降りた。

ポチを救った去年と同じように、堰堤の突端にある鉄のはしごを使い、湖畔へ下りた。湖は幅が六、七メートルしかない。だが、総延長は一キロほどもある。

スーツケースは、取水口へとゆらゆらしながら寄っていく。取水口はほぼ堰堤の真ん中にある。取水口そのものは湖底近くにあって見えない。コンクリート製の箱が、取水口を覆っている。だれかが落ちたとして、取水口そのものに吸い付けられたら、死ぬ。そのための頑丈な覆いである。

去年はどうしたか。この覆いの上から、箱を引き上げたのだった。

だから、まったく同じことをした。堰堤の壁面の桟に足をかけ、伝い歩く。覆いの上に移動。そこでしばし、スーツケースを待つ。

近くで見るとやはりだ。微かに湯気が立ち上っている。

「ポチっこ？　兄弟分ができるよ」

声をかける。ポチはなにも言ってこない。

「子猫だったとしても、仲良くするんだよ」

手の届くところまできた。

「重た……死体でも入ってたりして……」

スーツケースの取っ手を摑み、引き上げようとする。とてつもなく重い。

「これ、子犬でも子猫でもないな」

多分、ゴミだ。成犬でもここまで重くはないだろう。

「札束……なんてね」

吾郎と結とで山分けし、左うちわ。吾郎はこの森を買い占め、使用人を雇って優雅に……。

面白くなってくる。あとで吾郎に話そう。中にどれほどくだらないゴミが入っていたか、確かめる必要がある。こういう話には、落ちというものが必要だ。だから、もう一度。

奇声を張り上げ、踏ん張った。

「上がってよお――」

上がった。拍子に尻餅をついた。

「いたた……」

鍵はかかっていなかった。開けた。

大きな人形が入っていた。これだけ大きくてグロテスクなほど人の子供に似ているのだから、もしかしたら、腹話術とかに……。

結は飛び退いた。壁面に激しく後頭部をぶつけてしまった。

「こんなの……勘弁して……」

人だ。デニム地のズボン、セーター。上着は着ていない。青白い顔、紫の唇。

しばらくその場を動けなかった。震えがきて、吐き気がして、恐怖がきた。

——どう考えたって、遺棄だ。

辺りを見回す。人影はない。音も聞こえない。

「落ち着こう」

喉や鼻がひきつけを起こしかけている。

「泣くな……泣くなってば……おらは涙が似合わんキャラだべさ」

ゆっくりとそばへいき、肩をついた。反応はない。死んでいる。

——でも、あの湯気は？

ある限りの勇気を振り絞り、男児の頰へ手を触れた。死んだように白い。だが、温かい。

まだ温かい。服は濡れていないようだ。肩を揺すった。反応はない。

自分の手袋を外し、男児の口へ手をかざした。息をしている。まだ死んでいない。スーツケースから男児を引き出した。

「ねえ！　起きて！」

声をかけ、頰を叩いた。

小さな咳がひとつ。男児が薄く目を開けた。

「大丈夫？　歩ける？」

男児は中空に視線を彷徨わせるだけで、返事をしない。

男児を抱き寄せた。体全体をさすってやる。

「どうすれば……どうしよう……」

自分ひとりなら岸に戻るのは簡単だ。子犬ならちょっと抱いて、桟を渡れるのだが、動けない男児を抱いて、桟を渡れるか。多分、無理だ。

男児を助けたとして、下って弥勒亭までは三十分から四十分。上へ向かって家までは十数分。

スーツケースに入れられた男児は、濡れていなかった。

「ごめん……ほんとうにごめん……ほんの一分か二分だから、我慢して」

結は男児をスーツケースの中に戻した。手足を折りたたみ、そっと閉じる。男児は目を開いているが、抗う素振りをまったく見せなかった。

大きく溜め息をひとつ。「よかったべ……無視しないでおいて」

結は着ていたダッフルコートを脱ぎ、丸め、狙いをつけて堰堤の上に放った。狙い通り、コートは堰堤の上に落ちた。

大きく息を吸い、歯を食いしばる。

スーツケースの取っ手を摑んだまま、そろそろと自分の体を湖水の中へと落としていく。凍結直前まで冷やされた水が、結の体を包んだ。

「ひゃっこいよう――」ほとんど絶叫に近い声が出てしまう。「頑張れハート、負けるなハート……」

心臓にエールを送りながら、必死で水を蹴る。

「待ってて――」怒鳴っていた。「すぐだからね――」

思った通り、スーツケースは浮いた。結の足は湖底には着かない。スーツケースにしがみつき、水中で足を蹴る。

「もうすぐ、もうすぐ――」

駄目だ。堪えきれない。水を吸った服の重さに、負けそうだ。覚悟していた寒さにも、太刀打ちできそうにない。もう、足が痺れてきた。

手が滑ってスーツケースを離してしまった。途端に水の中へ引き込まれ、頭の先まで水に浸かった。渾身込めて腕を振り回し、スーツケースの取っ手を摑んだ。

再び湖面に戻れた。たらふく水を飲んでしまい、咽せに咽せる。

悲鳴に近かった。「ポチっこ、助けて――」

わん、と一声。

つま先が、湖底を感じた。

蹴る。蹴る。蹴る。

岸に着いた。

助かった。乱れた息を整えにかかる。

「死ぬかと思った……のどちんこ痛い……」

ぐずぐずしていては、男児を助けても自分が凍死する。スーツケースを開けた。男児はまだ生きていた。うつろな目で、結を見つめてくる。

「よっこい――」男児を抱き上げた。「――しょ」

足は力なく垂れたままだが、小さな手が、結の肩を弱々しくも摑んだ。

「そ。いいぞ。摑まって」

下りてきたはしごを、後ろ昇りで上がっていった。

堰堤の上に着いた。荷台の箱から降りていたポチが、足を引きずって出迎えにきてくれた。

ポチは男児に興味津々。しきりに鼻をくっつけてくる。

結は堰堤の上に投げ込んでおいたダッフルコートで、男児をくるんだ。

「さ、まずは家にいってあったまる」

ポチを荷台の段ボール箱へ戻し、男児はフットレストへ座らせ、エンジンに火を入れた。シートに跨がり、両脚で男児の体を挟む。

「じーちゃんも加納の柔道ばかも、腰抜かすよね」

アクセルを捻った。

「飛ばすよ、ポチっこ――」

十一

「少尉？　ここで死ぬんでしょうか」

「話すな……先を急ぐんだ」

「うまくいきっこありません……ああ、吸い込まれる」

「左を見るな。前だけ見ていろ」

「ちゃんとした装備さえあれば――」

「頭を上げるな」

「でもこんな長い距離を――」

「口を閉じろ……雪と風が、救ってくれる」

「ミスター伊沢の言葉ですね」

「この森の主が言った。風と雪が手を貸してくれるとな。信じるんだ」

「しかし結局……我々は彼を見捨てました」

「彼が望んだことでもある……おれたちが、無事山を下りる」

「ヘリの救援があればなあ……ああ、ここにきてくれ。ブラックホーク」

「泣き言は聞きたくない……おれとお前で作るぞ、記録をな」

「なんの記録です」

「決まっているだろう？　匍匐前進の最長記録だ」

十二

午後二時半。杷木が捕まって、五十分ほどが過ぎた。杷木は土間の隅に転がされている。

「カミ、応答しろ」

《こちらカミ――》

吾郎の家には杷木のほかに三人の男がいた。阿久津と、その手下がふたりである。杷木を撃った射手は、あれきり見ない。熱に浮かされた頭で思い返す。廃屋の中のふたりは、どうなったのか。だれだったのか。

「どうして駄目なんだ――」

阿久津が押し問答を続けている。阿久津は、杷木の無線を使って吾郎たちにメッセージを送ろう、と提案している。仲間の命が惜しければ、という決まり文句には効果があるはずだ、と考えているようだ。

カミという名でしか知らない交信相手は、阿久津の提案を却下している。その話を聞いていれば、カミという男が真のリーダーで、かつ、頭のいい男だということが分かる。カミは、下らん脅迫などせず、奴らの無線交信を傍受したほうがいい、と主張しているのだった。杷木が捕まった、無線も奪われたと分かれば、吾郎たちは交信バンドを変えてしまうだろう。

阿久津が粘っている。「試す価値はある。これ一発で決着するかも知れないんだぞ」

《意味のない脅迫だ。百歩譲ってだれかが山を下りるとしよう。だれがくる。吾郎本人はこない。やってくるのは粗末なハンドガン持った、兵の生き残りだ》

「そうは言うが実際はどうだ。杷木を捕まえてから一時間近くが経つ。奴らの交信は眠ったまだ。耳を澄ませていたってなんの情報も得られん」

《杷木が捕まったと、知ったんだろう》

「どうやって」

《杷木本人に訊け》

——吾郎さん……すまない。

撃たれた直後、これだけ言ったところで無線を蹴り飛ばされた。こちらの状況を感じ取ってくれたのだろうか。

「もう知っているならなおさらだ。耳を澄ましていても意味はない。こいつ本人に喋らせて、圧力をかけようぜ」
《いいから耳を澄ましていろ。これは古くからあるボードゲームと同じだ。将棋でも囲碁でも、チェスでもいい。同じことだ。手の読み合いなのさ》
「分かるように話せよ。お前はいつもそうだ」
《無線が眠っているのは、無線交信する必要がないからかも知れん。その場合考えられる状況はふたつ。ひとつ、全員同じところにいる。ひとつ、何組かに分かれはしたが、すでに向かう場所、やるべきことの打ち合わせは済んでいて、交信の必要がない。今のふたつに、交信バンドがばれたのでバンドを変えた可能性を加えて、計三つ。ほかにもある。ただ偶然、交信の必要がない時間帯だったという可能性。これで四つ……さらには、今の四つが複数結びついている場合もあるだろう。計算しろよ。おい、全部で何通りだ》
阿久津がしばし考え、答えた。「分かったよ。うんざりだ」
《どうしてかすでに全員死んでいる、という可能性も足せよ》
「うるせえ。分かったと言ったろうが」
《長々と話したが、脅迫めいたことをしても、杷木のような雑魚のために吾郎本人が投降することはない。いいか、急襲はあっても投降はない。これが、結論だ。だからな――》幼子にでも説く調子。《奴らが同じバンドを使う可能性は残り続けている。耳を澄ましていろよ……状況によっては、奴らからこちらへ連絡が入るかも知れん》
「例えば、どんな状況だ」
《全部言っていいのか》

溜め息。「いや、いい……大体、お前たちは今どこだ。あれから一時間近く経つ。頂上には着いたんだろう」
《まだだ》
「どこで油を売ってる。もう着いていておかしくない」
《応答は……あったのさ。今、対話をしている》
「あった？　詳しく話せ」
空電。
スピーカー越しに、だれかがなにかを叫ぶ声、それに続き、炸裂音が響いた。
《聞こえたろう。応答はあったのさ。頂上直前にいるが、上にいけない。花火が降りそそいでいる》
猫田が反撃している。猫田が踏みとどまっているということは、吾郎も一緒に違いない。
《ちょっと動く。五分後にまたな》
——ペレロとエネリットだけが、トンネルへ向かった……徒労だな、まさしく無駄だった。
自分たちが吾郎たちを巻き込んでおいて、結局、最後は手に余って見捨てた。吾郎がこの作戦に参加すると決めたのは金のせいだ。だが、私欲の金ではない。結の進学資金のためだった。エリースら、ガルシア将軍率いるスパイたちは、襲撃に参加したアモンの記録画像を使い、目的を果たすだろう。
——だが吾郎は。猫田は。
彼らの助力なくして、ペレロたちは逃れられなかったはずだ。そもそも日本が大東亜戦争を起こしさえしなければ、フィリピンへ進駐しなければ、こんなことにはならなかった。こういう理屈で、吾郎たちは捨てられ、結の進学資金も払われずに終わる。
《こちら吾郎……少尉さん、聞こえてらかい》
――やめてくれ……頼む……。
突如、杷木の無線が息を吹き返した。阿久津が勢い込んで無線を耳に寄せた。
《少尉さん、吾郎だども》
空電ののち。
《こちら少尉。聞こえている》
交信を止めさせる手はないのか。杷木が自分でどうにかするしかない。身動きしようとした途端、顔面に蹴りを食らった。
《こっちは今から、パラボラのケーブルを辿って北にいく。そっちはまだ向かってねえのかい》
《火薬缶を全部使い切ってから、あとを追う。ひとりでも爆殺できれば幸いだ――》
頂上に残っているのは、ペレロか。吾郎を先にいかせ、ペレロが残り、時間を稼いでいる。だれのための時間か。もちろん、吾郎のためだ。
――正直言う。あんたを見直したよ、少尉。
《――ミスター伊沢の足跡を追えばいいだけだ。迷うことはないだろう》
《一本道だから迷いようはないと思うけども、万が一、道を外れたら遭難する。雪は激しくなるし、これから風も出てくるべ。慎重にな》

《ところで、その脱出口というのはどういう形をしている》
祈るしかない。まだ間に合う。止めてくれ。
《四角くて長細い、コンクリート製の箱みたいになってら。ドアが一個ついてる》
まだ間に合う。
――ペレロ、不安は分かるがもう納得してくれ。黙れ。
《そこを真下まで降りると、トンネルなんだな》
《そだ。不知縦貫トンネルの真ん中辺りに出る。トンネル歩いて出たら、公衆電話を使うもいい、バスも使える。もっと歩いて駅へいってもいい。つまり、助かるべえよ》
終わった。
《分かった。もうすぐあとを追って出発する。交信終わり》
阿久津がカミへと連絡を試みた。なかなかカミは応答しない。阿久津は報告を後回しにし、地図を広げて検分しはじめた。
杷木も計算してみた。山を下りるのに四十分。だが雪のせいで五十分から一時間はかかる。短く見積もって五十分とする。弥勒亭のある峠を下りて街道へ合流。北上して不知縦貫トンネルまで走る。すべて合わせて、一時間半から二時間の間。最短を採用して、一時間半だ。パラボラから脱出口までは、吾郎の話だと、二時間。今、吾郎がどのあたりまで進んでいるか、正確には分からないが、杷木が吾郎たちと分かれたのは立坑跡、十二時半ほどだった。
――計算が合わない……。
立坑跡からパラボラまで約一時間。パラボラから脱出口まで二時間。三時間かかる道のり。

今、二時四十分前後。立坑跡で分かれてから、二時間十分だ。

——今からパラボラのケーブルを辿って北に……今から？

単純計算で一時間強の空白がある。吾郎たちは一時間も、どこでなにをしていたのか。

立坑跡でカミたちをやり過ごした時間から計算すると、吾郎たちとカミたちの差は三十分ほどだ。やってくるカミたちを三十分の間、どこに向かうでもなく待ち続け、その後、攻撃をはじめた。多少の誤差はあるだろうが、頂上付近の攻防がはじまって三十分から四十分ほどで、今の時間になる。

——おれだ……おれのせいだ……。

杷木は意識せず、震える息を吐いた。

——おれが捕まったのを知った。だから、計画を変えた……。

撃たれたとき、とっさに吾郎へすまないと交信を送ったのは、ほんとうにただ、謝りたかったからだ。助けを求めた叫びではない。決してそれは違う。

——ほんとうにそうか……。

——そうさ。自分が捕まれば結に危険が及ぶかも知れない。だからその警告をするのは、当然だろう。

——撃たれて痛くて、たまらなかったんだろう。

——違う、それは違う。

——お前の無線はどういう結果をもたらした？

——くそ。言うな。

——はっきり言ってやる。吾郎、猫田、ペレロ、エネリット……脱出口に向かった者は、ひとりもいないぞ。

——そんなはずはない。

——山の頂上にだれかがいて、ほかのだれかがここに戻ってこようとしている。そのための空白、一時間十分だ。分かっているくせに。ペレロとエネリットふたりが残って、吾郎と猫田が脱出口へ向かったとでも？

——ああ、そうさ。そうに決まっている……。

——お前は大きなミスを犯したのだよ。立坑跡での判断だ。吾郎と猫田を家に帰し、お前たちが逃げ帰れば良かったのだ。はっきり言おう。吾郎なら、失敗しなかっただろう。今ごろは戦場を抜け出して、弥勒亭へ向かって下山道を歩いている。猫田と一緒にな。

返す言葉は、なにもない。

——立坑跡でのやりとりを考えてみろ。この期に及んで、吾郎が、自分だけ逃げると思うか。

——あのときだって、おれに任せてくれた。だから……。

——認識が甘い。あのときお前が任されたのは、敵と遭遇せずに山を脱して、いち早く弥勒亭に向かうことだった。だからこそ、杷木、お前は任されたのだよ。今、吾郎たちのやろうとしていることが、なんだと思う？

——分かったよ。充分理解した。だからもう、ひとりにしてくれ。

——結が戻ってくる。どうする。

——結は戻ってこないさ。弥勒亭でおとなしくしているはず……。

なにか聞こえる。

我に返った。

外から聞こえてくる。甲高いエンジン音。バイクの音。結ではないはずだ。結のバイクは表にあり、カバーがかけられたままだ。

エンジン音は突然途絶えた。そもそもエンジン音ではなかったのかも知れない。家で使っている水ポンプをだれかが動かしたのか、阿久津たちが持ち込んだ電動工具の音か。

戸口に人影。あの男、シミとかいう射手だ。

「阿久津さんよう。妙なことになりそうだ」

「今度はなんだよ」

「なんか知らんが……女子高生を捕まえた――」

――神様……。

「犬一匹と子供ひとりを連れてな」

――祈りが足りなかったとでも言いたいのか。

「こういうのはいやだ。あんたが面倒見ろよ。おれは知らんよ」

シミが右腕をひと振りして、大きな影を土間へ投げ込んだ。見知らぬ子供を抱いた結が、転がり込んできた。

結が子供を固く抱き、素早く辺りを見回した。杷木の顔へ、視線が止まった。

言葉が見つからない。なにを言う。平気だ、とでも？

シミが表を振り返り、呟いた。

「あ……犬が逃げた……」

「そっち――」

叫ぶ。

「浜田、回れないか」

「無理だ……くるぞ！」

缶が、いや、もう缶とは言わない。手榴弾が落ちてきた。

「伏せろ――」

手榴弾はつづら折りの中ほどで炸裂した。

「浜田――」

「オーケー」

「溝口――」

「無傷」

阿久津の手下たちを粉砕した手製手榴弾だ。ご丁寧に、散弾やら釘やら、釣りに使うウェイトやらが混ぜ込まれたもの。威力は、本物と遜色ない。

神代たちは、頂上まであと一歩のところまできていた。木がなく、岩が剝き出しになっている荒れ地。吹きっさらしに近いこの斜面に刻まれたつづら折りの坂を登らないと、頂上へはいけない。

高低差二百メートルほどの斜面。三分の二くらいまで進んだとき突然、手榴弾の攻撃を受けた。

回り込む手はなく、遮蔽物はなく、敵は見えない。三人で斉射、数メートル距離を稼ぐ。攻撃を受ける。耐える。また斉射、数メートル距離を稼ぐ。この繰り返し。

頂上までは六、七十メートル。斜度は五十度近い。手榴弾を投げているのがじいさんだとしても、苦にはならないだろう。向こうにしてみれば、投げるというより、落としているという感覚に近いはずだ。

こちらが動くと、手榴弾が降ってくる。じっとしていると、攻撃は止む。銃による狙撃はない。

頂上から先、道はない。東は絶壁。西は神代らが押さえている。墜死覚悟で稜線を辿って南下し、立坑跡へ戻るか、北に広がる原野を下るしかない。南へ下る稜線は、溝口に監視させている。

――南か、北か……これは、時間稼ぎだな。

つまり、だれかが逃げている。それを、上の者が助けている。どちらだ。じじぃたちか、フィリピンの兵隊たちか。兵は伊沢を守るために配置された。普通に考えたら、上に踏みとどまっているのは、兵ということになる。

杷木が捕まったのは今から一時間ほど前。こちらが杷木を手に入れた事実は、例えば定時連絡が途絶えたなどの理由で、吾郎らの知るところとなった。何事もなければ全員で逃走を続けるはずが、杷木が捕まったせいで、そうもいかなくなった。

――杷木を助けに、だれかが戻っているのか。上の奴らは、おれたちが戻らないように、捨て石の役をしている？

「溝口。南はどうだ」

「動くものは見当たらない……だが、この雪だ」

「分かっている。そこをいかれたら、おれたちの裏を突くこともできる。気をつけてくれ」

「了解」

浜田の声。「くるぞ」

頭上で手榴弾が炸裂し、砕けた岩が降り注いだ。

「くそが――」我を失った浜田が絶叫した。「じじぃ、出てきやがれ、ツラを見せろ――」

「落ち着けよ浜田。大丈夫か」

「やばかった……やられてもおかしくなかった」

溝口の声。「奴ら、銃を使ってない。なんでだ。撃ち下ろしできる位置にいて、言いたかないが、奴らに絶対有利だ」

「時間稼ぎさ」

「なんのだよ」

「今ここでおれたちを全員殺したとする。おれたちから阿久津への連絡が途絶える」

「人質の命がやばい」

「そうだ……だから、殺せない」

「ではやはり奴らが狙っているのは、南下して救出、か」

みなの目が南側に向けられる。切り立った稜線。その裏側は断崖。稜線から南西方向へと続くのはなだらかな吹きだまり。あまりに美しく、瑕疵のない完璧な雪原。一筋の傷をつけることなく進むことはできず、遮蔽物はまったくと言っていいほどに少ない。

「では――」と落ちついてきた浜田。「北の原野を大回りしおれたちを迂回して南下、塔の手前辺りで道に戻る」

できなくはない。が、今度は山の険しさが、足を阻む。本格的な冬山登山の装備と、クライミング技量が必要になる。度胸と体力でトライしてみるもいい。成功したとしても、その大回りには、半日必要だ。赤間が踏破した伊沢家から立坑跡までの森と、立坑跡からここまでの森では、比べものにならないほど後者が険しい。

溝口が言った。「では、北の原野へ？」

浜田が返す。「襲撃はなんのためだ。隊列組んで雪中行軍すりゃいいだけだ」

神代は高倍率双眼鏡を出し、東から西へと走る稜線と、その下側に広がる雪原とをじっくり検分した。雪原に傷はない。稜線を調べた。雪を乗せた風は今、西から東へ吹いている。風は稜線を超えるとき、一時的に風速を増しているようだ。降雪の密度が濃い。

――本格的な装備がなくては、あの稜線の上は歩けない。飛ばされてしまうだろう。

浜田の意見も当然だ。この襲撃はなんのためか、分からなくなる。

――怪我人がいる？　ひとりでは歩けないような重篤者が？

だから、有志が残り、時間を稼いでいる。可能性はある。

「神代さんよ」浜田だった。「なんでもいいけど攻略しようぜ。今するべきは、山の頂上に立つことだ」

「そうだな」

――そもそも、上に何人いる。ひとりか、ふたりか。

上にいるのはひとりでいい。手榴弾を投げるのは、猫田でなくてもできる。

では、残り三人だ。上でひとりがんばって、あとの三人は？　二、一で分かれた可能性もある。

《いい加減応答してくれ――》

阿久津が呼んでいる。

「忙しくてな。なんだ」

《プレゼントが届いた。きっと気に入る》

十三

《ちょっと動く。五分後にまたな》

かまちに腰かけた男は、無線を使ってだれかと話をしていた。

「苦戦中らしい」

杷木は身を横たえ黙っている。結は男児を抱いて、ストーブのそばへ寄った。

声が飛んできた。「動くな」

頭、頬、背中、脚。男児の体をさすり続けた。かまちの男のほかにふたりいる。ふたりは居間に上がり込み、こたつに脚を突っ込んでいた。家の中はめちゃくちゃ。火薬の匂いが漂う。

見知らぬ男たちが好きに使っていて、杷木は傷ついて倒れている。吾郎の姿はない。目的がなにかは知らないが、悪い連中が押し入ったということは理解できた。吾郎はどこだろう。まさか、奥の間で、すでに。

手が、腕が、脚が、首が、自分の意思に反して震え続ける。結はずぶ濡れのままだった。

かまちの男が結へ視線を向けた。結は思わず目を伏せた。男は腰を上げた。ゆっくり近づいてくる。杷木が身動きした。男が杷木へ言った。

「安心しろ。今はまだなにもする気はない」

――今はまだ……。

男が結のそばに立ち、見下ろしてくる。「お嬢ちゃん、ひとりで帰ってくればよかったのに。事をややこしくしやがって」

男児のことを言っているのだろうか。だとしたら、この男児を殺そうとしたのは、この男たちか。吾郎や杷木さんたちは、なにかのとばっちりを受けたということか。

「なぜ、濡れねずみなんだ。お嬢ちゃん？」

黙っていると、石炭ストーブに蹴りが飛んだ。

「答えろ。なにがあった」

「ダムに……この子が……だから……」

「水に入って助けたのか」

「……はい」

「ひとりでか」

「はい」

男が黙った。俯いたままでしかいられない結は、男がどんな表情をしているのか、分からない。

ようやく男が口を開いた。「大した奴だ。おれの娘に見習ってほしいもんだ」

不思議な気持ち。片手に拳銃をぶら下げた悪者にも、娘がいるという事実。イメージが結ばない。

「部屋にいって着替えてこい」声の方向が変わる。「お前、見張れ」

動かないでいると、脚を蹴られた。

「親切は聞いとくもんだぜ。立て。ガキはここに置いておけ」

仕方なく、立った。こたつにいたうちのひとりが立った。

「いけ。二分やる」

居間に上がった。いつもなら横手にある物置部屋を通って自分の部屋にいくが、居間をまっすぐ通り過ぎ、奥の間の襖へと向かう。

——じーちゃん……。

強く念じ、襖を開けた。よかった。だれもいない。吾郎の部屋を通って、自分の部屋へ入った。

見張りについてきた男は、襖にもたれて結を見つめている。

「閉めてください」

「駄目だ。二分しかないぞ」

変な訛りがある。日本人だと思っていたが、そうではないのだろうか。

タンスへ近寄り、学校指定のジャージ上下を取り出した。男に背を向け、素早く制服を脱ぎ、ジャージの上を着た。

「下着は替えないのか」

「いいです」

スカートの下に穿いていたジャージを脱ぎ、乾いたジャージを穿き、スカートを脱いだ。靴下はその場では穿き替えず、乾いたものを二組ポケットへ入れ、ハンガーにかかっていたパーカーを羽織った。

「下着も替えたほうがいい」

「いいです」

男は相変わらず訛りのある喋り方だった。「おれはギャングみたいなもんだが、レイプはしない。そういうのは嫌いだ」

――だからなんだよっての。

心の中、いつもの軽口が戻ってきた。

「ちゃんと着替えたほうがいい。風邪を引く」

「平気です。寒さには強いんで」

土間に戻されるなら、と黒いダウンジャケットを羽織った。押し入れを開け、毛布を二組引っ張り出した。

向こうから声。「二分だ」

すたすたと歩いて部屋を出た。毛布を取り上げられることはなかった。

土間に戻り、毛布の一枚を杷木へかけた。

「……すまない、結ちゃん……」

「話さないほうがいい。どこか怪我を――」

乱暴に引き離された。かまちにいた男だった。「そんな売国奴は放っておけ」

――バイコクド。どういう意味……。

「こいつらのせいで、あんたのじーさんが――」

「黙れ」意外に語気荒く、杷木が答えた。「国がどうのは関係ない。お前らはただの人殺しだ」

結は男児のそばへ戻った。男児が縋りついてくる。手足の動きは鈍くあやふやだが、頰や唇の血色がよくなっている。男児のつま先を揉んでやり、湿った靴下を脱がせて乾いたものを穿かせた。自分も靴下を穿いてから、男児を毛布でくるみ、抱きしめた。

耳元で囁く。「大丈夫だからな。じーちゃんが助けにくるから」

実際の思いはまったく逆。吾郎はここへ近づくべきではない。なんとか、加納駐在へ連絡する方法はないものか。

「名前は」

「たけし」

「なにたけし」

「たけし、ようへい」

「なんだ、たけしが名字か」

――エネリット……ペレロ教授……。

彼らは、どうしただろう。無事だろうか。

「いい加減応答してくれ――」

かまちの男が無線に呼びかけている。

《忙しくてな。なんだ》

「プレゼントが届いた。きっと気に入る。ふたつもあるぞ」

《ひとつ目はなんだ》

「奴らの目指している場所が分かった。パラボラアンテナのケーブルを伝って北へいき――」

かまちの男が説明していく。そこなら結も知っている。と言っても話に聞いただけ、実際にいったことはない。

「今から車で向かえば、先回りできるかも知れない」

空電。ややあって。

《無駄だ。止めておけ》

「なぜだ」

《お前、地図は持っているか》

「持っている」

《読めるのか》

かまちの男が一瞬詰まった。「まあ、それなりに」

《その情報はフェイクだ。おれたちにその道筋を追わせて、別の手を使うだろう。おれたちは警戒怠りなかったつもりだが、それでも杷木が裏っ帰りした。同じ手を使っておれたちをやり過ごす気かも知れない。また、パラボラケーブルの伝で、おれたちが気づいていない別の道筋があるかも知れない》

「根拠だよ」結に理由は分からない。かまちの男はかなりうんざりした声だった。「根拠がない。勘か」

《勘プラス計算だ。矛盾している》

「なにが、どこが」

《だから、地図を読めと言っている》

「こんな局面でいびり倒してんじゃねえよ」

《時間経過に矛盾がある。じじぃは、今から、と言ったんだな》

「ああ……多分」

《多分だと？》

「確かだ。間違いない」

《おれは現場を見たことはないが、地図を読めば、時間に矛盾があることは分かる。最低でも四十分以上先行していたはずだ。今から、というのは明らかにおかしい》

「嘘だと？」

《少なくとも、今から、は嘘だ》

「なぜそんな嘘が必要だ」

《さっきの無線のくだり、もう一度繰り返せとでも？》

「いい、もういい……じゃあ、どうする」

《このまま続けるだけだ。お前はそこに待機していろ》

「じじぃの孫はどうする」

《孫がどうした》

「帰ってきた。今ここにいる。使えるぜ」

空電。

「どうする」

空電。かまちの男は指示を待っている。かまちの男が続けた。

「杷木は捨てられても当然。だが今度は孫だ。奴が犠牲になる覚悟を決める可能性は高い」

空電。

《あるいは鬼神に変貌する可能性もな》

「やらせてくれ」

空電。今度はかなり長く続いた。

「カミ？　答えろ。どうする」

《仕方がない。孫に呼びかけさせろ》

かまちの男が近づいてきた。

「じーさんに話しかけろ」無線が差し出された。「人質になったと言うんだ。戻ってきてくれとな」

未だ動機発端は分からない。が、吾郎は彼らの手にはかかっていない。逃げたのだ。それをなぜか、男たちは追っている。
どうするべきか。
怖い。心底、怖い。
「早くしろ」
頬へ無線を押し当てられた。
――こいつらはじーちゃんを追っているわけだ。で、呼び寄せようとしているわけだ。
必死に考える。
――目的はじーちゃん……ということは……。
吾郎が無事なら、こちらも無事でいられる。
結は無線を受け取った。
「そこのボタンを押して、話すんだ」
――使い方なんか、知ってらい。
結はボタンを押す前に、咳ばらいをした。
――わざとらしいか。
必要な動作はふたつだけ。蓋を開け、放る。これだけだ。
ひょい。結は無線を、石炭ストーブへ投げ込んだ。
報告を受けたとき、神代は声を上げて笑ってしまった。
浜田が言ってくる。「笑い事じゃねえぞ」

「こうは思えないか……さすが伊沢吾郎の孫、とな」

今度は溝口。「それどころじゃないぜ」

上からの攻撃は止んでいる。

阿久津の報告を吟味してみる。これまでは、パラボラで行き止まりだと考えていた。そこまで上がったら、あとは慎重に隠れて神代たちが見逃すのを願うしかない、あるいは打って出るしかないと考えていた。

だが北方向への道はあった。

時間経過を計算する。結果は同じだった。空白がある。ケーブルを辿って一目散に脱出口を目指していれば、事は簡単に終わった。彼らはトンネルを下り逃げ去る。神代たちは、手ぶらで山を下りる。

だが現に今、だれかが上にいて、手榴弾の雨を降らせている。ここにも明らかな矛盾を見て取れる。残る必要のない者がいて、する必要のない攻撃が行われている。

――杷木の躓きがすべてか。

「アク、答えろ」

《なんだ》

「杷木の無線。チャンネル数は覚えているか」

《ああ。おれも今同じことをやろうとしているところだ。今、孫をいたぶってるが、なかなか言うことを聞かねえ》

「無駄なことはやめて、おれにチャンネルを教えてくれ……あとで話もある。アク、ひとりで聞け」

《了解した》

「伊沢吾郎、応答しろ。爆撃を受けている者だ。伊沢、応答しろ」

空電。答えはない。

「お前はミスを犯した。お前がトンネルの脱出口へ向かっていないことは、分かっている」

応答を待つ。返ってはこない。

「時間稼ぎもいい加減にしてくれないか。そろそろ猫田の手榴弾も尽きるころだろう？　手榴弾が尽きたら、次の手に移る。そうだよな」

空電。

「お前たちの時間稼ぎがなんのためか、すべて読んでやろうか」

空電。

「ふたりが頂上に残った。あとのふたりは山を下りた。だが、北へ逃れた者はいない。下りたふたりは、吾郎の家に向かっている。そうだろう？　大方、ケーブルを辿る以外に別の道があるんだろうさ」

空電。

「時間稼ぎがなんのためかも、読んでやろう……ひとつ、山を下りたふたりが、家に戻るまでの時間を稼いでいる。ふたつ、頂上で、おれたちを迎え撃つ準備をしている……どうだ」

空電。

「くくり罠にとらばさみ？　細工は流々ってやつかな」

空電。
「ここまで分かっている。そろそろ自己紹介をしたらどうだ。頂上にいるのは、伊沢、お前か」
空電。
「お前の孫が帰ってきた。杷木と一緒にいる」
《ドラグノフはいい銃だべさ》
返信がきた。奴の声か。まだ、伊沢吾郎の声を聞いたことがない。
《そんな布切れ巻いて、かっこ悪いべよ。土で汚れているしな》
この訛り。ふたりの老人のうち、どちらかなのは確かだ。
神代は軽い口調で返した。
「おれもそう思うが、仕方がないのさ。汚れたのはおれのせいじゃない。手榴弾のせいだ……じいさん、お前が上にいるのか」
《どうだべかな》
「あんたがいることを期待しているよ」
《おれがいたら、あんたが困る》
「相当な自信だな」
《当たり前だじゃ……ここはおれの森だ》
「そこまで言うなら、すんなり沼まで上がらせてくれないか」
返信はこない。

「取り引きをしよう。おれたちが欲しいものは分かっているだろう。彼らにではなく、おれたちにそれを渡してくれ。言い値で買い取る」

空電。

「確かに四十七年前、ある青年が罪を犯した。だがそいつは今、国に善行をもたらすために活動している。彼が罪を犯したのは戦時中のことだ。今さら罪に問うのは酷だと思わないか。あんたも米兵を殺しただろうが、今、それを問う者はいない。そうだろう」

《ミスター伊沢と彼は違う――》違う声、訛りのある声が答えてきた。《ミスター伊沢は一兵士だった。だが彼は民間人で、保身のために同国人を殺し……いや、処刑した》

「お前はだれだ」

答えはない。神代の主張に我慢しきれず、というところだったのか。

「フィリピン軍の兵士だな」

代わりに、伊沢が答えた。

《あんたが兵隊さんたちを殺した時点で、交渉の余地はきれいさっぱり、消えてしまったよ》

「それではやり合うしかない。それでいいんだな」

何度か呼びかけたが、返信はこなかった。お喋りの時間はおしまいということか。

「アク、聞いていたらチャンネルをもとに戻せ。返事はいらない」

神代もチャンネルを戻した。ややあって阿久津から返信がきた。

《いいぞ》

「撤収の準備をしておけ。家を燃やせ。始末する必要のある者は、始末しろ」

《子供はどうする》
「始末しろ。子供を殺すのが嫌なら、フジを呼び寄せろ。フジ、聞こえているか」
藤木から返答はない。代わりに阿久津が答えた。
《廃屋のほうにいったまま、ずっと姿が見えない》
「捜してみろ。フジにはただ殺せ、と伝えろ。ただ殺せ、と。奴は男の子供に興味はないが、女は別だ。すぐレイプする。ただ殺せ、とな」
《孫も殺すのか》
「養子にでもするつもりか」
《馬鹿言え。じじぃとの取り引きに使える》
「今まで使えなかった」
《だから今度こそ、話をさせる》
「もういい。頂上に少なくともひとり以上いる。杷木を救いに、少なくともふたり以上向かっている」
《なぜふたり以上なんだ》
「そこを急襲するには、ひとりじゃ手に余るからさ。三人でも四人でも、足りないくらいだ。まだ時間的余裕はあるだろう。焦らなくていい」
《そっちか、こっち。どちらかにじじぃは現れると》
「間違いない」
《えらい自信だが、根拠はあるのか》

「赤間をやったのは奴だ。今さら戦うのを厭わないだろう。孫のこともあるしな」

阿久津の勤労意欲を削ぐ必要もない。そう思いわざわざ言わなかったが、神代は、頂上にいるのが伊沢吾郎だと確信していた。

ドラグノフを裸のまま持っていたのは、吾郎の家を包囲したときだけだ。あのとき奴はスコープ越しにおれの顔を見ただろうし、持っていた銃も見ただろう。あのあとライフルに白い布を巻いた。ここへくるまでに、奴が偽装を見た可能性がなくはない。だが伊沢は、〝土の汚れ〟を口にした。土で汚れたのは、ここにきてからのことだ。

どこか遠くにいる伊沢が、頂上にいるフィリピン兵の代わりに話していたという可能性はあった。だが、偽装の話をした段階で、それは消えた。言ってしまえば、返信そのものが、本来なら必要ではなかった。無視していればよかったのだ。わざわざ答える必然がない。状況を把握している者のしたことだ。つまり、無線に答えた男、伊沢吾郎は状況を把握する立場にある。ということは今、頂上にいる。

《なんでもいい。仕留めろよ》

「奴らのうち、多ければ三人がそっちに向かった。始末が済んだら、製材所跡まで後退し、そこで待機だ」

《了解》

「こっちはまだ時間がかかる。というか、かける。三十分一時間連絡がないからといって、呼びかけるな。いいな」

《了解》

「シミ、聞いていたか」
《ああ。おれもいこうか》
「頼みたいところだが、今からでは間に合わない。阿久津と一緒に、藤木を捜してくれ」
《分かった》
「終わったらお前は山に入れ。おれが言ったことは覚えているな。なにかあったらいつでも離脱できるように、備えておけ」
《アモンもリビラマイも出し抜いて、人の大海へと消える。そうだよな》
「ああ……そうだ。交信終わり」

「もういい。虎、引っ込んでてくれ」

「なにを言うか、ここまできて」

「お前の仕事は終わったべな」

「結っこ……無事だべか」

「無事に決まってらい。結を捕まえたと言ってそれきり。声を聞かせるでもねえ。結は無事だべよ」

「んだなっす」

「そろそろくる……虎、ほんとうに――」

「とりあえず、消えるべがな」

猫田は去った。その背中は、約束したはずの逃走路へは、向かわなかった。

十四

結は石炭ストーブのそばにいて、ようへいを抱きしめていた。

髪はむしられ、鼻血が出た。こう思うのはくやしいが、かまちの男〝アク〟の暴行を止めたのは、彼らのリーダー〝カミ〟だった。彼がリーダーなのは、話を聞いているだけで推測できた。アクはカミの指示で、外に出ていった。

吾郎はどこにいて、なにをする気なのだろう。迎え撃つ？ ここへ向かっている？ どちらにしても、悪い結果しかもたらさないような気がしていた。

ようへいが強く抱き返してくる。

「平気だよ……大丈夫」

ようへいは、ただ震えていた。大丈夫と説いている相手が、さっきまで激しい暴行を受けていたのだ。ようへいは今寒さでなく、恐怖に怯えている。

杷木の様子がおかしい。ときおり脚が痙攣し、激しく震える。咳も出ている。結は男児を抱いたまま、杷木のそばへにじり寄った。

「どうしたの。どこが悪い」

虚ろな瞳。「熱が出ている……些事だが……」

「サジ？ おさじが欲しいの？」

杷木は青い顔で、くつくつと笑った。

「なに？　なにがおかしい」

「結ちゃん。頼みがある。傷を見てほしい」

「傷？　やっぱり怪我したんだ」

「腹を撃たれた」

「……銃で？」

「そうだ」

縋りつく男児を脇へ寄せ、杷木の腹部を見た。腹の右側に、小さな穴が開いている。ジャンパーのジッパーを開けた。洒落心の微塵もない、白いベストが現れた。

「防弾チョッキだよ……吾郎さんに着せようとしたが、断られた」

「なんで」

「サイズが大きすぎると……まあ、着ても無意味なのは、おれが自分で証明したけどね……弾を食い止めなかった。安物を掴まされたんだな」

杷木の言う通り、白いチョッキにも小さな穴が開いている。マジックテープを剥がし、チョッキを剥がした。下には厚手のトレーナー。脇腹寄りの場所に、こぶし大の黒い染み。何枚か重ね着したトレーナーとシャツを一緒にたくし上げた。

確かに、小さな穴が開いている。血が染み出ているが、流血というほどでもない。

吐きそうだ。こみ上げてくる胃液を抑える。「なに……これなに……にょろにょろと……」

杷木が顔を上げて自分の腹を見た。「腸……小腸だと思う。大腸かな？」

「そんなの分かるわけが――」

「圧力に押されて、腸が飛び出してしまったんだ」

駄目だった。吐いてしまった。

「背中を見てくれないか。穴は開いている？」

結の返答を待たず、杷木は体を傾けた。仕方ない。見た。穴は開いていた。やはり、腸が飛び出している。

——一生、たらこは食べられない……。

色、質感、そっくりだった。

「こっちも穴開いてる」

「貫通したんだな」

弾丸はチョッキの裏側にめり込んで止まっていた。先端がひしゃげている。

「これ、どうする」

「捨ててくれ……結ちゃん、頼みがある」

目を逸らしたまま、言う。「もう限界……これは無理……」

「指で腸を押し戻して、穴を塞いでほしい」

涙が零れた。なにがあっても泣かないのが自慢だったのに。家がなくなったときも泣かなかった。父が捕まったときも泣かなかった。記録がここで途絶えた。

「駄目だよう……できない……」

杷木の手が、招くように動く。杷木の顔へ耳を寄せた。

「こいつのせいで動きが取れない。見た通り出血は少ないだろう」

結は頷いた。

「ありがたいことに、内臓や動脈が傷つかなかったからだ。痛いことは痛いが、この飛び出したやつさえなんとかすれば、動ける」

「内緒話のつもりか――」かまちの男アクが戸口に立っていた。「すべて聞こえている。腸さえなんとかできれば反撃できる、と聞こえたが？」

杷木は黙った。

「いいだろう。お嬢ちゃん、手当てしてもいい」

いい、ではない。できない、とさっきから言っている。

「杷木、ゆっくり手当てしてもらえ……手当てが終わったら、お前の額に一発撃ち込む」

杷木が天井を眺めながら呟いた。「どうせ殺すなら、今やれ」

「どうしてか、お前に反感を覚えるんだよな……神代の感情が移ったのかな。しんどいばかりだった二世。運に恵まれた三世……お嬢ちゃん、はじめろ」

ガーゼはなく、手拭いとタオルで代用。包帯はあったが指先を巻くぐらいの長さしかない。同じく手拭いとガムテープで代用。結は手を洗い、消毒した。消毒液はあったが、薬局で売っている市販のものだ。使わないよりはましだろうと、手指の隅々まで清めた。

杷木の傍らに座り、唾を飲み、歯を食いしばる。

ピンク色の〝それ〟に指二本を当てた。生暖かい。

――吐くな、吐くな……。

それを押し込んでいく。腸とは思わないように意識した。結は常に、心の中で考えるときも腸をそれと呼んだ。

つるん。指の脇からそれが零れる。脂のせいか血のせいか、とにかくそれは滑りやすいものだった。

「痛みは？」

杷木は静かに目を閉じていた。「感じない」

指だけでは難しいようだ。折り畳んだ手拭いを使い、もう一度試みた。いいところまでいった。しかし、最後に手拭いを押し当てる段になって失敗した。指を離すタイミングが合わず、またもつるんとそれが飛び出した。

「杷木さん。リラックス。腹から力抜いて」

「抜いてるつもりなんだけどな……」

再び同じやり方で挑んだ。慎重に、ゆっくりと。

「すまなかったね。結ちゃん」

「話さないで」

「奴はおれを殺すようだ。だから今のうちに話す」

「だったらどうしてこんな手当て……無駄じゃない」

「おれのために時間を稼いでくれ」

「知らない……」結は作業を続けた。

「おれは、フィリピン系日本人……日系三世だ」

さっきアクの言った〝三世〟の意味が、ようやく分かった。

「ただの日系じゃない。正確に言うと、残留日本人の三世だ……こんなことは多分、高校の近代史でも出てこないだろう。おれが通ったのは日本の高校だったが、中国残留孤児は出てきても、フィリピン残留日本人のことは出てこなかった」

結が不勉強なだけなのかも知れないが、確かに、習った記憶のない話だった。

「戦後の混乱で祖父は行方が知れなくなり、祖母は子供たちを、つまりおれの母親たちを抱えて、あの地で生きていかなくてはならなかった。今ではおかしく聞こえるかも知れないが、祖母は日本へ帰り損ねてしまったんだ。当たり前の話だが、戦後あの地では、猛烈な反日感情が吹き荒れた。リンチ焼き討ちは珍しくなく、殺される者もいた。そんな中に残された多くの日本人は窮余の生き残り策として、中国系を装った。まあ、見た目は同じだから、言葉さえなんとかすれば、ごまかせた。日本人であることがばれないように、日本人である証、身元を証明する書類などをすべて処分した者もたくさんいた。おれの祖母も、そのひとり……のちにその行為が自分たちの首を絞めることになった。証明書類がないというだけで、帰国を認められなかったのさ。ところで、独裁政権として名高かったマルコス大統領の名を聞いたことは？」

「イメルダ夫人？」

「ああ、それは大統領夫人だ」

「凄いたくさんの靴が並んでたの、ニュースで見た」

「市民革命のときの映像だろうな。あのあと、アキノ女史が大統領になった……マルコス執政への評価はさまざまだ。ただ一点、マルコスの政策が日系人たちにとって劇的な変化をもたらした。驚異的な経済復興を遂げた日本に対する、親日政策だよ」

この辺り、まるで知らない話だ。聞くしかない。

「マルコスは、経済状況をよくするのが目的で親日政策を推し進めた。彼自身が親日家だったとは、おれは思わないけどね……結果として、フィリピン人たちの反日感情を鎮めることになった。官民の交流が活発になり、残留日本人の帰国問題に真摯な目を向けてくれる活動家たちが、活動の幅を広げた。おれたちは運に恵まれた。マニラにいたことがきっかけだったが、帰国事業を手がけるボランティアと偶然出会い、彼女らの助力を得て、祖母と母親とおれは帰国できた。そのときおれは八歳……この先、日本国籍を得るまでは再び艱難辛苦を舐めることになるが……それはまた、別の話だ……」

気がつくと、腹の手当ては終わっていた。結の気を紛らわそうと、こんな話をしたのだろうか。

アクの声。「二世の話もしてやれよ。フィリピン人にもなれず、日本人にもなれなかった者たちが大勢いるぜ」

杷木の瞳が伝えてきた。あいつは無視しろ。

「背中のほう、やるよ」

杷木を半身にさせ、手当てをはじめた。また、杷木の告白がはじまった。

「騙していてすまなかった。ペレロたちはタイ人じゃない。フィリピン人だ」

「……そうなんだ」

「フィリピン陸軍東部方面隊所属、情報部特殊作戦群」

正直、困惑した。「……漢字何文字……」

「彼らはそこに属する兵隊……正規の部隊員だ」

「こいつらはな」かまちの男。「ジュネーブ協定違反を犯したのさ。正規兵を侵入させ、作戦行動をしていた……見つかり次第射殺されても、文句は言えない」

「結ちゃん、手が止まってるよ……確かに、装備も服装も兵隊とは言えないものだったが、作戦群本部指揮下による作戦を遂行していた……手を動かして結ちゃん」

「なにが特殊作戦群だ」アクが吐き捨てた。「壊滅状態じゃねえかよ。ガルシア将軍も大したことないな」

「壊滅……」

語気が強くなった。「手を動かすんだ、結ちゃん」

手当てを続けた。

「目的は、きみの祖父、伊沢吾郎さんを守るためだ」

「じーちゃんを？」

「吾郎さんは文字通り、ある事件の生き証人なんだ。それだけでなく、その右腕の中に、ある物証を留めている」

「……弾丸のこと？」

「そうだ……ある殺人事件の現場に、山中を敗走中だった吾郎さんたちが鉢合わせしてしまった。吾郎さんの右腕に残る弾丸は、そのときの流れ弾だよ。フィリピン人同士の内ゲバ事件さ……四十七年も経った今、その事実を暴こうとしたおれたち、暴かせまいとしたあいつらで、この体たらくというわけなんだ」

「弾丸が、なんの証拠になるの」

「ある条件が揃えば、その弾がどの銃から発射されたかが分かる」

なぜか邪魔せず、じっと耳を傾けていたかまちの男が割って入った。

「銃はどこにある。その銃がアマーロ議員のものだという証拠は」

「その当時米軍が……なんだ」視線がかまちの男に向けられた。「お前、知らないのか」

「知ってはいるが、試してみたのさ……なるほど、銃を押さえたのはほんとうだったらしい。だがな、四十七年前の弾丸だぞ。旋条痕は間違いなく、消えてなくなっている」

杷木の口の端が曲がった。「だろうな」

「なにも証明できない。なのになぜ摘出を」

杷木が僅か、言い淀んだ。「……物は試し、というやつさ」

かまちの男が鼻で笑った。「大恥をかきたいならやってみろ」

杷木の視線が結へ戻った。「とにかく、浦瀬日記は、コピーこそあるが原本を奪われた。きみの——」

依然訳は分からない。だが勘が働き、手当てに必要な動きのふりをして、口を杷木の耳に寄せた。「あるよ、日記」

杷木が首を捻ってこちらを見ようとする。

「動かないで。やっつけ中」

「……日記がある？」

囁いた。「浦瀬肇さんって知ってる」

「浦瀬少尉の孫だ」

「日記を買いたい人がいて、両親が売ろうと考えてるらしいって。どうしても納得できないから、預かってくれってさ」

「いつ届いた」

「一昨日」

「どこにある」

「あたしの部屋。机の引き出しの中」

「まだそこに？」

「さあ……荒らされてはいなかったけど」

手当てが終わった。念のため、タオルや手拭いを何重にも巻き、ガムテープでがっちりと固定した。

「結ちゃん。その日記を――」

アクが大股で歩み寄った。「いかんな。内緒話は」

アクの視線が結へと向けられた。

「お嬢ちゃん、こいつの話など聞かんほうがいいぞ。捩じ曲げられた歴史認識に基づく、おとぎ話だ」

杷木は黙っていた。杷木のそんな様子が、アクの心に火をつけたらしい。瞳の中に暗い影が蠢いた。

「売国奴のくせに」

「違う」

「いいかいお嬢ちゃん。こいつはな、フィリピンのスパイの手先なのさ」

バイ・コク・ド。そういう意味か。ドはどういう漢字だろう。

「現に、この平和な山へ、軍の一小隊を引き連れて現れた」

「おれはただのガイドだ」

「ただのガイドが、ハンドガンなんか持つか」

杷木は答えない。

「今までどういう仕事をしてきた。フィリピン工作員の手引きをして、日本へどんな不利益をもたらしてきた」

「工作員など引き連れたことはない」瞳が結を捉えた。無理に笑顔を作ろうとしている。「おれは言わば太鼓持ちなんだ。国賓というほどではないが重要な人物、商工関係、建設関係、その他もろもろ、いろんな交渉ごとにやってくる人たちのお世話係。観光のお膳立てに付き添い、宴席の店選び、予約に準備。招待状を作って発送したり――」

「貴様は日本で狩りをしていた」

「国の事情がある。フィリピン国内の共産ゲリラ、イスラム原理主義組織、人身売買に麻薬密造密輸。結ちゃん？　日本にもそういう反政府組織のシンパというのが潜んでいる。フィリピン国家警察の内偵捜査に手を貸していただけだ。地図を読み、車を運転し、通訳をする」

「で、抹殺か。大した正義感だ」

「事実が確認できれば日本の外事警察へ通告、フィリピンに入国したならその時点で逮捕拘束。

問題はない……ちなみに言っておく。おれは正義感からではなく、仕事だからやっている。給料を得るためにな」

「ほら――」阿久津の視線が結へ落ちた。「な。さっきはただのガイドだと言っていたのが、国家警察の手先と言い出したぞ。次にはなにが出る。あと何分話を続ければ、殺しを白状するのかね」

「お前こそ、だれに、なにに手を貸しているのか、分かっているのか」

「もちろんさ」

「浦瀬日記は読んだのか。それならなぜあんな連中に――」

「人には過去がある。国にもな。蒸し返していじり倒す。あまりに昔過ぎて立証など不可能なことを取り上げ、でっち上げ、一個人を攻撃しようとしている。それは許されることか。国家間の戦後補償は終わった。その時点で、戦争に絡むいっさいの訴訟はおこさない、存在しないという了解ができた。お前らは今になってなにをしている。他国に兵隊を潜入させて、その行為に正当性はあるのか。貴様らがこなかったら、うちの会長も動き出すことはなかった。じいさんもこのお嬢ちゃんも、平和に暮らしていたさ。貴様らがこの事態を生んだ」

「あくまでもおれたちは戦争の犠牲者にして証言者の伊沢吾郎――」

「黙れよ」鋭く遮った。「一言訊こうか……ではなぜ、日本の警察へ通報しなかった？」

杷木はなにも言わない。結は杷木にちゃんと答えてほしかった。杷木の瞳を求めたが、杷木はそれを、避けた。

「フィリピン政府からの正式な要請でもよかったはずだ。日本の警察はさすがに耳を傾けたろうよ。なぜそうしなかった。今回の件、すべてガルシア将軍の独断か」

杷木は答えない。

「ラモス大統領は知っているのか」

答えない。

アクは哄笑した。「分かっただろう、お嬢ちゃん。こいつらはな、伊沢吾郎を自分らの目的に利用しようとした。だから警察へ助力を求めなかった」

アクは杷木の顔面を蹴った。

「お前らのせいで、伊沢吾郎は死ぬ……さあ、撤収の準備だ」

十五

つづら折りを登り終わったところで、神代はあとのふたりを呼び寄せた。この先は二十メートルほど緩やかな直線の登り坂があり、その向こうにグラマン沼がある。頂上まできたことは、視界の広がりで実感できた。

「さあ、待ち伏せゾーンだ」

溝口が言った。「風が強い。風速十五以上はある」

「それなりの射撃をするまでだ」

山岳地図を取り出し、内容を頭に叩き込んだ。沼はほぼ円形。南側はやや盛り上がっていて、沼へと落ち込んでいる。雪を被った岩や藪、低木が点在していて、遮蔽物は多い。西から北にかけても遮蔽物に関しては同じ状態だが、南側にあるような盛り上がりはない。緩やかな起伏があるだけだ。

「今、沼の南西にいる。沼の向こう、ほぼ真東が一段高くなっていて、そこがパラボラアンテナだ。浜田は右手から回り込んでいけ。溝口は左から回り込め。おれは沼の外周に沿って右側の岸をいく」

「またまた、いちばんやばいところを志願かい」

鼻で笑う。「腕がいいから仕方ないのさ。浜田はあの盛り上がりの裏手を利用すれば、楽に奥まで回り込める。溝口は注意だ。遮蔽物をうまく利用しながら這っていけ」

「おれが先発しよう」浜田が言った。「盛り上がりの上から全体を見渡してみる」

「いいだろう」

奴らはこの辺りから手榴弾を投げていたはずだ。ここは彼らの足跡だらけだった。坂の向こうまで、乱れた足跡が数えきれないほど刻まれている。

「足跡は当てにできないかも知れない」

「どうして」

「いってみりゃわかるさ……腕時計は左手首内側に向けて——」

ふたりが同時に言った。「もうやってる」

「偽装を点検。シーツが風にはためかないように」

「了解」

「今はおれたちが不利だ。狙撃は基本的に、先に見つけたほうが勝つ。見つかったほうが負ける」

やることは、かくれんぼと大差ない。

溝口が失笑した。「可哀想な赤間は、先にじじぃを見つけたが」

「策がまずかったのさ」と浜田。

「こちらは奴らの居所を知らないが、奴らは、おれたちが登ってくる大体の方向は分かっているわけだ。おれたちはそこをいかなくてはならない」

わざとらしく咳ばらい。

「監視されているのを分かっていて、浸透しなくてはならない。どうするか。風と雪、誤認、思い込みを利用する。そのために、ひとつ課題だ」

「嫌な予感がする」

「きみたち素人は、腕時計を見ながら匍匐で進め。時間制限は……一メートル、五分だ」

「一メートル進むのに五分かけろ。そういう意味か」

「沼が僅かでも視界に入ってからでいい。最低五分だ。なにか問題でも」

だれも異議を唱えなかった。

「もちろん浜田は盛り上がりの上にいくまでは、普通に動いて構わないだろう……いけ、浜田」

浜田が沼の右手側にある盛り上がりの裏へと登っていった。

「さて、おれたちは浸透だ」

溝口が左手方向へと消えた。

神代は腰をかがめて坂を登っていき、坂が終わる直前、道の際にある藪と雪との境目辺りにぴたりと伏せた。白色偽装して匍匐はいい、だが、奴らのつけた足跡を消しながら進んでいっては、意味がない。ゲームはすぐに終わる。
《こちら浜田。沼の真横辺り。盛り上がりの上から全体を見ている》
「まず概況を頼む」
《沼は円形。全面凍結はしていない。栈橋が延びていて、沼の中央に小島がある。島には小さな祠があるだけ。捨てられたらしい子供用のソリが浮いている。沼の東側から、パラボラのある高台へ登る坂道がある。概況は以上だ》
「見て分かっただろう。足跡は使えないという意味が」
《ああ……足跡だらけ、痕跡だらけ》
時間稼ぎが必要だった理由のひとつが、これだ。
《沼の外周から栈橋、パラボラへ登る坂道。もうそこらじゅう、いったりきたり、めちゃくちゃな足跡で埋め尽くされている》
ひとりが手榴弾、ひとりが痕跡作り。最低、ふたりはいる。
「うれしいね……溝口？」
《まだ沼が見えるところまでいってない》
「了解……狙撃ポイントは二ヶ所に絞った。浜田はどうだ」
《おれならパラボラアンテナの真下、あの鉄骨組みの中だ。あるいは、小島の祠の中だな》
じりじり、匍匐をはじめた。

「はじめようか……おれなら間違いなく、パラボラの下を選ぶね」

そこしかない、というぐらい、有利な撃ち下ろしのできる場所だ。あそこを選ばない手はない。

「おい——」溝口だ。「まどろっこしい。斉射しながら突っ込んでいこうぜ」

「やめておけ……間違いなく、全員死ぬ」

二十分が過ぎた。神代はグラマン沼西側の突端辺りにいる。浜田が南側の盛り上がりの中、沼へ向かって斜面を下りている。溝口が北西側に潜み、沼を挟んでパラボラの対面にいる。

今では全員が、沼をその目にしていた。

条件は最悪と言っていい。雪に残された痕跡は追えない。追えないばかりか猫田の仕掛けを警戒するため、そのすべてを避ける必要もあった。

雪は今、粒の大きなぼた雪へと変わっていた。西から東へと吹く強風が、雪を真横に流す。麓から吹き上げてきた雪含みの風は、神代の背後から襲いかかり、沼の上を抜け、高台を駆け上がり、パラボラを包んでから、東の向こうへと消える。雪の川が流れていた。

沼の真ん中辺りにある小島までは、直線で百メートルほど。パラボラまでは直線で五百メートルほどだ。

神代は沼の外周を回る小道の際を、じりじりと這い進んでいく。

「浜田、お前がパラボラにいちばん近い。なにか見えないか」

《ずっと眺めているが……まだ分からん。鉄骨組み、積もった雪、吹き抜ける雪……雪、雪、

雪だ。暗所も影も盛りだくさん》

「監視を頼む。先に見つけたほうが勝つ」

《了解》

「溝口？」

《動きはないな……あの祠は使えん。多分、壁は板一枚だ》

神代はいちばん見つけられる可能性のある場所を進んでいる。頭を持ち上げて周りをよく検分したいところだが、危急の場でない限り、大きな動きは避けたい。ここは仲間に頼るしかない。

——今まで撃たれていないということは、浸透が成功しているのか。意図あって見逃されているのか。

パラボラが潜伏先だと半ば分かっているが、突っ込まないのは、万が一予想が外れたときのことを考えてだ。溝口に言った通り、全員死ぬ。匍匐で位置を変えながら近づき、他所潜伏の可能性を潰していき、最後がパラボラだ。

命のかかったかくれんぼ。

ジャングルの記憶が蘇る。職人手作りのライフルを担ぎ、息を潜めて行軍した日々。教育もろくに受けたことはない。十歳には給弾係として働き、十二歳には、一人前の狙撃兵となっていた。

島の各所に散って連携を取っていた共産ゲリラ組織は、七〇年代に入ると政府軍のゲリラ狩りに耐えきれず、ひとつひとつ潰されていった。やがて壊滅状態を迎える。全面勝利を謳う政府高官もいた。だが、すべてを根絶やしにすることはできなかった。現に今、神代がここにいる。日本へ出国した神代は兵隊をやめたが、未だに構成員であることをやめられずにいる。

――まあ、そのぐらいはいい。おれを育ててくれたという事実は、嘘偽りのないところだ。

熱帯のスコールが襲うジャングルで、ライフルを担ぎながら、粗末なラジオ、ときに目にした新聞などで、日本の驚異的経済復興を知った。本来なら自分もあそこにいて、仲間とともに未来ある日々を暮らしていたはずだった。国を作っていくという偉業を成し遂げるはずだった。なのに、なぜ自分はここにいるのか。日本人なのに。戦争が終わった年に生まれた神代は、未だに、自分に関係あるのかないのか分からない戦争をしている。神代はその出自のせいもあり、兵器として育てられた。共産思想は、皮肉なことに人種差別が原因で神代には刷り込まれなかったのだ。

日本人であるのに、日本人になれない。共産ゲリラの一員なのに、思想的な繋がりは求められていない。

この不公平は、どこからくる。だれのせいだ。

神代は自分の境遇が自分にふさわしくないと、少年のころから感じていた。帰国の道を、神代とまったく同じ境遇で七つ年下のカティロ・シミズと探り続けたものだった。早く一人前の悪党になることを見つけた道は、ある意味、当然とでも言っていいものだった。一人前の悪党になることである。共産兵士ではなく、あくまでも悪党に。一人前の悪党になり、周りに認められることで、発言権を強め、ついには資金調達係としての日本行きが認められた。

ここから天国がはじまった、はずだった。

清水には天国だったらしい。神代には、そうでもなかった。夢見た国は、夢見たほどには、夢を見ていなかった。当時の神代にとって夢とは、金ではない。金ではないなにか、よく分からないがとても素晴らしいもののはずだった。

神代の目には、金以外に素晴らしいものが、なにひとつ見つからなかった。

神代は、金を稼ぎ、一部を組織へ送った。余った金で、暇を潰した。入る金が多くなっていき、潰さなくてはならない暇も、比例して増えていく。

海斗にきて津山家へ入り込んでからは、頂点といってよかった。

五十歳が近い神代は覚悟している。夢など見いだせないまま、死んでいくのだろうと。

――いい歳こいたおっさんが……夢を見いだしたいだと？　いい加減にしろ。

今の自分に似合う台詞はそう、たとえばこうだ。

――お前じゃ話にならん、社長を呼べ。


首筋を一陣の痺れが走り、側頭部を伝い、消えた。

左側頭部。

神代はごくゆっくりと、顔を傾け、左を見た。異常はない。左とつくすべての方向を検分していく。右の真横、その上方、斜め前方、その上方、斜め後方、その上方。

納得するまで、見続ける。左斜め後方、溝口の潜伏先が視界に入った。

ライフルを引き寄せていく。まだ撃たれない。見つかっていない。

「ミゾ」

る。

《こちらミゾ》

「動くな」

《……了解》

溝口の潜む藪の真横、距離は十五から二十。つまり、方向としては神代のほぼ真後ろにあたる。

――親から受け継いでよかったと思うただひとつのものが、この勘だ。

ただ、一発。

撃ち終わってすぐ体を転がし、雪をまとった低木の陰へ飛び込んだ。

パラボラからは撃ってこない。撃ってくれれば、浜田が位置を割り出したはずだった。

《こちらミゾ。なにを撃った》

「お前を爆殺しようとした、罠使いだ」

手応えはあった。猫田虎之介を、仕留めた。

十六

動きが慌ただしくなっていた。アクは外に出たまま戻らず、だれかに指図する呼び声だけが届いてくる。車のアイドリングがはじまった。

家の中には四人、結とようへいと杷木、見張りの手下がひとり。手下は戸口に立ち、外と中を交互に見ている。

結は再びはじまった杷木のひとり語りに、耳を傾けていた。はじめて聞く話ばかりだった。

敗走兵となり、ジャングルの中を逃げ続けていた吾郎と浦瀬、数人の仲間たち。偶然出くわした、殺戮の場。殺戮に関わったひとりの現地人と、ひとりの脱走日本兵。吾郎はその場で、浦瀬の体をかすめた弾丸を右腕に受け、それは未だに吾郎の腕の中にある。

「すまなかった……」

杷木は何度も詫びた。その言葉は、結の心を打ちはしなかった。受け入れる余裕がなかった。あまりに凄惨な地獄を、吾郎は生き延びていた。吾郎は愚痴ひとつ言わず戦後復興の底辺を支える仕事につき、時代に見放されても世を恨まず、愛する森とともに生きた。

他意なく呟いた。「……シーザーズは取り消しか」

杷木は震えながら、自力で半身を起こした。手下が気づき、油断なく見つめている。玄関のすぐ外で、話し声がした。

「阿久津さん、藤木がやられた」

「まさか――」

アクは阿久津か。ツだけ省略してなんの意味があるのだろう。

「違う。坊ちゃんに不意を突かれたらしい。背後からメッタ刺しされてる」

「半分死んでいたはずだが」

「所詮泥酔してただけだ。ふいに目を覚ましちまったんだろう」

「どうするんだ。坊ちゃんに関しては、お前らの領分だぞ」

「あいつだけは生かしておけない。手を貸してくれ」

「しょうがねえな。もう時間が――」

声が遠ざかっていった。

坊ちゃんと聞いて、ようへいを見下ろした。具合が悪いのかただ眠いだけなのか、ようへいは瞼を閉じていた。

杷木が腕を突っ張って、腰を上げようとしていた。

杷木の囁き。「おれがなんとか隙を作る。逃げてくれ」

言っているうちにも、手下が鋭く歩み寄ってきた。

「寝てろ」

杷木は言うことを聞かず、立ち上がろうとする。手下が杷木の胸を蹴った。杷木は無様に転がった。

「動くな」

杷木はそれでも身を起こそうとしている。手下が銃把で杷木を殴りつけた。杷木の体から力が抜け、再び倒れた。

――なにがなんとかするだよ。

横たわった杷木を見つめて思う。

――台詞ばっかりかっこよくたって、意味ないんだぞ。

軽口は叩けるが、恐怖は去らない。

――アクでなくほんとうの悪魔、うっかり迷い込んできて。

念じた。何事も起こらない。

手下は杷木が動かなくなったのを見て、再び戸口へと向かった。手下の影が立ち、戸口からさす光が遮られた。

杷木が受けた額の傷を調べようとしたとき、重苦しい音がし、埃が立った。風が流れる。

音のした戸口を見た。手下が倒れている。それを見下ろす人影がひとつ。前後、左右に揺れている。

知らない顔だ。「だれ？」

影は一歩土間に踏み込んだが、よろけ、脇の壁に激突した。棚に積んであった鍋釜の山が崩れ、派手な音が響いた。そこではじめて気がついた。影は、右手に血塗られたドライバーを握っていた。

声が震えるのは仕方ない。だが精一杯語気を強めた。「だれ」

「ここで……なにを……してる」

ろれつが回っていない。酔っているらしい。

──坊ちゃん……泥酔……。

阿久津たちの捜しているのが、この男なのだろうか。男が焦点の定まらない瞳で、結を捕らえようとしている。

「おれは……どこにいる」

足音が、戸口に近づいてくる。もうひとり、だれかくる。

「結ちゃん──」無理して絞り出した、杷木の囁き。「逃げろ」

結は杷木を顧みた。「杷木さん……見捨てるよ。いい」

杷木は笑みを浮かべようとしたらしいが、顔をしかめたようにしか見えなかった。

「もちろんだ……それが望みでもある……」

結はようへいを抱いたまま、立ち上がった。影はただ、それを見つめている。戸口を通るには影のすぐ脇をいかなくてはならない。とても無理だった。窓から出よう。結は土足で居間に上がり込み、吾郎の部屋を抜けて自分の部屋へ向かった。

引き出しを探りながら、窓の外を見た。影。頭を引っ込めた。手下がうろついている。

吾郎の部屋に戻り窓の外を見た。ここには阿久津がいる。土間から重苦しい音が聞こえた。

居間に戻り、土間を見た。

杷木は無事だった。戸口に、人の固まりができている。いちばん下は先ほど杷木を殴りつけた手下。その上にふたりの男が折り重なっていた。上が酔っぱらいの影、下になっているのが、名は知らない、白いシーツを被った男、帰宅した結を捕らえた男だ。

上の酔っぱらいが、下の男の腹にドライバーを突き立てていた。

杷木の声。「逃げろ――」

あるだけの勇気を振り絞って、男たちの横を駆け抜けた。

外に出てすぐ、手下のひとりに見つかってしまった。

「ガキが逃げた――」

下山道方向へはいけなかった。仕方なく、旧トロッコ道を奥へと向かった。

十七

溝口から交信が入った。
《ここからじゃよく見えない。近づいて確認する》
神代は射撃直後に飛び込んだ低木の陰から、後方を探った。溝口の姿が見える。倒れた猫田を目指して、遮蔽物の間を飛び歩きしていた。
「気をつけろ。丸見えだぞ」
《気にし過ぎなんだよ、カミ。じじぃは、もともとこっちが見えてないのさ。見えていたら、援護射撃しているはずだ。現に、おれはまだ撃たれていない》
神代もそう思わないでもない。相当な歳だし視力の低下はあるだろう。そして激しさを増している雪と風。普通に歩いても、見つからないかも知れない。
見えてはいるが対応できない、ということも考えられる。パラボラにいるのが真実だとして、グラマン沼周辺のすべてをひとりで警戒するのは、かなり難儀だろう。
「ハマ、パラボラは」
《変化なし》
猫田を仕留めた神代への反撃もなかった。神代を見逃したのか、
《こちらハマ、気になることがある》
「なんだ」

《あの祠だが、なにか聞こえる》
神代は祠へ視線を向けた。横殴りの雪を受けて、壁の一面が純白に塗られている。
「マイクを使っているのか」
《そうだ。パラボラに向けていたんだが、ちょっと祠のほうも試してみた。断続的にだが、なにか聞こえる。断言はできないが、人の話し声のように聞こえる》
祠にだれかがいるのか。あまりに馬鹿げている。利点は、ただ屋根がかかっていて壁があるというだけだ。退路のまったくないあんな場所を潜伏場所に選ぶとは、自分で自分を追いつめているようなものだ。
死を覚悟しているなら、話は別だが。
《確認しても損はない。カミ、おれにいかせてくれ。おれがいちばん近い。ミゾの言う通り、奴にはおれたちが見えていないんだ。万が一撃ってきたとしても、それで奴の位置が割り出せるなら、やる意味はあるさ》
考え、即決。「ミゾ止まれ」
《聞いていた。ここから援護する》
「ハマ、ゆっくり――」
浜田が動き出したが、匍匐ではなかった。中腰で遮蔽物を探しながら斜面を下っていく。神代は、警告するのを思いとどまった。やる意味はあるさ。そう言ったのは、浜田自身だ。
死を覚悟しているなら、話は別だ。

《撃たれた……この歳で撃たれるとはなあ……》
だから山を下りろと言っただろう、とは言わなかった。今さら、無駄だ。
「傷はどうだ。酷いのかい」
《分からね……体が動かねえじゃ……おらの横手に射手がいる。体丸見えだべ。そっから見えてらか》
「すまん虎……見えね……見えねじゃ……」
普段の森なら見える距離のはずだった。吾郎は計算違いをした。多少の降雪なら問題はないと考えていたが、風速風向を考慮し忘れた。うまそうなほど大きなぼた雪を乗せた強風が、吾郎へ向かって吹きつけてくる。スコープ、望遠鏡ともに、一分ももたない。雪を拭う必要があった。
祠の辺りまでは見えている。それより向こう、沼の縁は大体分かるが、精密射撃に必要な視界が得られない。
《発破があと一個だけあるにはあるが、体が言うことを聞かね。歳は取りたくないもんだ》
猫田を救う手は、吾郎にはなかった。
《さすがのおめさんでも、もうどうにもできねえべ？》
「すまん……無理だ」
含み笑い。《いいべさ。吾郎にはよくしてもらった。ありがとうな》
「なにを……なにをさ……」
《お前の言った通りだ。おら、死に場所探してここにきた……だども、お前の暮らしぶりがあんまりよさそうなんで、少しの間、真似っこすることにした……そしたらうっかり、二十年近く経ってしまったべな……おれのせいで死んだ隊のみんなも、森さ吸われたんだか、ぜんぜん夢に出てこねくなった》

それが、森にきた直接の理由だったのか。森にきたのは、家族に裏切られた痛手が原因だとばかり思っていた。

《髭は偉大だべさ。な》

「……そだな、そだな」

《おれが死ぬのが早いか、奴がここにきて殺されるのが早いか、どっちだべ》

「そんなこと……分からねじゃ」

《奴ら、祠さ潰す気になったらしい》

小さな笑い声が聞こえた。

《奴ら、祠に……馬鹿な奴らだじゃい……》

浜田が斜面を下っていく。

神代は浜田の代わりに、パラボラ付近を監視していた。スコープ越しには、視界ははっきりしているように見える。

——あそこにいないのか。

スコープよりもっと倍率のいい単眼鏡を出し、検分した。はっきり見える。鉄骨の輪郭もくっきり見えているし、風に揺れる枯れススキの一本一本まで、見えている。そのとき、鉄骨組みの内側、風のせいか自身の重さのせいか、積もっていた雪が崩れ、吹き飛ばされた。

雪とともに、すべてが消えた。雪が積もっていたはずの鉄骨も、消えた。

――違う。

単眼鏡の倍率を上げた。ズームはされたが、鮮明度は悪い。その条件でも確認はできた。強度補助が役割の筋交いらしき細い鉄骨が、微かに見える。

――今まで、見えるものだけを見て、すべて見ている気になっていた。

神代はその場で立ち上がった。ライフルを構える。

一秒、二秒、三秒。何事も起こらない。

《カミ――》溝口だ。《なにをしている》

「立ち上がってもいい。見えていない……お互いにな」

《こちらハマ、桟橋の直前にきた。おれのことも見えていないと思うか》

「微妙なところだ。突っ走っていけ。ハマ、おれがパラボラを警戒する」

《よし……いくぞ》

浜田が藪の中から連射をはじめた。桟橋の長さは五十メートルもない。至近からスラッグで撃たれ続ける扉は、粉々に砕けていく。

五発撃って弾倉を空にし、次はハンドガンで連射する。どこからも反撃はない。そのうち、扉が完全に破壊された。

連射が途絶えた。突っ込んでいったりせず、その場から祠を探っている。

《こちらハマ。単眼を使って中を探っている》

空電が続く。
「なにが見える。人がいるのか」
《暗がりが多くて……人はいないように見える……いっていいか。確実に潰しておきたい》
「いけ」
《了解》
浜田が藪の中から姿を現した。ハンドガンの弾倉を替え、走り出した。姿勢を低く保ち、突っ込んでいく。神代はそれを横目に、パラボラ周辺を監視していた。
浜田は撃たれないまま、桟橋を渡り切り、小島へ着いた。戸口から祠の中を探っている。
《こちらハマ……だれもいない》
「床下は」
浜田は身動きしない。《いない》
「ちゃんと確かめろ」
《いない……やられた》
「なんだ」
《無線が置いてある。スイッチが入ったままだ》
浜田は奴らのご要望通り、それを聞きつけたわけか。集音マイクなど持っていなかったら、引っかからなかった。
——どの局面だろうな、おれたちの装備がばれたのは。
思い当たるふしはまったくない。今日はいろいろあり過ぎる。考えるのはあとでいい。

「仕掛けがあるはずだ。慎重に後退しろ」
《もう見つけた。ワイヤー、缶……危ないところだった》
「詳しく話せ」
《缶に繋がったワイヤーが扉に繋がっている。扉を開ければ、缶のピンが抜け、ドカン……だが、連射したときワイヤーが切れた》
「もういい。ハマ、そこを出て岸に戻れ」
《無線は》
「だれの無線だ」
《奴らのだと思う》
「持ってこい」

浜田は無線を拾い、祠を離れた。辺りを慎重に窺う。
《失敗だべ――》
奴らの交信だ。耳を澄ました。
《猫田最後の仕掛けが、ああ……吾郎、待ってもらって悪かったが……失敗だべ》
――奴ら、見ている。ここを監視している。
「ちょっと待ってくれ――」浜田はみなに呼びかけた。「奴らの交信を聞いている」
《あとはおめさんに任せた。おれはやっと除隊できるじゃ》
《すまん……撃とうにも、なんも見えねじゃ》

——神代が仕留めた猫田からは見えていて、伊沢からは見えていない。
「こちらハマ、奴らはおれのことも見えていないようだ」
警戒は怠らないまま、浜田は桟橋を歩いて渡りはじめた。
《結っこによろしく言っといてくれ……おめさんのお陰で、いい締めくくりができたと》
《分かった……悪かった》
《なにをだじゃい……んだばな——》
——待ってもらって？
猫田はそう言った。なんのことを言ったのか。
《ちゃんと仕留めてけれ》
しばらく空電が続いた。
《虎？　虎？》
《とどめを刺そうと近づいてくる》含み笑い。《この髭に抱かれておさらばとは……願ったり叶ったりだじゃ……仲間のほとんどは今も、あのジャングルさいるのに……吾郎？　おれはここで逝っていいんだべか》
《いいにきまってら》
《奴が近づいてくる……そうはいくかい……おお、こんなに空が近い……あの世まではすぐそこだべな？》
交信が途絶えた。辺りを警戒しながら歩いていく。
背後を見た。溝口の影が立ち止まったところだった。

《こちらミゾ。罠使いにとどめを——》

伊沢がなにか呼びかけでもするかと考え、空電の続く無線に耳を傾けた。交信が再開されることはなかった。

《くそ。もうくたばってる。じじぃの持ってた手榴弾を一個手に入れた——》

なにか引っかかる。

——待ってもらって悪かった……すまん、撃とうにも見えない……仕留めろ……。

仕掛けがうまくいくか待ってもらっていた。だが失敗。ここまではいい。撃とうにも見えない、への返信が、仕留めろ。なにを仕留めろと言っているのか。

——撃とうにも見えないというのは溝口を指して言っている。だから、すまん、と謝っている……じゃあ、おれのことは？

パラボラへ視線を向けた。直後、小さな光の破裂を見た。

パラボラの下、小さな光の破裂を見た。

——あそこか。

依然姿は見えない。だが煙の噴出を確認できた。その出所へ、狙い澄ました一発を撃ち込んだ。

その直後、溝口の叫び。《浜田がやられた——》

——遅いんだよ、素人が。

「ミゾ、おれのところまでこい」

神代は標的の影を探して、パラボラの鉄骨組みを走査し続ける。さっきの一発は当たったかどうか。

——手応えは……なんとも言えんな。

と、自分が感じるということは、恐らく当たっていない。

溝口がすぐ背後まできた。猫田から奪った手榴弾を腰のベルトに挟んでいる。

「浜田がやられたぞ」

「弔辞はあとにしろ」

「しかし——」

「パラボラの下だ。真ん中右寄り、とにかく撃ちまくれ」

溝口の連射がはじまった。パラボラの鉄骨が弾け、火花が上がった。

神代は静かに伏射姿勢のまま、スコープを覗き続けた。

——ツラを見せろじじぃ……おれからの挨拶は済んでない。

神代はまだ、伊沢吾郎の顔を直に見ていない。

「装弾する」

溝口の連射が途絶えた。

神代は静かに待った。

「神代、撃たないのか」

——さあ、装弾だぞ……今こそ反撃の機会だ。ツラを見せろ……。

パラボラの下、基礎の縁、鉄骨の陰。走査していく。

動くものはない。

溝口の声。「撃っていいのか」

「待て」

待ち続ける。なにも起きない。

——駄目か。やはりな。

奴はこちらが複数だと知っている。一対一ならともかく、装弾の隙間を作ってやっても、そうは乗らないということだ。

「どうするんだ」

「待て」

気は進まないが、こちらがいくしかない。はじめた当初から、そういう構図だった。こちらが追う、向こうが逃げる。

自分の位置を確かめた。栈橋から十メートルほど手前にいる。栈橋の上の浜田は、これ以上ないほどの精密なヘッドショットを受けた。栈橋から先は、完全に見えている。神代のことも、見ようとすれば見えるのかも知れない。だが、こちらが狙いをつけているので、うっかり頭を出すのを避けている。

——やはり、かくれんぼと同じだ。先に見つけたほうの勝ち。狙いをつけたほうが、勝つ。

こちらのハンデ戦だということが、大きくのしかかる。伊沢は逃げ、生き延びるのが目的。こちらは、殺すのが目的。向こうも殺すのが目的なら、事はたやすい。こちらの命に関わる結果になるとしても、必ず結果は出る。あの高台の上がどうなっているか、地図上でしか知らない。パラボラから延びているというケーブルがほんとうにあるとして、奴はすでにケーブルを伝って北に向かっているかも知れない。

「いくしかないようだ」

「撃たれるぞ」

「だろうな。だからひとりはここから監視、ひとりが突っ込む」溝口の気持ちを察して、先に言った。「おれがいく」

「かなり……やばいと思う」

「お前の腕しだいさ。援護射撃を頼む」

「分かった。撃ちまくって――」

「違う。そうじゃない」噛んで含める。「お前はここにいて、静かに狙い続ける。動くものがあったら、一発だけの精密射撃だ。そして、また待つ」

「……なるほど」

「撃ちまくり援護なんてな、こういう最少人数の場合、かえって不利を招く。うるさいわ、視界が悪くなるわ、とな」

「祠のときは――」

覚えが悪い。「だれかいる可能性があった。可能性、だ。だからあれでいい。今は違う。奴が上にいるのは分かっている。奴が撃とうとするなら、頭を覗かせる必要がある。そこを狙って、お前が撃つ。おれはお前にケツを任せて、高台を登る……理解したか」

「理解した――」なぜか感嘆が交じった声音。「すげえもんなんだな」

なにが、とは訊かずにおいた。話がさらに長くなる。

「伏射でも座射でもいい。お前がいちばん精度の出せる構えをして、パラボラ全体を――」

「急いだほうがいい。パラボラを見ろ」

言われなくても、話している間中、ずっとスコープ越しにパラボラを警戒していた。

「なにがだ」

「上。上だよ」

スコープから目を外し、上を見た。

パラボラが半分、ない。欠けている。

「霧か」

「雲だ」

今までまったく気づかなかった。低くたれ込めた雲が、パラボラを半分見えなくしている。

「確かにな……急ごう」

神代は小道に出ると、高台向けて走り出した。

――どこが狙撃手なんだか……バンザイ突撃か。

狙撃銃ドラグノフを突撃銃として使わなくてはならないというのも、情けない。沼の外周を辿り、パラボラへと続く坂の突端まできた。反撃はない。ここで止まり、上を探る。頂上までまっすぐ一本続く坂。ところどころに、土留めの横木が埋め込まれているらしく、四、五メートル間隔で雪の盛り上がりがある。

ここから先の雪面も、やけくそにでもなったのかと思うほど、足跡だらけだ。足跡を踏むなとは考えるが、まっさらな雪面がそもそもない。一歩足を踏み出した。

耳障りな金属音が響いた。神代は痛みを感じるより前に、地面へ倒れ込んでいた。

——いい加減にしてくれ……猫田さんよ……。

左足首を、とらばさみに噛まれている。全体が赤茶けた錆に覆われた、鋭い歯つきの大型とらばさみだ。その場に転がったまま、歯をこじ開けようと試みる。かなり強いバネを使っているらしい。なかなかうまくいかない。

溝口だった。《なにをしてる》

背後を見た。溝口は分かれた場所にいて、銃を構えていた。

「気にするな。お前はパラボラを警戒していろ」

《してるさ。どうしたんだ》

「猫のとらばさみにやられた」

——虎だから、とらばさみが得意なのか？

こんなときに馬鹿なことを。打ち消す。転がったままで外すのは無理だ。身を起こした。

「しっかり監視していろ——」

両手を使い、渾身の力を込めて歯を開いていく。とらばさみのバネが目に入った。バネだけは光り輝き、油でてかっている。

——野郎、対人用に作り替えたな。

手がすべった。再び、歯が閉じられた。

「——」

言葉にならない叫びが漏れた。

《大丈夫か》

「いいからお前は――」

溝口がかなり前進してきている。

「止まれ。そこにいろ」

溝口の視線が、パラボラと神代を往復する。

「溝口、聞け。最初いた場所まで後退だ」

《しかし――》

溝口は無線で話しているということもあり、神代へと視線を当てた。

おれを見るな。その叫びは、銃声と爆音にかき消された。

溝口が粉々に散った。腰のベルトに挟んでいた猫田の手榴弾を撃たれた。

神代はそのときすでに、土留めの横木を遮蔽物として、パラボラを狙っていた。

影が見えた。考えるより先に撃っていた。

――手応えは……分からん。

影が消えるのと引き金を絞るのと、どちらが速かったか。ほぼ同時だと思う。同時の場合、こちらの精度の問題になる。精度はどうだったか。

――まあいい。そのうち分かる。

今の一瞬は危なかった。溝口解体ショーを眺めていたら、次は自分が仕留められていた。

ドラグノフでパラボラを狙いながら、手探りでハンドガンを取り出し、バネを撃って自由になった。傷は痛むが、骨は折れていないようだし、アキレス腱も無事だ。

ハンドガンの弾倉内、残りをすべてパラボラへと撃ち込んだ。そして、駆け上る。傷は痛むが、無視するしかない。

ドラグノフを構え、スコープは使わず狙いをつけながら、登っていく。

――いい加減、ツラを拝ませろ。

射撃はない。二十メートル、十メートルと近づいていく。

撃たれない。撃ってこない。

ついに登りきった。パラボラのコンクリート基礎部分に伏せ、弾倉を付け替えたハンドガンを、弾倉が空になるまで広角射撃した。次に、これまで使う機会のなかった藤木手製の音響弾をすべて投げ込む。殺傷力はほとんどない。音だけのものだが、それでも地面を震わせた。

神代は鉄骨組みの中へ飛び込み、銃を構えた。伊沢吾郎は、いなかった。


「あそこだ――」

声が増えた。結はちらりと肩越しに振り返った。阿久津と手下が、前後して追ってくる。

舞い散るぼたん雪の中を、ひたすら走った。ようへいが、結の首へ強く抱きついてくる。

距離が縮まっていく。

――このままじゃ駄目……藪の中に……。

背後から、追手の息遣いが迫ってくる。

背中を強く押され、雪の中へ転がった。

ようへいを庇いながら、半身を起こした。すぐ後ろにいたのは手下のほう。阿久津がそのあとから、歩を緩めて近づいてきた。

阿久津が家の方向に振り向いて怒鳴った。「捕まえたぞ。馬鹿やろうが。ガキに先手取られやがって」

「阿久津さん」手下の訛りある日本語。結の着替えを監視していた手下だ。「ガキ殺しは寝覚めが悪い。たっぷり上乗せを頼む」

「よし」乱れた息を鎮めようとしている。「やれ」

手下が拳銃を結へと向けた。つい彼らの背後へ視線が向かう。あの酔っぱらいがきてくれたら。だが、人影はなかった。

意外な反抗者が現れた。ようへいが、結の体を離れて手下の手に噛み付いたのだった。結はとっさにあとへ続いた。ようへいが向かっていったのだ、自分がただ見ていてはいけない。

「くそがき――」

怒声が一声。結とようへいは簡単に振り飛ばされた。結は飛びついてきたようへいを抱きとめた。起き上がろうとした結を、手下が踏みつけてきた。結はようへいを抱いたまま、自らはまっさらな雪に抱かれた。

「早くやっちまえ」阿久津はやや離れた場所から言っている。自分で手を下す気はないらしい。

「これで終わりだ。おれたちは山を下りる」

手下の銃が、再び結を狙った。

ようへいを強く抱きしめ、瞳を閉じた。そして、強く強く、祈った。

――お前たちなんか死んじゃえいますぐ死んじゃえ死ね死ね死ね……。

結は抗い、ようへいを抱いたまま体を反転させ、這い逃れようとした。手下が踏みつけてくる。

涙が零れた。

――じーちゃん、助けて。

道の先が視界に入った。雪に煙る旧トロッコ道。白い影が、ぼうっと立ち上った。

「あれは……」

手下の呟きだった。

突然の破裂音。何回鳴ったのか分からない。結は音が収まるまで、ようへいを抱きしめてただ、伏せていた。

音が途絶え、足音が近づいてくる。阿久津たちといい、あの酔っぱらいといい、今度はなんだ。ほんとうに、悪魔がきたのか。

「ユウ？」

聞き覚えのある、低い声。

「すまない、ユウ。スノーボール・ゲームはできそうにない」

顔を上げた。真っ白い服を着た、ペレロ教授とエネリット青年が、そこにいた。

結は下山を拒んだ。だが教授、杷木に強く説得された。まだ手下が残っているかも知れないし、警察への通報、男児の手当ても必要だろう。

「通報後、わたしたちは姿を消します――」ペレロだった。「なにをどう警察に話すかは、あなたの自由にしてください」

「困るくせにさ」

ペレロはなにも言わず、ただ、日本式のお辞儀をした。

土間の石炭ストーブが消えかかっている。彼らが撤収の準備をしている間に、いらない小冊子を破いて焚きつけにし、石炭を補充した。

迎えにきたペレロが、それを不思議そうに見ている。

「じーちゃんが戻ってきて、すぐあったまれるように、だべさ」

居間に上がって、茶箪笥を開けた。無線は以前のまま、そこにあった。最初から盗みが目当てでなかった彼らは、この無線を見つけられなかった。

「じーちゃん？　じーちゃん、聞こえる？　あたしは無事だじゃ」

応答はない。

「先に山下りる。ペレロたちがきてくれた。じーちゃん？」

応答はない。

「加納に言って、ヘリコプターでもなんでも出させるから、待ってて」

応答はない。

「じーちゃん？」

涙が零れ、頰を伝う。

「じーちゃんてば……じーちゃん？」

嗚咽に負け、話せなくなった。

「多分天候のせいで交信状態が悪いだけです。彼は無事です」

涙を拭う。「じーちゃん？　ひとりぼっちにしたら……許さねがら」

「彼は無事です……ここは彼の森だから」

十八

体から、すべての力が抜けた。笑みが浮かんでしまう。
《じーちゃん？　じーちゃん、聞こえる？　あたしは無事だじゃ》
ペレロ少尉とエネリットは、やり遂げた。吾郎の提案した、常人では決してやり通すことのできない難関を、見事くぐり抜けた。
《先に山下りる。ペレロたちがきてくれた——》
吾郎は東側にある絶壁の稜線を、南へ沿って這っていけ、と提案したのだった。左は断崖、右はまっさらな雪原。絶対に射手に見つかる、とペレロたちは主張した。
——風と雪が守ってくれる。あんたたちを隠してくれる。
そう説得した。西側から吹き上げてくる風は、稜線を越えるとき風速を増す。風だけなら意味はないが、今日は運良く、雪含みの風だ。風速を増すということは、雪の密度も増すということ。白い煙幕が作られるが、遠くから見ている者には、その煙幕が見えない。いや、見えているのだが、それはただの雪なので、煙幕とは思わない。ペレロたちが全身白装束だったため、遠く離れた射手からは見えなかったのだ。

《じーちゃん?……》

答えたい。だが、できなかった。桟橋の敵を撃った直後にきた反撃で、無線を壊された。返信できなくなっていた。弾は体には当たらなかったが、胸のポケットに突っ込んでいた無線をかすめた。

ペレロにはほんとうにお礼の言いようがない。部下四人を失ったことについては、悔やみの言いようがない。彼には戻る義理がなかった。なのに、手を貸してくれた。

――結とは友達です。

ペレロは戻ることを志願した理由について、その一言しか言わなかった。

――あなたにとってジャングルが悪夢の場所なように、残念ながら、雪山がわたしにとってそうなりそうです。

スキーは習得してみたい。彼はそう付け加え、笑った。もちろん退役してからのお楽しみですが。

パラボラの辺りがやっと静かになった。

――さて……仕上げをやるべえか。

身を横たえ、息を鎮めた。吐く息が白く目立ってはいけないので、雪ひとつまみを、口に含む。

――終わったら、今日はふたりで加納のとこさ泊まるかな。結?

返してきたのは、違う声だった。

――猫が猫足で昇っていくぞ。

浦瀬少尉は声を上げて笑った。

――奴はあの世へも、忍び込むつもりらしい。

つい吾郎も笑みを浮かべて答えた。

――まったく、あいつらしいですね。

――伊沢よ、最善の策とは思えないが。

――隠れる場所がもうないんです。浦瀬少尉。

――奴は鼻が利く。見つかるぞ。

――そのときはそのときです。

――なぜ逃げない。

――ケーブルを辿って？　すぐに追いつかれてしまいます。もうひとりだし、ここで終わらせます。

――頼みは運だけか。

――大学の学生さんたちが、勉強熱心であることを祈りますよ。

空が黒みを濃くしていく。日没が近い。

神代はパラボラの真下でしゃがみ込み、辺りを探った。音なし、影なし、匂いなし。無線を取り出す。

「こちらカミ――」

神代の囁きに応える者はいない。撤収は完了したらしい。製材所跡までは、電波が届かないのだろう。ドラグノフを構え、じりじりと摺り足で進む。

血の跡を見つけた。

――さて……東京ではなにをしたい？　カティロ？　やはり嫁探しか。

勝った。神代は血の跡を追っていく。血の跡は点々と続き、パラボラの下を出て、東の断崖へと向かっている。パラボラの下、コンクリート基礎へ身を隠し、ドラグノフを構えた。

黒い空。勢い良く流れ、断崖の外へと飛び出していく雪。

念のいったことに、ここも足跡だらけだ。雪、吹きだまり、冬枯れた草。遮蔽物として使えるものはほとんどない。ただひとつ、小さな小屋を除いて。神代から見て真正面、距離は五十メートルもない。断崖の際に建てられた、規模の小さな気象観測設備。地図に載っていた記憶がない。パラボラ運用に関連して建てられたものだからかも知れない。風力計のついた塔。その横に、真っ白な小屋。小屋というより、大きな百葉箱に近い。高床式になっている。

小屋に窓はないが、小さな扉がついている。血の跡は、その扉で途絶えていた。

あの中か。小屋の裏手がどうなっているのか見えないが、高床式のせいで、裏手の下が見透かせる。だれもいないようだ。やはり、中だ。

――ギャング式に蜂の巣にするか。

祠と同じように、あの小屋も壁は薄そうだ。

右の視界に、黒い影。

さっとドラグノフを向けた。

犬。後ろ足を引きずった犬だ。

――くそ。

分かった瞬間、ドラグノフを小屋へ戻した。危なかった。先手を取られるところだった。小屋周辺に変化なし。犬のせいで死んだのでは、笑えない。

犬は神代に向けて鼻を蠢かしたあと、雪に鼻先を突っ込みながら、歩いて離れていく。

――伊沢の犬だ。

見覚えがある。間違いない。

――ご主人様を探してここまできたのか。さあ、いけ。いっておれに正確な位置を教えてくれ……。

小屋の中だと半ば確信しているが、犬がいってくれたらありがたい。小屋を探りながらも、犬の行方を気にしていた。犬は小屋へは向かわなかった。後足の片方を僅かに引きずりながら、左斜め方向へと歩いていく。

犬は二十メートルほど進むと、枯れ草の固まりへ鼻を突っ込んで気が済むまで匂いを確かめたあと、その場に腰を下ろした。

小屋を見続け、犬を気にかけ続けた。

しばらくすると犬は、その場に丸く寝そべってしまった。

その意味を考える。飼い主の匂いが分からないのだろうか。分かりはしたが、いちいち追いかけていかないものなのだろうか。

神代は犬を飼った経験がない。こういう場合の犬の行動について、知識がまったくなかった。

頭上から、微かな金属音。

一瞬頭上へ視線を走らせ、素早くもとに戻した。上にはなにもなかった。鉄骨、雪、パラボラがあっただけ。小屋に変化なし。

ブザーが鳴り響いた。

鉄骨に取り付けられた警告灯が回転する。

小屋を見続けていた。

コンクリートの基礎が軋んだ。違う。軋んだのは、その上のレール。パラボラが、ごくゆっくりと回転をはじめた。

振動で細かな雪の飛沫が降り注ぐ。

動じず、小屋を見続けている。

数秒動いたのち、がん、音が響いて止まった。止まった途端、大きな雪の固まりが降ってきた。

目をつぶった。百分の何秒かは知らない。ただ一度、瞬きをした。依然、小屋を見続けて……。

伊沢がいた。

左斜め方向、二十メートル先。立て膝をつき、こちらを狙っている。

犬が寝そべった、そのすぐ脇。犬は確かに自分の飼い主を見つけていた。だから、あの場所に寝そべったのだ。血痕に気を取られた上、犬の意図を見抜けなかった。

ドラグノフは、見当違いの小屋を指し続けている。

——野郎、蓑に笠で……地面にただ伏せていただけか？

まったく見えなかった。見たはずなのに、見いだせなかった。

首に、最初で最後の弾丸を食らった。

十九

「ポチ？　ポチっこ？」

ポチが縋りついてくる。

「探しにきたのか。お前はほんとうに忠犬ポチ公だども、さっきは肝が縮んだあ」

その場でポチをくしゃくしゃにしてやった。

立ち上がり、雪を払った。雲の流れがかかり、半分欠けたように見えるパラボラアンテナを見上げた。

「天文学部の学生さんに助けられた。これからもちゃんとお皿掃除、すべ」

ライフルを杖にして歩いていく。

男はまだ生きていた。なぜか、懸命に笑みを浮かべようとしている。

「あんたが頭目か」

男は微かに頷いた。

「いい銃だが、策がまずかったべさ」

男は不満そうに顔をしかめた。痛みのせいかも知れない。

「あそこで兵隊さんたちを四人も撃つことはなかった。彼らをつけていけばよかったんだじゃ？　いずれはおれたちと合流したんだからな」

男は鼻で笑ったが、その拍子に、血の飛沫が飛び散った。

「あんたは結局、棒立ちの人しか仕留められなかった」

吾郎は、ペレロから渡された小瓶を、彼の見えるところへ置いた。

「いちごシロップだべさ……あんたの弾は一発も、おれには当たってない」

男は呆然と小瓶に見入られていた。

「昔、米の狙撃兵と戦った……あいつらに比べて、おまえさんのやることなんぞ、ガキの遊びだじゃい」

男は視線を小瓶から吾郎の顔へと転じた。なにか言いたげなその瞳から、生気が失われていく。

――ツラを……ツラを……。

伊沢の声は届いていた。自分の射撃がまったく伊沢へ傷を与えなかったことも、いちごシロップに騙されたことも、耳には届いていた。

そんなことは、どうでもよかった。

――いい加減……そのツラを見せろ……。

ゆっくりと、視界が狭まっていく。

神代はついに一度も、伊沢吾郎の顔をその目で見ることなく、逝った。

パラボラの裏へ回った。グラマン沼が、髭之森が見える場所。腰を下ろし、ポチを脇に抱いた。

「今日はほんとうに、えらい日だったじゃい。なあポチっこ」

日没のときを迎えている。

「疲れた。休憩すべ」

懐から、小さな包みを取り出した。中のものをひとつ摑み、口の中へ入れた。

「わがね……硬すぎだじゃい……」

結のクッキーは、硬く凍りついていた。まあいい。口の中で転がして、溶かしていった。微かに甘さが広がってくる。

——見事だった。

「ありがとうございます、少尉」

——仕込んだ甲斐があったというものだ。

「これを最後にしてもらいますよ」

含み笑いがした。

——それは貴様の事情による。静かに暮らすことだ。この森でな。

「少尉どのにもこの森を見せたかった……少尉どのに助けてもらわなかったら、帰国は叶わなかったでしょう」

——大丈夫。貴様と一緒に見ている。素晴らしく豊かな森だ。

「みなにも見せたかった」

なぜ山を下りなかったのか。今日、だれかに訊かれたような気がする。だれだったかは、あやふやだ。自分がした返答も、あやふやなものだった。真実は、あんなものではない。

戦友、みなが言った。故郷に帰りたい。ほとんどが、強く望みながらも果たせず、死んでいった。この国にあるのは空の墓。多くの遺骨は今も、人知れず異国の土に眠っている。

彼らの思いの強さが、吾郎を山に引き止めた。自分は無事、帰ってきた。ここが古里。戦友たちが切望し、果たせなかった帰郷を果たした。だから自分は、なにがあろうとここを捨てない。戦友たちが得られなかったものを、自分は得られた。捨てるわけにはいかない。

自分はここにいる。留まり続ける。

――なあ、結？　ライオンのように留まる、だべさ。

二十

結がようへいを抱いて助けを求めたのは、弥勒亭だった。

その後の騒ぎは結の想像以上だった。山が燃えているかと思うほどの赤色灯。制服、私服の警官たちが溢れ、消防署員も押し寄せた。

自分自身にその必要はないと思っていたが、半ば強引に、救急車へ乗せられた。海斗郊外の大学病院へ収容され、診断を受けた。

凍えたダム湖に全身を浸すという暴挙に出たが、着替えが早くでき、石炭ストーブの暖も使えた。結の体に大した異常はなかった。殴られて鼻を傷つけられたくらいである。

夕食にはごく普通の料理が出た。みそ汁を一口含み、その温かさに、吾郎を思った。涙が滲んでくる。入れ替わり立ち替わりに刑事が話を聞きにきたが、午後八時を過ぎた今、結は個室のベッドにいて、ひとりきりだった。吾郎に関する情報はない。

男児の身元は分かった。ようへい、武洋平は弥勒亭を発つとき別の救急車に乗せられた。あれ以来会っていない。海斗の街中で行方不明になった子が、洋平なのだと改めて聞かされた。意味が分からない。男児行方不明事件は、杷木に聞かされた話とはまったく嚙み合わない。偶然だろうか。だが、阿久津たちはあの子を知っていたようだった。

ノックの音。小さくドアが開いた。加納巡査長が顔を覗かせた。

「たいへんだったな。大丈夫。怪我は」

笑顔を作る。「大丈夫。なんで入ってこないの」

「入る資格がない」苦笑いを浮かべた。「番の者に無理言って、ドアだけ開けた」

そこまでしているなら入ってきても同じようなものだが、そこが公僕のたしなみというやつだろうか。

「あたしは平気。じーちゃんは」

表情が曇った。「みんなで捜している」

「無理言わないでいい」捜索のことは聞いていた。「雪と風、日没。二次遭難の危険があるから、本格的な捜索は明日……そうなんでしょ？」

「いや」にっこり笑った。「有志が集まって、止めるのも聞かずに山へ入った」

「有志？」

「凄い人だね、ゴローさんは……話を聞いて方々から五十人が集まったよ」

「どこのだれ」

「ゴローさんの弟子たち。猟友会の若者たちだよ」

番をしている警官にでもなにか言われたらしい、横手に向かって一度頷いてから、結へ言った。

「いかないとならない。分かってるな。帰るところを聞かれたら、おれのところだと答えるんだ。女房も待ってる」

「ありがとう」

加納が目を丸くした。「ありがとう……なんだ、ちゃんと言えるんじゃないか」

加納は笑顔を残し、去った。

またひとり残された。夕食の漬け物をつまむ。吾郎が作ったもののほうがうまい。また、涙が滲む。食べ物は口にしないほうがよさそうだ。

テレビを見る気にもなれない。横になった。

――杷木の具合は。

――気を失っているみたい。

下山している車の中。エネリットが運転し、助手席にペレロ。後部座席に結とようへい、杷木が座っていた。杷木はドアにもたれ、目を閉じていた。

──吾郎さんは大丈夫だろう。森を知り、策があり、腕がある。

そんなことを言われて、どう答えればいいのか。

山の中の顚末は、杷木の話に加えてペレロの告白で、すべてが分かっていた。迎え撃とうなんてしないで、ケーブルを伝って逃げていてほしい。

──こんなことになって、申し訳ない。

──ほかに方法、なかったの。

──あったかも知れない。彼らの攻め手を甘く考えていた。寄せ集めのチンピラがくる。脅かせばすぐ逃げる。そういう情報を得ていた。だが、プロ級の狙撃手が控えていた。

──攻めてくるのが分かっていて、それでも山に戻すなんて。

──それについては一言もない。

──兵士だから。

──そうだ……わたしが言うべきことではないが、国の交渉がうまくいっていれば、話は違ったかも知れない。

──交渉って？

──過去の事件そのものが表沙汰になっても、上層部としては構わなかった。もともとそれを利用するつもりだったのだから。だから、日本の外務省、警察庁へとメッセージを送った。伊沢吾郎を保護してくれ、と。

──却下？

──いや。了承を得た。上層部は安心していたが、のちに杷木が実情を調べたところ、なにりもされていないことが分かった。再びメッセンジャーが送られた。再び了承を得た。だがやはり、なにもされない。理由はなんだと思う。

——なに。

——高みの見物。事は次期大統領候補選びに絡んでいる。選挙後の交渉に利用できるとでも考えたのかも知れない。あるいは、事態を軽んじていたのか、フィリピンそのものに対する軽視か……とにかく、日本はなにもしなかった。それで、作戦が練られた。その作戦は極秘の軍事作戦らしく、あまり……。

——人道的ではなかった、とか。

——そういうことだ……すまなかった。

日本政府が吾郎の保護をしなかった。この話は杷木からは出なかった。杷木は阿久津から、同じような内容の詰問を受けていた。杷木はただ黙っていた。なぜだったのか。その事実を阿久津のような者へ言うのがいやだったのか。日本に生まれ日本に暮らす結に、きみの祖父は日本に見捨てられた、と知られるのを避けたかったのか。

——ちゃんと国へ帰れるの。日本の政府が動く？

——なにもないだろう。日本政府は事前に警告されていたが、警告を無視した。そう非難されるのを避けるために。警察の下部組織はその話を聞かされないまま、手探りの捜査をすることになる。

——あたしが証言したら？

——事情は違うだろう。我々に止めることはできない。自分の正しいと思うことを、正しいと思うままに。

――本心？

少し黙り、言った。

――丸一日ほど黙っていてくれたら、ありがたい。

――杷木さんの手当てはどこで。

――安全な場所で、秘密裏に。

――殺しちゃう？

――まさか。あいつらと一緒にしてもらっては、困る。

現に、結を無事に送ってくれている。口封じが必要なら、結にも関わってくる話だ。お前は知り過ぎた、というやつ。あるいは口封じするつもりで、結を車に乗せたのだろうか。杷木の手当てという問題もある。このまま民間の病院へ連れていったら、間違いなく警察沙汰になる。彼らの組織内に手術ができるほどの設備と腕のある医者がいればいいが、いなかった場合はどうなる。ここは彼らのホームグラウンドではないのだ。

――わたしが、そんなことはないと誓う。

結の不安を感じたのか、ペレロは力強く言った。

――作戦が動き出した当初から、ただひとり、吾郎さんときみの身を案じ続けていた。

熱に浮かされる杷木の横顔を見つめた。結は皮肉を込めて、杷木へ言葉を贈った。そこまでやるなら、最初から違う手を考えなさいよ。

どこかに連れ去られることもなく、弥勒亭の脇へと着いた。

――日本はもうこりごり？

ペレロは仄かに笑った。

――確かに、雪はまずかった。

エネリット青年がなにか言ってきた。ほとんど母国語、意味が分からないじゃない。スノーボール・ゲームがどうとか言っている。ペレロが訳した。

――自分はいつか必ずスノーボール・ゲームをする、と言っている。

いつの間にか、杷木が目覚めていた。目の焦点が定まらないようだ。容体は悪化しているらしい。

――じゃあね。長居はしてられない。助けを呼ばなきゃならないから。

ドアを開け、ようへいを抱いて降りた。

――結……アディオス……ユウ……。

その台詞なら、なにかの映画で聞いたことがある。

――んだばな杷木さん……あでおす。

立木は保護された男児が運ばれた病院にいた。事はあまりに大きすぎ、津山信一の存在など吹き飛んでしまったかのようだった。夜が更けるにつれ、見つかる遺体の数が増えていく。端緒こそ摑んだものの、津山信一の身柄は県警本部に持っていかれた。津山は生きて見つかったが、泥酔状態で、話を聞けない。マスコミが嗅ぎつけ、捜索本部が急造されたドライブイン弥勒亭の周辺、そしてこの病院の周辺には報道関係者が溢れている。

十一時を過ぎ、津山は集中治療室へ移された。まだ聴取はできない。どうせ聴取はできない。帰ってもよさそうなものなのだが、県警の奴らが張りついている。なら、自分も帰るわけにはいかない。

長椅子に腰かけ、待つだけだ。

この件で顔見知りになった県警の刑事が隣に座った。

「山の中で、遺体が見つかりまくっている。なにが起きたと思う。まさかみな、津山の仕業か」

「分かっているくせにそんなことを……別のなにかが起きたんだ」

そこに居合わせた伊沢吾郎、猫田虎之介というふたりの老人が巻き込まれ、のちに伊沢の孫結が帰宅し、彼女もまた巻き込まれた。銃撃戦が展開されたらしいことは、立木たちにも伝わっている。巻き込まれた老人たちは、自分たちが持つ技術と経験で反撃したらしい。詳細が、もどかしいほどに不明なままだ。

なにか知っていると思われた伊沢結は、家の中に監禁されていただけでなにも知らないし聞かなかった、と言っているとか。結を監禁したのは津山ではなく、アクと名乗る日本人だという。津山の件と銃撃戦は別件と考えていいのだろうか。

日が変わる前には、すべての遺体が収容された。当初捜索は明日から、という予定だった。だが警察の命令などおかまいなしの数十人が押し寄せ、仕方なく彼らに同行する形ではじまった捜索だったと聞いている。

見つかった遺体、十八人。

信じられない数だ。戦争でも起こったのか。

大忙しの検死作業は夜通し続いた。

依然聴取不可の津山につき合うのに飽き、立木は検死結果が出るのを待っていた。夜明け直前、全員の死因が特定された。ひとりを除き、全員が他殺。三人が刺殺、あとの残りが射殺か爆死だった。

ただひとり、他殺ではないと判定されたのが、伊沢吾郎だった。彼の遺体はパラボラアンテナ付近で見つかった。伊沢吾郎の死因は……。

「……それはほんとうか」

「そうです。体温の状態などから間違いないでしょう。凍死ではありませんね」

思わず呟きを漏らしたが、自分でもなぜこう呟いたのか分からなかった。

「……信じられん」

伊沢吾郎の死因は、老衰だった。

どこか遠くから、

――わん。

一声だけ、聞こえた。

終章　二〇〇七年　十一月

空っ風が吹き抜ける。結は乱れた前髪を直した。東京で迎える十四回目の冬。街の冬は、埃っぽい。立木が指定したカフェは、結の職場から歩いて数分の四つ角にあった。あまり遠くを指定しては、と配慮したのだろう。

そのカフェなら結も知っていた。ロールケーキが自慢のいわゆる〝若向け〟の店。立木は地図だけ眺めてこの店を選んだのだろうか。ごく普通の初老男が入るには、いささか気後れするタイプの店だ。

——あるいは立木、無類のケーキ好きとか？

そのほうが面白い。仕事のストレスをロールケーキの甘さで溶かす、執念頼りの鬼刑事。

店に着いた。店内は壁、天井、床と真っ白。椅子とテーブルの天板だけが、深紅。ここにくるといつも思う。

——まったくこのたびは、おめでたいことで。

立木はロフトふうの造りになった二階席にいた。結をすでに見つけていて、中腰になって頭を下げた。

堅い仕立てのスーツを着て、硬い表情をしている立木は、この店の中でやはり、浮きに浮いていた。

階段を上がっていき、対面した。

「地に足がついてますか」

立木は苦笑いを浮かべた。「懸命に探ってはいますが、どうしても届きませんな」

紅茶を注文した。立木が言ってくる。

「ケーキは。おいしいらしいですよ」

「刑事さんは」

「甘いものはセーブしていまして」

「辛党？」

「そうだったらいいんですが、養生のためです」

「それはまた」

「わたしに遠慮なくどうぞ」

「遠慮します。そういう人間です」

立木は微かに微笑み、口の中で、なるほど、と呟いた。

「お仕事は順調で？」

「まあまあ。刑事さんは」

「前も言いましたが、もうすぐ退職します」

「悠々自適ですか」

「まさか。再就職するつもりです。この歳だしこのご時世だし、難しいとは思いますがね」

不思議な気がした。この道何年かは知らないが、刑事をやり続けてきた者が、退職後の再就職を考えている。立木たちには当たり前なのかも知れないが、結には意外な話だった。

「警察以上に打ち込めるものがあるといいですね」

立木は悲しく笑った。「そんなもの多分、ありませんよ」

悪いことを言った気がした。だがそれ以上言葉を重ねなかった。気遣いの念押しはときに、人を傷つける。

「生活のほうは順調で」

「調べたんでしょう」

「まあ、ひと通り」

「どんな結果でした？　やっぱり、寂しい中年女ってところ？」

「中年女なんて。結さんはまだまだお若い」

「三十過ぎれば中年です」

「ではわたしは大老人だ」

「まだまだ。最低八十は過ぎないと大はつきません」

「吾郎さんのように」

「そう。祖父のように」

会話が途切れた。祖父が話に出た。そろそろか。

「警察の見解では――」

結の紅茶が届いた。立木は言葉を切った。ウエイトレスが去って、はじめた。

「あの山で起きたのは、ふたつのグループによる、被害男児及び津山信一の争奪戦だった。これが警察の見解です。ご存じだとは思いますが」

結から見てもその見解は、かっちり嵌っていた。津山信一の弱みを握って資産を食い物にしていたトレス・神代グループ。神代とは古くからの顔見知りだった東京の阿久津グループ。このふたつの陣営が、金づる津山信一の身柄と、武洋平の身柄を争奪し合った。甲ダムへ洋平を投げ捨て、信一の自殺を偽装しようとした神代たちを、阿久津らが急襲。銃撃戦となった。吾郎と猫田以外の遺体、十六人がそれぞれ敵と味方に分かれ撃ち合い、共倒れ、あるいは吾郎たちの反撃で死亡した。吾郎と猫田は銃撃戦に巻き込まれただけ。目撃者でもあるので執拗な追跡を受け、反撃しながら山を奥へ、奥へと逃げた。

身元が判明しなかった者は八人に及んだ。その全員が犯罪組織に関わるか属するかしていた、不良外国人と思われている。

「ただ、あくまでも見解です」

「でしょうね」

「知っての通り、あの区域は当時わたしがいた西署の管轄でした。わたしはまた、未解決事件を背負わされた」

「未解決ですか」

「被疑者死亡のまま送検……これは未解決と同義なんですよ」

「あなたにとって？」

「すべての刑事にとって……絶対に避けたいことだった」

「退職が近づいているのに、という?」

「そう。まさに忸怩たる……というやつです」僅かに身を乗り出した。「長話になりますが、聞いてくれますか」

「そのためにきたんです」自分で自分を茶化した。「家に待つ者のない、暇人ですからね」

立木は笑みとも渋面ともつかない、複雑な顔をした。

「なぜ離婚を、て訊かないんですね」

「では……なぜです」

鼻で笑った。「女関係です」

「では、続けます」

「どうぞどうぞ」

「まず不審点は電話線です。吾郎さんの家に繋がっていた電話線が、切られていた。そこまでしますか、という話です。不要な措置だ。却って無関係な人を呼び寄せる結果を引き起こしかねない。だが、線は切られた。それからダム湖に男児が投げ込まれ、津山信一が始末される。次が、津山信一のいた場所です。津山の記憶では、廃屋の中で殺されかけた、ということです。彼らは製材所跡も使った形跡があるのに、そこでは津山を始末しようとせず、わざわざ人の住んでいる山の奥へと向かった。必然性のない移動です。製材所跡で阿久津たちに襲われた? いや。製材所跡では一発の弾痕、弾丸さえ見つかっていない。襲撃のあった痕跡がない。あそこではなにもなかった。ではなぜ、神代たちは津山を廃屋のあるところまで連れていったのか。

男児を投げ込んだところを伊沢さんや猫田さんに見られた？　だから追いかけて山のほうへ？　通報を遅らせるため、電話線を切った？

これも違うとわたしは思います」

「わたしは？」

「そう」悲しく笑った。「本部ではその推測を採用した。逃げた伊沢さんは家に閉じこもり、あなたも覚えているでしょう？　家が穴だらけになった……だが違う」

「なぜですか」

「話は猫田さんへ飛びます。彼は犯人たちに対抗するため動物用の罠や手製の爆発物を使った。問題は、手製の爆弾。彼は禁止されていた発破漁をダム湖で行っていた。だが、夏だけです。冬は湖面が凍結するから発破漁はできない。危険な発破をそのままの状態で一冬保存するなんて、さすがの猫田さんもしなかった。火薬が劣化を引き起こすかも知れないしね。これは玉崎銃砲店の店主の証言です」

「股裂きは発破漁を知っていて黙認していたと？」

「股裂き？」

「失礼……玉崎」

「彼は火薬取り扱いの免許を失いました」

「……気の毒に」

「猫田さんの住んでいた家の中から、空の火薬缶やら罠の部品やら、多数見つかっています。黒色火薬の残滓もね。密閉容器に保存、火気厳禁です。残された残滓の状態、工作物の状態から、猫田さんはあの事件の少なくとも一日以上前に、手製の爆弾を作りはじめたことが割り出されています。なぜでしょうか」

「なぜですか」

「急にその必要が生じたからでしょう。襲撃を予想していたようには感じませんか」

「虎ちゃんは変わり者だから、なにを急に思い立っても驚きませんけど」

「家の中に閉じこもったのを救ったのが、猫田さんだったと思いますが、その猫田さんはいわゆる、フル装備状態でした。無線で助けを乞われたとしても、不自然な点があります。罠です。とらばさみにくくり罠……どういう局面を考えてそんなものまで？　チンピラを撃退するにはあの爆発物だけで、充分です。なのに、猫田さんは罠を携行した。あるいは仕掛けた。とらばさみにはご丁寧に改造されていたものまでありました。普通の動物用には不要なほど、強力なバネに変えられたとらばさみなどです。猫田さんは、襲撃がある、あるいはあるかも知れないと、主人公、伊沢さんから聞いていた」

「主人公？」

「この物語は、伊沢吾郎さんがメインです。男児や津山などは、二次的なものに過ぎない。立坑跡で死んでいた四人の東南アジア人が、それを教えてくれます。四人ともいっさいの身分証を持たず、武装もしていませんでした。だが、硝煙反応は出た。もとは武装していたが、死後、武装を解かれた。だれに？　分かっていません。

そうです。彼らが持っていたはずの銃が、見つかっていない。銃が四つ、足りないんです。立坑で死んでいた男も、銃を持っていませんでした。だがのちに、パラボラ付近の藪の中に捨てられているのが見つかっている。死んだ男の所持していた弾丸は、そこで見つかったライフルのものです。だれがそこに捨てたのか。吾郎さん？」

「さあ……」

「四つ足りない銃……妙なところで見つかったライフル……手袋から目出し帽、ブーツに至るまで全身白で身を固めた四人……まるで軍人のようだと思いませんか」

「知識がありませんよ」

「津山信一が見ていたんです」大きく身を乗り出した。「逃げたあなたを救ったのが、白い男だった。白い男は、あなたにも、武くんにも、いっさい危害を加えなかった……なぜ？　あの男児を奪い合っていたのではないのか」

結にはすでに、そのブラフが分かっていた。

「なのに、本部はその話を採用しなかった？」

立木は身を引いた。「おなじみの話です。津山は山で三人を殺したが、自分はまっすぐに歩けないほどの酩酊状態でした。そんな酔っぱらいの話には、信憑性がない。また、津山は最後まで見ていなかった。吾郎さんの家に戻り、土間で倒れ、意識を失った」

そうだった。ペレロたちと家に戻ったとき、津山は倒れていた。奴らの仲間、あるいは訳ありの敵対者だと思い、だれも一顧だにしなかった。

「立坑そばにいた四人の白装束、あなたを救ったふたりの白装束……そして所沢伊太郎」

「はい？」

「前夜いた天体マニアですよ」

「ああ」

「所沢伊太郎は実在していた。埼玉の所沢にね……だが彼は、自分が車をもう一台所有していたことを知らなかった。税金やらなにやらあるのに、まったく知らなかった……そんな偽装ができるなんて、ただの犯罪組織じゃない」

「その白装束が、以前あなたの言った別の陣営だと」

「そうです。彼らは伊沢さんを守るために遣わされた、軍人だと思います」

「その辺りから例の、実証できないという話でしょうね」

「さすが勘が鋭い……その通りです。話はまた飛びます」

「どうぞお好きに」

「浦瀬十三少尉はご存じですね」

「ええ」

「浦瀬肇さんも」

「お孫さんです」

「肇さん含め浦瀬さんのご遺族から話を伺いました。敗戦の引き揚げ時、伊沢さんが持ち帰り四十六年の時を経て遺族の手元に戻った、浦瀬さんの日記です。あなた、読みましたか」

「いいえ。読む間がありませんでした」

「事件の数ヶ月前、ある者が歴史家を装って訪れ、日記をコピーしていきました。それから数ヶ月後、事件直前、別のある者が研究家を装って訪れ、日記を売ってくれ、と言ってきたそうです。提示された金額、五百万円です。信じられますか」

「そういうことについても、知識がありませんよ」

「では簡単な話をしましょう。日記を買い取りたいと申し出てきた人物なんですが、あの山で死んだ阿久津に酷似しているそうです」

なるほど、そうきたか。阿久津という男がどういう役割を担っていたかまでは、知らなかった。

「日記を買いたいと言ってきた人物と同一人と思われる阿久津は、あの山で死んだ。興味が湧きませんか」

「もちろん」

「ここから先はますます実証不可能な話が多くなる――」

浦瀬少尉の日記が四十六年ぶりに遺族のもとへ戻ったニュースは、全国ネットで扱われました。新聞にも記事が載った。伊沢さんへのインタビュー記事をわたしも読みました。彼はその中で言ってますね、腕に残る弾丸のことを。

――一九四五年。終戦の年の九月一日、ルソン島、サン・マテオの北西二十キロほどの小さな集落のそばを敗走していたとき、浦瀬少尉をかすめた銃弾が一度木に跳ね、腕にめり込んだ。

このニュースに気づいた者たちがいた。一方の陣営はその弾丸を欲しいと考え、一方の陣営はその弾丸を始末したいと考えた。つまり、日記そのものはただの発端でしかなく、実際は、伊沢さんの体の中にある弾丸の争奪戦だった。

なぜか。弾丸に残る旋条痕の採取。旋条痕が採取できれば、撃った銃が特定できる。その銃がそこで確かに使われたという証拠とともに残されていれば、銃と弾丸が結びつく。さらに、その銃をそこで使った者の記録があれば、弾丸と銃、使用者が結びつく。

弾丸を巡る話はまだある。事件前に伊沢さんは弾丸摘出のための予備検診を受けた。そのとき付き添っていた人物は特定されていないが、特徴は所沢伊太郎に似ていた。伊沢さんは執刀予定の医師に、摘出した弾丸に証明書をつけてくれないか、と頼んでいる。この弾丸が確かに伊沢さんの体内から摘出されたという、公的にも通用する証明書だ。なぜ、と医師は聞いた。記念に、と伊沢さんは言ったそうだ。

弾丸は証明書を添付された上、所沢伊太郎の手へと渡るはずだった。ここで分かることは、所沢伊太郎と伊沢さんの関係は良好だということ。無理強いされたようではなかったそうだ。なぜそんなことを。

なにが起きたのか。一九四五年九月一日にいったいなにが。ヒントは浦瀬少尉がつけていた日記にある。その日記では、九月一日になにがあったのか、書かれていたのではないか。再び、浦瀬少尉の遺族です。日記を断片的にでも読んだと答えた全員に、話を聞きました。中でも浦瀬肇はよく中身を覚えていた。

――九月一日はサン・マテオの北西にある小さな集落、パラカラバックにいた。現地人同士の諍いに遭遇。銃が使われ、酷いことになった。伊沢兵長が被弾、命に別状なし。諍いを起こしていた現地人の中に、定かではないが、以前隊で見知った男がいたような気がした。脱走したと聞いた覚えがある。現地人の頭目らしき人物に付き従い、こき使われていた。山川兼安一等兵に似ていたが……。

断定はされていないものの、名前がはっきり記されていた。もしこの人物が今も生きていたら、罪には問われないものの、面倒なことにはなる。ただし、これだけではあの事件の起きる要因には足りない。ではなにが要因か。そう。事件に関わったと見られる東南アジア人から、それは引き出される。

伊沢さんたちが遭遇したその諍いとやらの中にいた人物、恐らく主導的立場にいた人物がその要因だ。その人物はフィリピン人で、現在、大物。弾丸、銃、人物が特定され、その人物が当時そこでなにをしていたか割り出された場合、回復不可能な不利益を被るのではないか。

わたしは現地にいった。許可が出なかったので、プライベートの旅行という形で。答えはすぐ得られた。当時を知っている人たちがいた。彼らの証言によると〝マカピリ〟同士の内ゲバが起きたらしい、という。マカピリとはフィリピン愛国同志会を指す。日本が進駐したとき、日本がアメリカ植民支配からフィリピンを解放してくれる同志だと考えた者たちの組織だ。日本支持を公言する者、密告などをする者、形態はさまざまだった。同国人同士で殺し合う、という事態まで起きた。

だが、日本は負けた。事態は大きく変化した。それまで日本を支持していた者たちへの迫害がはじまった。マカピリであった過去を隠せる者はその事実を隠した。

もしその中のだれかが後年、大立者にでもなっていたら、絶対に暴かれてはいけない過去を背負ったことになる。

話は飛ぶが、その集落出身の大立者がひとりいる。いや、いた。十五年前の事件当時は陸軍の大幹部で、対テロ特殊部隊の創設、情報部隊の創設などに尽力した人物、ハラント・サウマン・ガルシア将軍だ。彼は一九四五年の内ゲバ事件時、十歳。彼のひとつ上の兄が、撃ち合いに巻き込まれて死んでいる。事件そのものを目撃したかどうか、彼自身は公言していない。だが集落の者は当然見ただろうと考えている。兄弟ふたりで歩いていたとき事件に出くわしたのだから。

ガルシア将軍は、同国人を殺し、かつ兄をも殺した犯人を見たのかも知れない。犯人をずっと、捜し続けていたのかも知れない。だが、それは完全に私怨という動機だ。私怨だけで、ここまでのことをするか。軍の兵や情報網を私事に使う？　フィリピン上層部がそれを許さない。ガルシアはあるとき、犯人に似ている、酷似している人物を、どこかで見かけた。そのときから疑いはくすぶり続けた。だが、確かめるすべがない。何年も時が流れ、日本にいる事情通、例えば所沢伊太郎とかだれかが、伊沢さんと浦瀬少尉に関するニュース、インタビュー記事を目にした。日付、場所、状況はすべて合致する。その情報が、ガルシアへと流れた。

ガルシアは、今や大人物の犯人が動き出すよう、手を打ちはじめた。証拠隠滅に動いた事実こそが、ガルシアの欲しい証拠だった。

ウエイトレスが尋ねてきた。「おかわりはいかがいたしますか」

「いえ。結構です。立木さんは」

「わたしも結構」ウエイトレスが去るのを待って。「わたしが現地に飛んだときガルシア将軍はすでに亡くなっていた。まあ、生きていたとしても、わたしとは会わなかったと思いますがね」

茶化す気持ちはなくなっていた。この人は正直、凄いと思う。「でも、そんな昔の弾丸から——」

「そう。分かりきっている。旋条痕の採取は……不可能」

「ではなぜ」

「目をつける相手は分かっている。監視の網を張った上で、行動に出る。反応があればそれが、疑惑の裏付けとなる……実際に襲撃があれば、その事実そのものが有罪の証拠となる。逮捕起訴が目的ではなかったのでしょう」

「自分は関係ないのに言いがかりをつけられるのはいや。そんな動機で証拠隠滅に動く場合もあります」

「あの事件の場合それはありません。最初に蒔いた種の場所が、重要でした」

「どこに種を蒔いたんですか」

「日記に出てきたでしょう。内ゲバに関わっていた日本人のことが……山川兼安です」

「身元が分かったんですか」

「今は便利な時代ですね。インターネットで検索すれば、出てきます。小さな町金融からはじめて後年、テレビコマーシャルを打てるほどの大手消費者金融にまで押し上げた大物です。彼に話は聞けない。山での銃撃戦から半年後、病死しています。もちろん彼は過去、自身が脱走兵だったとかマカピリの活動に関わったとか、いっさい話していません」

「種は、山川という日本人へ蒔かれた……」

「そうです。山川から、どういう経緯を経て親交を復活させるに至ったのか今では推測もできないが、フィリピンにいる元マカピリのメンバーへと、伊沢さんの情報が流れた」

「使われた銃はどこに」

「分かりません。ただ、襲撃の事実さえあればよかった。その襲撃を管理した者の記録などがあればいい。人と人を繋げていって、黒幕へと辿り着く」

「その黒幕とは？」

薄く笑った。「知ることは不可能です」

「そうですか？」

「教えてくれるんですか」

「その手には乗りません」

「日記は行方不明……吾郎さんの体内にあった弾丸も……行方不明？」

「なぜ疑問形？」

「吾郎さんの火葬後、あなたが弾丸を手に入れた」

「そうなんですか」

「親族の方が見ていますよ……火葬の高熱でも蒸発しなかったんですね」

結は手のひらを小さくかざした。「祖父の体にとっては運がよかった。弾丸は鉛ではなかったようです。降参……弾丸についてはそうです」

「なぜ弾丸を」

「取り除きたいと言ってましたから、一緒にお墓に入れたくはなかったんです」

「今はどこにあります」

「あなたは……時効が過ぎるのを待っていますか」

「いいえ。だれかを庇っている、という意味でなら、いいえです。庇いようがないでしょう。もし外国の軍人があの山で戦い、今も母国で生きているなら、聞きかじりの知識ですが、時効の進行が停止する」

「よくご存じで……」立木はふと、笑みを見せた。「わたし、老兵にしては頑張ったと思いませんか」

「もちろん。大したものです……ただ、あなたは今、なにを求めて捜査しているのか、分かりません。事件に関わった者すべてを引きずり出して、裁判を受けさせたいのですか」

「言ったでしょう、立証不可能だと……それに、立証したいとは思わない」

「思わない？」

「ええ……ただ、自分の見立てが正しかった、という確証が欲しいだけです」

「ほんとうに、あなたは凄いと思います」

「なんです。急に」

「すべて分かって、死にたい？」

「……ええ、死にたいですね」

「事件があった一九九二年、フィリピンで初の民主的大統領選挙が行われました。当選したのはラモス氏です」

「……はい」

「髭之先へ捨てました」

「そのあとを狙っていたのが、アマーロという議員です。わたしは名前だけしか知りませんが」

立木は黙ったまま、結の瞳を注視している。

「あの冬のあと、アマーロさんはなぜか、政治活動のいっさいから身を引いたようです」

「アマーロが……マカピリの？」

「スパイをしていたようですよ。でも日本が負けた。風向きは一気に変わる。だから彼は、彼がマカピリだと知っている五人の男を呼び出し、処刑した。処刑に手を貸したのが、脱走兵で半死半生のところを彼に拾われた、山川です。山川はアマーロにかくまってもらい、ときに山賊まがいのことをしていたとか……まだ子供だったガルシア将軍が兄とその処刑現場に出くわし、兄が撃たれた。同時にわたしの祖父も居合わせ、撃たれた」

「銃は？　当時使われた銃がなくては――」

「銃はあります」

「どこに」

「日記には記されていません。祖父たちはそこまで見ていなかったんでしょう……だがガルシアは違う。そのあとに、あることが起きたんです」

「なんです」

「米軍のパトロール隊がきたんです。その場にいた大人たちは、一目散に逃げた」

「……」

「ガルシアも逃げた……逃げるとき、兄を撃ち同胞を処刑した男の落とした銃を、拾った……

ガルシアは――」

「その銃を持ち続けていた？」

「ビンゴ」

結は席を立った。

「後年、軍に入り順調に出世していたガルシアさんは、ある新人議員先生の顔をテレビで見ることになります。脳裏に焼きついて離れない、あのときの犯人にそっくりだった……以来ずっと、彼を疑い続けることになります。事は私怨のみならず。敵国のスパイをしてさらに同胞を処刑した経歴を持つ者が、国のリーダーへとのし上がるかも知れない。もし犯人なら、彼には絶対に退場してもらう必要がある。だから秘密の捜査を続けましたが、証拠は摑めなかった。アマーロ議員の指紋を密かに採取して、拳銃に残された指紋との照合を試みたそうですが、失敗したとか。小さいころは指紋のことなんか知りませんから、長い年月いじり過ぎたせいで、ガルシアさん自身の指紋しか出てこなかったそうです……あるとき、ガルシアの部下が日本の新聞に載った小さな記事を見つけた。祖父が浦瀬少尉の日記を届けた、という小さな記事です……そこからあの山での惨劇へと繫がる一連の動きがはじまった……ただし、今の話の真偽は分かりません。わたしも人づてですから」

立木が呆然と見上げてくる。「そこまで知っていたとは……だれです。だれの話です」

「所沢伊太郎さん……彼から聞いた話です。詳しく聞きたければ、彼を捜すことですよ」

「彼の身元は」

「わたしにほんとうのことを教えるわけがないでしょう。彼はスパイですから」

「なぜだ――」口調がきつくなる。「なぜ今まで黙っていた」

「日本は昔祖父を裏切り……あのときも見捨てた……わたしは――」

口の端に笑みが寄る。どういう意味の笑みか、自分でも分からなかった。

「絶対に許しません……絶対にね」

背を向け、歩き出した。階段のとば口で立ち止まり、振り返った。まだ立木は結を睨みつけていた。

「そうそう立木刑事」

無言が返ってくる。

「ついでに言っておきます。あなたの立てた推測、ほぼ当たってましたよ……アディオス、ミスター立木」

十五年目のその日は、海斗郊外の小さな市営住宅で過ごした。無事出所し、その後は土木関係の仕事についた父、父のせいでとにかく金に困り続けた母。ふたりは無事、と言っていいのか分からないが、とにかくよりを戻した。妹は家族がいちばん苦労した時期を無邪気なまま過ごし、商工会の事務員として働いていて、これも無事、と言っていいのか分からないが、青年実業家との縁談が進んでいる。

――歴史は繰り返す、じゃないといいけど。

青年実業家にもいろいろある。父ももとは、不動産を扱う青年実業家だった。

その日は伊沢吾郎、猫田虎之介、ふたつの墓を参り、家族と昔話をしているうちに終わった。

だから、山に登ったのは、翌日になった。

山の登り口そばにあった弥勒亭は今もあるが、名が少し変わった。今は〝グリル・みろく〟という。息子が跡を継いだ。山へ登る前に彼と会ったが、結がいた当時は会うことがほとんどなかった彼とは、語り合うほどの思い出はなかった。

彼の話によると、あの飲んべえ夫婦はふたりとも体を壊し、生き長らえてはいるが、海斗郊外の療養施設に出たり入ったりを繰り返しているという。彼と別れ、店の裏手へと回った。若干の不安とともに小さな卒塔婆を探した。それは朽ちかけながらも、まだあった。

ポチの墓。

事件後、結は文字通り路頭に迷いそうになった。母はまだ自立するにはほど遠い状態で、一緒には暮らせなかった。当時の駐在加納が引き取りを申し出、まとまりかけたが、県警から待ったがかかり、その話は流れた。流れた理由について、加納の口は歯切れが悪かった。要は重大事件の参考人を警察官が預かるのはどうか、と横やりが入ったらしい。

その加納は、県北の小さな警察署で今も働いている。昨日の命日には仕事の都合でこられず、一昨日、お参りにきたそうだ。

そう、ポチ。結局養護施設へ預けられることになった結は、ポチと一緒にいることができなくなった。ポチは一時的に加納のところで暮らしていたが、結の居場所が確定すると、駐在所暮らしが確定した。結は週に一度駐在所にでかけ、ポチとひとときを過ごすのを楽しみとした。ポチを預かることについてまでは、県警からはなにも言ってこなかったという。

結は宝飾品作りを学ぶため、上京した。海斗及び県内には、そういう技術を教える学校がなかった。その後一年、ポチは駐在所暮らしを続けたが、やがてそれも終わりがくる。加納の転属である。加納と結は遠く離れながらも引き取り先を探し、結果、弥勒亭の飲んべえ夫婦が引き取ることになった。

　結が、大事なイベントばかりが続く二十代を過ごしている間に、就職、一度目の転職、結婚、そして離婚を経験しているうちに、ポチは死んだ。散歩を面倒臭がった夫婦が綱を解きポチを自由にさせていたとき、トラックにはねられた。

　小さな卒塔婆の傾きを直し、水を入れた紙コップ、ポテトチップスを供え、手を合わせた。

「ちゃんと、あの世でじーちゃんのお供をしてくれてる？　ポチっこ？」

　待たせていたタクシーに戻る。

「ほんとうに登るんで？」

「もちろん」

　山を登っていく。あれから十五年、山道の様子はほとんど変わっていない。

　十四年ぶりに、吾郎たちと暮らした家へときた。上京が決まったとき、加納に頼んで一度だけ連れてきてもらったことがある。あのときは、まだ家はあった。

　今はもうない。基礎部分が冬枯れた草の中に散見できるだけ。事件後四年目のある日、突如燃えてしまった。理由は未だに分からない。大方肝試しにきた若者たちが放火したか、失火したのだろうというのが、警察の見解だった。

　火の気のないところでの、原因不明の火事。その事実がまた、この山で起きた忌まわしい事件と結びつけられ、鼻で笑うしかないオカルト話として流布している。有名な心霊スポットとして取り上げられる場所になっていた。

小雪が舞いはじめた。

「じゃあ、五時に迎えにきて」

「いいですけど……ほんとうに髭之先まで？」

「ええ」

「しんどい道のりです。独りだし、やめたほうがよくないですかね」

「あたしが自殺志願者だとでも」

「そんなことは……」

「祖父の命日だから」

「祖父の……」ドライバーは結の顔をじっと見つめた。「命日……まさか、お皿で亡くなった鉄砲撃ちの？」

「孫よ。かならずきてね。あたしが遭難するとしたらそれは、あなたが約束を守らなかったときだからね」

結は歩き出した。祖父の命日。それが昨日だというのは、検死解剖をした医者が決めたこと。実際のところどうだったかは、だれにも分からない。結はだから、祖父の命日は一日ずれている、と勝手に決めていた。誕生日に、不幸があってはいけない。祖父は、誕生日の次の日に死んだのだ、と。

凶事を無事乗り越え、結が作ったクッキーを食べ、日が変わってから死んだ。そう思いたかった。祖父が見つかったとき、クッキーはひとつも残っておらず、きれいに折り畳んだ紙袋が内ポケットに入っていたという。

祖父のことだ。ポチにも分けたに違いないが、それでも幾つかは食べてくれた。のちの検死で、それは確かめられた。

残念なのは、味の感想を聞けなかったこと。喜んでくれたであろう、あのしわくちゃな笑顔を見られなかったこと。なぜ神棚に置いておくなんて真似をしたのだろう。恥ずかしがったりせず、手渡しすればよかったのに。

心にトラウマ、でもないつもりだが、以来一度も、菓子を作ったことはない。

猫田虎之介が住んでいた旧炭鉱街、立坑跡、おがみ沢。息を切らしながら登り続け、ついにグラマン沼へと辿り着いた。沼の中ほどにあった祠は、今はもうない。五年ほど前の台風で水没した。

十五年前、その仔細をすべて水面に映したであろう沼は、静かに淀んでいるだけ。結へなにかを伝えようとはしなかった。

沼を通り過ぎ、やっとパラボラアンテナのある高台、髭之先へと登りきった。

北風が結の背中を強く押してくる。パラボラがこの十五年、どう過ごしたか分からないが、保守はされているのだろう。あまり古びた印象は受けない。

祖父が見つかった場所に歩んでいった。グラマン沼、髭之森が見渡せる場所。カップ酒と線香を供え、しばし手を合わせる。祖父の死因は老衰だという。あの事件がなかったとしても、あの日に死ぬ運命だったのだろうか。後日話を聞きにいった検死担当の医者はこう言った。神のみぞ知る。

「まあ、ここに今もいてもらっちゃ困るんだけど、一応ね」

若者の噂通り、幽霊がうろついているとしたらそれは、アクやカミ、シミたちに違いない。

——一生さまよってもらって、構わない。

パラボラを回り込んでいく。断崖が見えてきた。断崖そばには今も、観測小屋がある。観測小屋横に、小さなお地蔵。そばへ寄った。〝一応〟手を合わせておく。ついお地蔵様の背中を見た。なぜか、笑ってしまう。

〝寄贈　玉崎精肉店〟

銃砲店からの、華麗な転身。だが、わざわざお地蔵様の背中に彫るとはいい根性をしている。祖父の話に出てきただけ。結は実際に会ったことはない。無理を言ってでも会っておけばよかった。お地蔵様を建ててくれるくらいだ。祖父とは仲良しだったのだろう。

断崖に立ち、小雪と風を一身に受けた。風が鳴く。

ポケットから小さなピルケースを取り出し、中のものを手のひらに転がした。

ぼろぼろに腐食が進んだ、小さな弾丸。

多くの人々を死に追いやることになった、忌まわしき遺物。

——十五回目のこの日……。

瞳を閉じた。

——いや……十五回目プラス一日のこの日。

この弾丸はアクやカミを呼び寄せた。だが彼らだけでなく、ペレロやエネリットたちも呼び寄せた。

——だから、この弾丸を持っていれば、いつか……。

枯れ草を踏みしめる音。

瞳をゆっくり開いた。振り返ることができない。

足音は一歩一歩、近づいてくる。

「止まって——」

足音が止まった。

「突き落とす気じゃないでしょうね」

「まさか……だれだと思ってるんだい」

「腕の悪いスパイさん」

「それはまた、辛いね」

「ねえ……エネリット青年はスノーボール・ゲームができたの」

「残念ながら分からない。彼らとはあれ以来、一度も会っていない。消息も知らない……無事なら今も、国を守っているだろう」

「兵隊さんたちの遺骨は母国に戻ったの」

「戻した……泥棒に近いことをした」

「じーちゃんとの約束を守ったのね」

「まあね……いい加減、振り向いてくれないか」

「そうしてあげてもいい。その前に——」

用済みになった弾丸を、遠く遠く、断崖の果てへと放った。弾丸があのときのように、結の望まぬ人々まで呼び寄せてしまう前に。

了

解説

増山明子（明正堂書店アトレ上野店）

沢木冬吾作品でまず思い浮かべるのは『償いの椅子』であろう。2年以上にわたり仕掛け販売を行い、これまでに当店で7000冊以上を売った驚異の作品である。実は当時の営業担当さんがふたりがかりで面白いと教えてくれたのがきっかけだった。そこまで言うなら、と置いてみたところ15万部以上のベストセラーになった作品である。この作品の場合、内容、表紙、帯と、何も口出しすることはなかったので「能見の本気についてこれるか！　新たなるハードボイルドの主人公あらわる！」とPOP1枚で仕掛けた。とにかく強い主人公に惹《ひ》かれたのでこのように書いたのを覚えている。

その後、沢木冬吾作品は『愛こそすべて、と愚か者は言った』『天国の扉　ノッキング・オン・ヘヴンズ・ドア』が文庫になり、本作『ライオンの冬』が4作品目の文庫化である。

今回の舞台となる「髭之森」は、奥羽山脈から太平洋に向かって延びている中低山の連なりのうち、不知山《しらね》地の最東端にある標高1800メートルの山とその山裾《やますそ》に広がる土地全体を指す。ちなみに山頂は「髭之先」と呼ばれている。

主人公の伊沢吾郎は1910年、山麓《さんろく》の農家で生まれた。13歳から炭坑で働き、見合い結婚で3人の子供が出来る。その後、大戦により満州やフィリピンで狙撃《そげき》兵として戦い、復員してからも閉山するまで炭鉱で働いた。閉山後、強制的に退去させられてからは「髭之森」でひっそりと暮らすようになった。やがて子供も妻もいなくなり周りの住人もほとんどいなくなったが、一昨年から、孫娘の結と暮らすようになった。普段は軍人恩給をもらいながら狩猟に繰り出し、最近では週に一度、山頂にあるパラボラアンテナの見回りが主な仕事だった。

一方、海斗市街では小学生男児が行方不明になるという事件が起きる。捜査をしている海斗西署の立木は街の有力者である津山勝夫の息子、津山信一とその世話人である神代にたどり着くのだが……。

ここで私なりに気づいたキーワードを書いていこうと思う。

まず、この作品にも出てくる「海斗市」は北の港町という設定で沢木冬吾のデビュー作『愛こそすべて、と愚か者は言った』(第3回新潮ミステリー倶楽部賞、高見浩特別賞受賞)や、最近では『握りしめた欠片』にも出てくる街である。

名脇役ともいえる子供が登場するのも沢木作品の特長である。『償いの椅子』を初めて読んだ時「この作者はなぜこうも子供の心を描くのが上手《うま》いのだろう」と感心したものだ。不器用な男と繊細な子供というアンバランスな設定が面白い。蛇足だが犬もよく出てくる。

今回も著者は、82歳の老人と女子高生の孫という、普通ならあまり接点がないような関係に挑んだ。これまでの沢木作品の女性といえば静かでしっかりしているイメージだったのだが、『ライオンの冬』を読んでまた新しいキャラクターが出てきたと感じた。元気《げんき》溌剌《はつらつ》だが優しい結である。本人曰《いわ》く、「結構かわいい顔している」らしい。結が登場すると伊沢も読んでいるこちらも元気が出てくる。結と暮らすことが伊沢にとってどれほど幸せか、結がじーちゃんをどれほど大切に思っているかなど、このふたりの関係に最後、ぜひ涙していただきたい。

最後のキーワードは「ハードボイルド」であろう。簡単に言うと「戦い」なのである。この戦いに男性読者だけでなく女性読者も胸躍るはずだ。子供の頃に読んだ少年漫画のように、まっすぐに悪に向かっていく主人公を自然と応援してしまうはずだ。沢木作品の主人公たちはみな優しく不器用で強く誠実である。本作の主人公、伊沢吾郎の場合は旧日本軍の狙撃手として戦った過去に囚《とら》われており、敵との戦いと己との戦いの2つと向かい合ったのである。そんな男の「戦い」がキーワードではないだろうか。常識を超えた彼の強さに驚愕《きょうがく》していただきたい。

一番の見せ場である雪山での戦いに登場する武器についても少し触れてみようと思う。

作中何度も出てくる伊沢が使用している九七式狙撃銃は、皇紀2597年（1937年）の九七からとった名称である。狙撃用の長い小銃で照準眼鏡がついている。実際は長くて使うのが大変だったようである。また、敵対する神代が使用したドラグノフは、1960年代にソ連が製造したセミオートマチックの狙撃銃である。

年齢、武器、人数などを考えると伊沢たちが断然不利の中、物語は神代たちとの雪山の攻防戦に進んでいく。雪山でのガンファイトは作中で神代が言っているように「命のかかったかくれんぼ」である。先に見つけたほうが勝ち。狙いをつけたほうが勝つ。前述のことを加味しても神代たちが有利なはずだが、髭之森に住んでいる云わばヌシのような伊沢と猫田がどのように立ち向かうか、心のなかで絶叫しながら読んでいただきたい。

猫田のことが出たので、もうひとりの「山じじぃ」猫田についても書いておきたい。伊沢が狙撃銃で戦うのに対して猫田の武器は罠《わな》である。くくり罠ととらばさみを自在に使い、敵を混乱させ伊沢を援護する。敵の裏をかく心理戦のような巧妙な罠に、読んでいる我々も嵌《はま》ってしまうだろう。以下は、伊沢が猫田に死に場所を求めているのかという問いかけに対する答えなのだが、老人たちの気概が実に格好良いお勧めシーンである。

《おらがなんで腹を立てるか、訊きたいんだべ》
「ん」
《くそガキがおもちゃ持って押し寄せてきてよ、いっぱしの顔で……腹が立たんか……おらたちがどこでどう戦ったと思ってるんだが》
「百年、早いべな」

この後の猫田の心情も共感するものがあるのではないだろうか。

人殺しにいいも悪いもない。いっさいが悪い。それは理解している。

国のため大切な人のためと信じ、人を殺した。日本の敗戦とその後の断罪は、猫田の心を裂き、その傷は二度と別のなにかで埋められることはなかった。

猫田の決意がはっきりと分かる場面である。
彼は小柄だが背中は曲がっておらず、普段は上下迷彩柄でジャイアンツの野球帽というい でたちの「山じじぃ」である。一見変わり者のような男が、秘められた暗い思いを胸に雪山で戦うその姿に、執念のようなものを感じさせられるのだ。

とある雪山で起きたドキュメントのような『ライオンの冬』は、読むものを吹雪の中に放り出す。まるで目では見えない3D映画のようなものだ。読んでいる最中、確かに銃声が聞こえ雪山を行軍したはずである。見事な「ライオンの冬」(何を指しているか、読んだ皆さんにはお分かりいただけるだろう)に読後、涙しても仕方がない。映画のような山頂のあの場面におじいちゃん子の私も泣いた。

最後に、文庫新刊はひと月に約500点以上が発売される。読者も書店員もその作品と出会うということは一期一会なのである。棚からでも平積みからでも、気になったらぜひ読んでみてほしい。そして自分だけの面白い作品に出会っていただきたい。そのお手伝いをするのが我々書店員だと思う。押し付けでは駄目だが、どの書店員も本が好きなのである。共感したいという思いが売り場につながっているはずだ。
そして沢山の本の中から『ライオンの冬』を読み、さらにこの解説までたどりついた貴方《あなた》に感謝したいと思うのである。

本書は、二〇〇八年三月小社刊の単行本を文庫化したものです。

ライオンの冬《ふゆ》

沢《さわ》木《き》冬《とう》吾《ご》

角川文庫　16689

平成二十三年二月二十五日　初版発行

発行者—井上伸一郎
発行所—株式会社角川書店
東京都千代田区富士見二—十三—三
電話・編集（〇三）三二三八—八五五五
〒一〇二—八〇七八

発売元—株式会社角川グループパブリッシング
東京都千代田区富士見二—十三—三
電話・営業（〇三）三二三八—八五二一
〒一〇二—八一七七
http://www.kadokawa.co.jp

印刷所—旭印刷　製本所—BBC
装幀者—杉浦康平

落丁・乱丁本は角川グループ受注センター読者係にお送りください。送料は小社負担でお取り替えいたします。

定価はカバーに明記してあります。

さ 46-4　ISBN978-4-04-383204-0　C0193

角川文庫発刊に際して

角川源義

第二次世界大戦の敗北は、軍事力の敗北であった以上に、私たちの若い文化力の敗退であった。私たちの文化が戦争に対して如何に無力であり、単なるあだ花に過ぎなかったかを、私たちは身を以て体験し痛感した。西洋近代文化の摂取にとって、明治以後八十年の歳月は決して短かすぎたとは言えない。にもかかわらず、近代文化の伝統を確立し、自由な批判と柔軟な良識に富む文化層として自らを形成することに私たちは失敗して来た。そしてこれは、各層への文化の普及滲透を任務とする出版人の責任でもあった。

一九四五年以来、私たちは再び振出しに戻り、第一歩から踏み出すことを余儀なくされた。これは大きな不幸ではあるが、反面、これまでの混沌・未熟・歪曲の中にあった我が国の文化に秩序と確たる基礎を齎らすためには絶好の機会でもある。角川書店は、このような祖国の文化的危機にあたり、微力をも顧みず再建の礎石たるべき抱負と決意とをもって出発したが、ここに創立以来の念願を果すべく角川文庫を発刊する。これまで刊行されたあらゆる全集叢書文庫類の長所と短所とを検討し、古今東西の不朽の典籍を、良心的編集のもとに、廉価に、そして書架にふさわしい美本として、多くのひとびとに提供しようとする。しかし私たちは徒らに百科全書的な知識のジレッタントを作ることを目的とせず、あくまで祖国の文化に秩序と再建への道を示し、この文庫を角川書店の栄ある事業として、今後永久に継続発展せしめ、学芸と教養との殿堂として大成せんことを期したい。多くの読書子の愛情ある忠言と支持とによって、この希望と抱負とを完遂せしめられんことを願う。

一九四九年五月三日